आई वांट लव

(उपन्यास)

आई वांट लव

प्रेम भारत

हिन्द युग्म
hindyugm.com
BLUE

ISBN : 978-93-87464-84-1

प्रकाशकः
हिंद युग्म ब्लू
सी-31, सेक्टर-20, नोएडा (उ.प्र.)-201301
मोबाइल- 9873734046, 9968755908

मुद्रक : विकास कम्प्यूटर ऐंड प्रिंटर्स, दिल्ली-100032
आवरण डिज़ाइन : दीपाली श्रीवाल
कला-निर्देशन : विजेन्द्र एस विज

पहला संस्करण : 2020
मूल्य : ₹150

I Want Love
Novel by *Prem Bharat*

Published By
Hind Yugm Blue
C-31, Sector-20, Noida (UP)-201301
Mob : 9873734046, 9968755908
Email : sampadak@hindyugm.com
Website : www.hindyugm.com

First Edition : 2020
Price : ₹150

"देवली माँ"
मेरी माँ
और
मेरी मातृत्व संस्था केहिन फाय बावल प्लांट
को समर्पित

प्रेम भारत

बाबा भर्तृहरि की तपोभूमि अलवर राजस्थान के छोटे से गाँव चावण्डी जौड़िया में साल 1986 में जन्मे 'प्रेम भारत' अपने पिता व परिवार के साथ गाँव में ही रहते हैं। 'केहिन फाय प्राइवेट लिमिटेड कंपनी बावल प्लांट' में इंजीनियर के पद पर कार्यरत हैं। उनकी जिंदगी के दो हादसों ने इस रचना को जन्म दिया जो अभी आप पढ़ने जा रहे हैं। पहला- अलवर शहर की गलियों में उस लड़की का गुम हो जाना जिसे प्रेम बेहद प्यार करते थे। लेकिन यह काफी नहीं था इस रचना को लिखने के लिए। दूसरा- साल 2014 में उनकी माँ का कैंसर रोग से देहांत हो जाना। उनकी माँ के साथ ही उनकी माँ की कुछ इच्छाएँ भी चली गईं जिन्हें प्रेम पूरा नहीं कर पाए। यह रचना उस माँ की उन्हीं इच्छाओं को समर्पित है। यह रचना दुनिया की हर उस माँ को समर्पित है जो अपने बेटे को इतना प्यार करती है कि जिसको लिखने के लिए शब्द ही कम पड़ जाएँ...

आभार और भूमिका

जो किताब आप पढ़ रहे हैं वह महज एक किताब ही नहीं, मेरी जिंदगी (से प्रेरित) के वे पल हैं जो मैंने कभी जिए हैं। इसमें मेरे वे सपने हैं जो मैंने खुली आँखों से देखे और मेरी कल्पनाएँ भी।

जिंदगी के सबसे उदास दिनों में मैंने एक सपना देखा, जिसको पूरा करने के लिए मैंने अपनी जिंदगी के कई साल खराब कर दिए।

मेरे माता-पिता (श्रीमान सिंह - देवली माँ) जो हर पल मेरे साथ रहे, लेकिन मैंने एक अक्षम्य पुत्र की भाँति उनकी इच्छाओं का दमन किया। मेरी माँ अब इस दुनिया में नहीं हैं।

मेरी नन्ही परी जिसका मैं अभी तक नाम भी नहीं रख पाया। वह कभी-कभी मेरे पास आकर लैपटॉप पर बैठकर अपने पापा से 'पा पा पा...' करते हुए प्यार और समय माँगती है। लेकिन मैं नहीं दे पाया।

मेरा जीवन साथी, मेरा प्यार 'अंजू' और मेरे उपन्यास की पहली पाठक, जिसने मेरे इस जिद को पूरी करने में हरसंभव मेरा सहयोग किया।

'मातृत्व संस्था केहिन फाय बावल प्लांट' जिसके हजारों घंटे मैंने लिखने में खराब कर दिए और जिसके हजारों पेज मैंने इस्तेमाल किए।

मेरे दोस्त नवीन (अमित), राजेंद्र, ओ.पी., योगेश, हीरा, लीलू, ईश्वर दास, उनके बारे में मैंने लिखा है। जब उन्हें पता चलेगा तो शायद वे मुझे मार डालेंगे।

और मैं आभारी हूँ उन सभी दोस्तों का जो हर समय मेरे साथ रहे, मुझमें अटूट विश्वास रखते हैं और मुझे प्यार करते हैं। मैं उन्हें इतना प्यार करता हूँ

कि मैं उनके बारे मैं एक किताब लिख सकता हूँ।

मैं सभी लोगों से क्षमा चाहूँगा जब यह किताब उनके हाथ में होगी। यह किताब न ही किसी कंपनी के बारे में है और न किसी एम्प्लॉई के चरित्र को प्रदर्षित करती है। यह सिर्फ मेरी एक कल्पना मात्र है।

जो भी जगहें इसमें दर्शायी गई हैं, वह सभी हमारी सांस्कृतिक, ऐतिहासिक, सामाजिक, दार्शनिक धरोहर हैं। उन सभी जगहों का मेरी जिंदगी में कभी-न-कभी संबंध रहा और इसलिए मैंने उन जगह को इसमें स्थान दिया है। ये सभी जगहें मेरे लिए बहुत सम्मान के योग्य हैं। इसके अलावा मैं कोई और मंशा नहीं रखता हूँ।

ये दोस्ती

मैं कहाँ से शुरू करूँ? 'दोस्ती' दुनिया का सबसे घटिया संबंध, जो बिना शर्त लागू होता है। और यह संबंध मेरे व अमर के बीच में था। हम दोनों के बीच समलैंगिक संबंध है, इसकी घोषणा मैं कर देता हूँ तो बहुत कम लोग होंगे जो चौंक जाएँ। क्योंकि मैं ब्वॉय था तो वो मेरी गर्लफ्रेंड था। मैं धड़कन था तो वो मेरी साँस था। मैं मखाना था तो वो मेरी दारू था। ये दोस्ती हाफ पैंट की साइज से फुल पैंट में तब्दील हुई और आज तक कायम थी।

मैं एक इंजीनियर था और अमर भी इंजीनियर बनने की दौड़ में शामिल हो चुका था। हमने थोड़ी-सी तरक्की और की थी, वो यह कि अब हमारे पास गर्लफ्रेंड भी थी। जो हमने धोखे से, चोरी से या झूठ बोलकर बनाई, इसके बारे में मैं तुम्हें नहीं बताऊँगा।

वो सुहानी शाम, वो मस्तानी शाम मुझे बहुत अच्छे-से याद है, जब मैं और अमर छत पर बैठे हुए थे। इस युग का सबसे क्रांतिकारी आविष्कार, जिसने कुछ ही साल पहले पदार्पण किया था, जो कुछ लोगों के लिए आवश्यक वस्तु थी तो स्टूडेंट पीढ़ी के लिए एक वायरस के बराबर, प्यार करने वालों को सौ प्रतिशत सहारा दिया और मुझे और अमर को गर्लफ्रेंड दी।

उस आविष्कार यानी 'मोबाइल फोन' में अमर कुछ देख रहा था, वहीं मैं अपने मोबाइल से एक नंबर को बार-बार मिला रहा था, वह नंबर टूँ-टूँ की आवाज के साथ फोन नहीं मिलने का संकेत दे रहा था। अमर ने फोन से नजर हटाते हुए कहा, "कहीं घूमने चलते हैं।"

"कहाँ?"

"बाइक से एक छोटी-सी ड्राइव पे..."

मेरी नजर अमर के चेहरे पे कुछ देर के लिए रुकी तभी अमर ने एक

लंबी साँस ली और बोला, "लेकिन मेरे घर से बाइक लाएगा कौन?"

अमर के घर से बाइक लाने के साहसी कार्य की जिम्मेदारी मैंने ली। क्योंकि उसके घर से बाइक लाना फीफा वर्ल्ड कप के फुटबॉल मैच में गोल दागने जैसा था। मैं अमर के घर की तरफ चल पड़ा। एक बीघा का क्षेत्र जो चारों तरफ से दीवारों से घिरा हुआ था, जिसके लगभग बीचो-बीच एक आलीशान बंगला, जो गाँव में सबसे अमीर होने की निशानी था। लोहे का एक बड़ा गेट जो अब मेरे सामने था। मैंने दरवाजे को जोर का धक्का मारा और दरवाजा चूँ-चूँ की आवाज के साथ खुल गया।

मुझे यह एहसास हुआ कि शायद यहाँ कोई नहीं है। एक-दो कदम आगे बढ़ाया ही था कि घर के पीछे से आवाज आई।

"कौन है?"

"दादी माँ, मैं हूँ।"

"मैं का कोई नाम तो होगा?" दादी ने कड़क आवाज में कहा। तब तक वो घर के आगे आ चुकी थीं।

"मैं प्रेम।" मैंने सहज भाव से कहा।

दादी घर की 'मिस्टर इंडिया की मोगैंबो भी थी और बाहुबली की माता शिवगामी भी।' वह उम्र के सात दशक पार कर चुकी थीं लेकिन फिर भी अपने कड़े रुतबे और पूरे दिन हाथ-पैर चलाने के कारण घर के मुखिया के रोल पे कब्जा किए हुए थीं। दादी की आँखों पर चढ़ा चश्मा एक तरफ से तराजू के पलड़े की तरह झुका हुआ था। दादी ने अपने चश्मे को दूरबीन की तरह पकड़कर प्यार से कहा, "बेटा आ जा।"

"दादी माँ, अमर कहाँ है?" मैंने पूछा।

"तेरी तरफ ही तो गया था... और जाने को ठौर कहाँ!"

"नहीं दादी माँ, मेरे पास तो नहीं आया।"

"बेटा, वो सारा दिन बाहर ही हाँकता रहता है। न कोई काम करता है न खेत पर जाता है और न ही कुछ पढ़ता-लिखता है। तू भी उसे नहीं समझाता।" दादी ने कहा। मैं दादी को एकटक देखता रहा। दादी ने फिर चश्मे को ऊपर किया और बोली, "इतनी पढ़ाई करने के बाद भी पता नहीं उसको नौकरी मिलेगी भी या नहीं, हम तो सारी कमाई उसके ऊपर ही लगा रहे हैं।" दादी

ने इतना बोलने के बाद ही साँस ली।

अब इस बूढ़े दिमाग से इस युवा दिमाग को वाक युद्ध करना था और उस युद्ध में हराना भी था। उसके लिए दिवाली के पटाखे से काम चलने वाला नहीं था, पूरी मिसाइल ही दागनी थी।

"दादी माँ, अमर की नौकरी तो मैं लगवा दूँगा, आखिर इतनी तो हमारी भी चलती है।" मैंने अपनी मिसाइल दागी और अमर की जॉब की गारंटी इस प्रकार ली जैसे मैं किसी बड़ी कंपनी का एम.डी. हूँ।

दादी मेरी बात सुनकर खुश हो गईं और उनके झुर्रीदार चेहरे पे हल्की मुस्कान आ गई। मेरी पैनी नजर कमरे में बाइक की चाबी तलाश कर रही थी। टी.वी. के पास, आलमारी में, टेबल पर, लेकिन चाबी कहीं दिखाई नहीं दे रही थी।

"बेटा चाय पियोगे?"

"नहीं दादी, मैं तो अमर से ही मिलने आया था।"

फिर मेरी नजर दीवार पर टँगे हैंगर पर गई, अब चाबी मुझे मिल चुकी थी। मैंने बाइक स्टार्ट की। दादी मुझे देख रही थी लेकिन वो कुछ नहीं बोलीं क्योंकि मेरे द्वारा दिया गया अमर की नौकरी का आश्वासन दादी पर काफी वजनदार था। गाँव से बाहर धर्मशाला पर अमर मेरा इंतजार कर रहा था। मुझे बाइक पर आता देख उसका चेहरा खिल उठा। वह मुझे अचंभित होकर देख रहा था जैसे कोई मँझा हुआ खिलाड़ी मैदान जीतकर आ रहा हो।

अब हम दोनों बाइक पे घूमते हुए सुहाने मौसम का आनंद उठा रहे थे। ठंडी हवाएँ हमारे बालों को सहला रही थीं, मोबाइल में बजता गाना हमारे होठों से भी गुनगुनाया जा रहा था। हम कब अगले गाँव पहुँच गए इसका हमें एहसास भी नहीं हुआ।

उफ्फ! अमर के मुँह से निकले इस शब्द की वजह जाननी चाही तो पता चला कि दो खूबसूरत लड़कियाँ हमारी बाइक के पास से गुजरी थीं जिन्हें मैं देख नहीं पाया था। किसी खूबसूरत लड़की को देख नहीं पाने का अफसोस इतना होता था कि मानो हमारा देश क्रिकेट वर्ल्डकप हार गया हो। लेकिन मैं इस मौके को छोड़ना नहीं चाहता था, मैंने बाइक को वापस घुमाया।

एक सुंदर लड़की को दोबारा देखने का मौका अमर भी गँवाना नहीं

चाहता था इसलिए वो भी चुपचाप बाइक के पीछे बैठा रहा। कुछ देर बाद वो दोनों लड़कियाँ हमारे सामने थीं। किसी भी सुंदर लड़की को देखकर कोई भी लड़का चाहेगा कि वो उससे नजरें मिलाए। उनमें से एक लड़की से मेरी नजर मिली और मेरे होठों ने कब उसे पुच्ची (चुंबन हवा में) दी इसका मुझे एहसास भी न हुआ क्योंकि ऐसा पहली बार नहीं हो रहा था।

मेरे रोमांस भरे दृश्य को देखकर उस लड़की की आँखें लग्जरी कार की हेडलाइट की तरह चमकी, चेहरा गुस्से में लाल हो गया।

"बदतमीज... हरामजादे..." वो जोर से चिल्लाई।

उसकी आवाज ने मेरी बाइक के एक्सीलेटर के तार को जैसे स्वयं खींच लिया हो, बाइक के गियर स्पीड के साथ बदलते रहे। हम वहाँ जाकर रुके जहाँ हम अक्सर सड़क किनारे बैठा करते थे। अमर ने बाइक से उतरने के बाद कोई प्रतिक्रिया नहीं दी क्योंकि ये उसके अनुभव में योग का काम कर रहा था।

मैं वहीं किनारे पर पड़े पत्थर पर बैठ गया। अमर ने अपनी जेब से मोबाइल निकाला और बोला, "दो मिस कॉल।"

"किसके हैं?" मैंने पूछा।

अमर ने अपनी उँगली को मुँह पे रखकर मुझे चुप रहने का इशारा किया और मोबाइल को अपने कान पर लगा लिया। मैं उसकी तरफ आश्चर्य से देख रहा था।

"अरे गनपत, सीमेंट के कट्टे अभी तक नहीं पहुँचाए, यहाँ काम रुका हुआ है।"

"ओह्ह! सॉरी!"

मैं अमर के यह शब्द सुनकर शंकित हो उठा। मैं उसके शब्दों की गहराई में नहीं जा पा रहा था। अमर ने फोन को कान से हटाते हुए लंबी साँस ली और मेरी शंका को दूर करते हुए कहा, "फोन प्रिया के पापा ने उठा लिया था।"

मैं अपनी हँसी को नहीं रोक पाया। अमर का चेहरा देखने लायक था और फिर वो भी रुक-रुककर हँसने लगा।

अमर ने पास बैठते हुए कहा, "और बता, तेरी लैला का फोन आया क्या?"

मुझे ऐसा एहसास हुआ जैसे किसी ने मुझे काँटा चुभोया हो। मैं कुछ सेकेंड तक चुप रहा। "पुच्ची (किस) भी नहीं देगी, डेट पर नहीं आ सकती,

तुम फोन भी नहीं कर सकते, जब वो मिसकॉल करेगी तब तुम्हें फोन करना होगा, पता नहीं फिर भी उसका मूड बात करने के लिए हो या न हो और बोलती है मैं तुम से प्यार करती हूँ।"

मेरी बेबसी के अल्फाज सुनकर अमर ने कहा, "इसका मतलब हम दोनों की प्रॉब्लम एक जैसी है।"

"अच्छा, तुम्हारे साथ भी ऐसा ही हो रहा है!" मैंने अंदर से खुश होते हुए कहा।

"हाँ, अभी तक, लेकिन मेरी प्रॉब्लम अब सॉल्व होने वाली है।"

"वो कैसे?" मैंने आश्चर्य से कहा।

"वो मुझसे मिलने आ रही है।"

"कब?"

"संडे को..."

"कहाँ पर मिलोगे?"

"अलवर। तुम भी चलोगे?"

"नहीं, मैं नहीं जा पाऊँगा, तुम चले जाना।"

***

'इंजीनियर' शब्द दिमाग में आते ही या तो आपके मन में एक जेंटलमैन की तस्वीर सामने आती है या कतई सूट-बूट वाला व्यक्ति। लेकिन जब हम इस शब्द की धरातल पर जाते हैं तो पता चलता हैं कि ये इंजीनियर है कौन! वो 'शर्मा' जिनके रिटायरमेंट के चार साल बचे हैं और आज भी साइकिल से कंपनी जाते हैं। या वो 'आकाश' जो अभी 27 की उम्र का है जिसे कंपनी की होंडा सिटी कार लेने आती है। वो 'मलिक' जिनके कपड़ों की हालत किसी कोयला खदान के मजदूर से भी ज्यादा खराब होती है या वो 'अमित' जो टाई लगाकर कंपनी जाता है। वो 'मिश्रा जी' जिनको कंपनी ने हेल्थ पॉलिसी, एटीएम कार्ड, फैमिली टूर और बोनस दिया है या वो 'जुबेर' जिनको कंपनी के लिए दोनों हाथ गँवाने के बावजूद कंपनी से बाहर निकाल दिया गया है। ऐसे कुछ इंजीनियर दोस्तों के साथ मैं पार्टी में बैठा हुआ था। उसी पार्टी में एक सरकारी कर्मचारी भी था। वह सरकारी कर्मचारी दारू नहीं पी रहा था। उसने दारू नहीं पीने कि सलाह दे डाली। अब बात दारू की इज्जत बचाने

की आई तो सारे के सारे दारू के प्यासे लोग उस पर ऐसे भड़के जैसे एक प्रेमिका अपने प्रेमी की दूसरी गर्लफ्रेंड के बारे में पता चलने पर भड़कती है।

पहला- "ये अमृत है अमृत, करोड़ों के काम सैकड़ों में कराती है।"

दूसरा- "कभी अमेरिका के प्रेसिडेंट बने हो, एक बार इसे पी के देखो, अपने अंदर 'बराक ओबामा' को महसूस करोगे।"

तीसरा- "अपनी प्रेमिका को अभी तक प्रपोज किए हो? नहीं न? तो तुम्हें इसकी सख्त जरूरत है।"

चौथा- "ओह्हो! सरकारी कर्मचारी हो, एक दिन मेरे बॉस के नीचे काम करो, यदि डिप्रेशन की गोली लेते ना फिरो तो कहना।"

पाँचवाँ- "थोड़ा स्ट्रेस कम हो जाता है।"

छठा- "तुम क्या जानो मोहब्बत का जाम कैसे पिलाया जाता है! खोलने से पहले बोतल हिलाई जाती है। फिर आवाज लगाई जाती है कि आ जाओ दिलवालों, यहाँ दर्दे-दिल की दवा पिलाई जाती है।"

सबके ठहाकों से कमरा गूँज उठा। माहौल कतई महफिलनुमा हो गया। पैग पर पैग बनने लगे और जाम से जाम टकराने लगे। इस मयखाने की एक खास बात ये रही कि आज दुनिया में एक शराबी और पैदा हुआ, वही सरकारी कर्मचारी जो थोड़ी देर पहले ज्ञान पेल रहा था।

मैं अपना पैग हाथ में लिए सोच रहा था कि ये इंजीनियर लोग पीने के क्या-क्या बहाने ढूढ़ते हैं? कोई अपना स्ट्रेस कम कर रहा था तो कोई अपना डिप्रेशन। कोई पीने के बाद अपने आपको अमेरिका का प्रेसिडेंट महसूस कर रहा था तो कोई अपनी शायरी का शायर। दुनिया की आधी से ज्यादा दारू तो ये साले इंजीनियर ही पी जाते होंगे। मेरी सोच आगे बढ़ी। क्या मैं इंजीनियर के बारे में लिख सकता हूँ? उसके डिप्रेशन के बारे में लिख सकता हूँ? उसके स्ट्रेस के बारे में लिख सकता हूँ? उस दिन से मैंने इस इंजीनियर को जाँचा-परखा और उस पर लिखना शुरू किया...

***

मैं एक थर्ड क्लास इंजीनियर। एक प्राइवेट लिमिटेड कंपनी में क्वॉलिटी डिपार्टमेंट में कार्यरत था। कंपनी का उत्पादन क्वॉलिटी स्टैंडर्ड के अनुसार सही है, यह मोहर हमारा ही डिपार्टमेंट लगाता था। मतलब हम फाइनल टेस्ट करते थे।

हमारे प्लांट में आज 50 लाख उत्पादन करने के उपलक्ष्य में छोटा-सा कार्यक्रम आयोजित किया गया। सबसे पहले हमारे डायरेक्टर ने भाषण दिया।

"तुम सभी को रोजमर्रा के काम के लिए धन्यवाद! आज हमारा प्लांट 50 लाख उत्पादन कर चुका है। यह हम सभी की लगन और मेहनत का नतीजा है।" इस भाषण पर पूरा हॉल तालियों की गड़गड़ाहट से गूँज उठा।

"तुम सब इसी तरह काम करते रहोगे तो हम लोग इसी तरह आगे बढ़ते रहेंगे। हमारे प्लांट में उत्पादन आने वाले दिनों में और बढ़ने वाला है..."

भाषण खत्म होते ही कंपनी का एच.आर. मैनेजर 'पाउच' स्टेज की तरफ ऐसे दौड़कर आया जैसे कहीं उसका नंबर न कट जाए।

पाउच से आपका परिचय कराता हूँ। एच.आर. मैनेजर मतलब 'मानव संसाधन डिपार्टमेंट' का मालिक। वह 'मानव संसाधन डिपार्टमेंट' के सभी संसाधनों के द्वारा अपना भरपूर लालन-पालन कर रहा था। कभी-कभी तो ऐसा लगता था कि वह कंपनी नहीं, भैसों का तबेला चला रहा। उसने मानव संसाधन डिपार्टमेंट को पाउच संसाधन विभाग बना दिया था। उसका पाउच नाम जिसने भी रखा था, सही रखा था क्योंकि उसका पेट थैले की तरह लटकता ही जा रहा था।

"इस मौके पर मैं भी दो शब्द कहना चाहूँगा।"

"क्या पाउच के शब्दों के बगैर काम नहीं चलेगा।" पीछे से आवाज आई।

"दो के बजाय चार शब्द बोल पाउच।" पीछे से फिर आवाज आई।

"जैसा कि आप सभी को मालूम है कि आज का दिन कितना महत्त्वपूर्ण है और यह हमारे परिश्रम का फल है। इस खुशी के मौके पर मैनेजमेंट ने सभी कर्मचारियों को स्वीट देने का निर्णय लिया है, जो आप लोगों को गेट पर दिया जाएगा।"

'गोलीबाज' अर्थात प्रोडक्शन मैनेजर ने हमारी तरफ ताली बजाने का इशारा किया और सभी कर्मचारियों ने ताली बजाई। पाउच का भाषण समाप्त हो गया।

पहले से ही यही होता आया था कि पाउच के बाद गोलीबाज स्टेज पर आता था। पाउच ने गोलीबाज को आमंत्रित किया।

'गोलीबाज' दुनिया का सबसे बड़ा गोलीबाज आदमी जिसने अपनी

गोली से अच्छे-अच्छे की ले रखी है। एक इंजीनियर को तो प्रमोशन की ऐसी गोली दी कि साल भर उसी गोली से छाछ-दूध पीता रहा। आखिर मैं भैंस दूध से मनाकर गई ईधर गोलीबाज प्रमोशन से मनाकर गया।

वह सबसे पहले मुस्कुराया और कहा, "मेरे प्यारे साथियों!" फिर नजरों को एक कोने से दूसरे कोने तक दौड़ाया- "सर्वप्रथम मैं सभी को बधाई देना चाहूँगा।"

पीछे से आवाज आई, "अब गोलीबाज सभी को एक-एक गोली देंगे, जिसको हम सब चूसते हुए घर तक जाएँगे।"

"इस गोल्डन दिवस तक पहुँचने में हमारे सभी साथियों ने जी-तोड़ मेहनत की है। महिला कर्मचारियों और मशीन शॉप के सदस्यों ने अपना भरपूर योगदान दिया। इस मेहनत का फायदा हमें आने वाले अप्रेजल में मिलेगा।"

तभी पीछे से फिर आवाज आई, "गोली दे रहा है गोली, अब सभी चूसते रहो।"

"यह परिवार प्रगति पथ पर इसी तरह लगातार आगे बढ़ता रहेगा, ऐसी मैं कामना करता हूँ। एक बार फिर मेरी तरफ से सभी लोगों को बहुत-बहुत बधाई हो! धन्यवाद!"

चल-हट

मैं कितना इंटेलीजेंट था, इसका अंदाजा इस प्रकार लगाया जा सकता था कि मैं डिप्लोमा फर्स्ट ईयर गणित का पेपर पाँचवीं बार देने जा रहा था। एग्जाम में पाँच दिन बाकी थे। मैं एग्जाम की तैयारी के लिए अपने इस कम दिमाग को गणित की किताब में इस कदर दौड़ा रहा था, जैसे जी.के. के प्रश्नोत्तर याद कर रहा हूँ। थोड़ी बहुत कसर मेरे मोबाइल की रिंगटोन ने पूरी कर दी। जब तक मैं मोबाइल तक पहुँच पाया रिंगटोन मिस कॉल में तब्दील हो चुकी थी। मोबाइल स्क्रीन पर जाने-पहचाने से नंबर देखकर एक बार तो मैं अपने-आप से बोला, "छोड़ न।"

लेकिन हम नई उम्र के लड़कों का दिमाग कुछ ज्यादा ही दौड़ता है। इतना अधिक आगे जाता है कि मैं तुम्हें क्या बताऊँ? मिस कॉल नाम का हथौड़ा बार-बार दिमाग में लगने लगा। किसने किया? क्यों किया? किसने किया? क्यों किया? फिर मैंने उस नंबर पे फोन कर दिया।

"हेलो कौन?"

"प्रेम, तुम इस नंबर पे फोन मत करना, यह नंबर मेरे पास नहीं रहेगा।"

"भाभी तुम!" मैंने कहा।

"हाँ मैं, ठीक है, तुम इस नंबर पे फोन मत करना।" उसने दोहराया।

"हाँ-हाँ ठीक है। लेकिन मेरा एक छोटा-सा काम कर दोगी?"

"हाँ, बोलो।"

"भाभी, मनी से बात किए दस-बारह दिन हो गए हैं, प्लीज उसे फोन करके कह दो कि वो मुझे फोन कर ले।"

"ठीक है, मैं बोल दूँगी उसे, लेकिन तुम इस नंबर पे फोन मत करना।" भाभी ने आखिरी बार फिर दोहराया।

मनी कहने को तो मेरा प्यार था मगर प्यार जैसा कोई स्वाद मैंने अभी तक नहीं चखा था। वह अलवर के गर्ल्स कॉलेज का दूसरा साल पूरा करके अपने घर चली गई थी। भाभी उसकी रूममेट थी। मनी उनको भाभी कहती है, इसलिए मैं भी उनको भाभी ही कहता था।

दो दिन बाद, मैं अकेला बैठा हुआ था। मेरे खालीपन ने मुझे फिर मनी को याद करने के लिए मजबूर कर दिया। मेरे पास एक ही विकल्प था 'वह फोन नंबर' जिससे दो दिन पहले भाभी का फोन आया था। मैंने डायल लिस्ट में से उस नंबर को झट से ढूँढ़ा। नंबर के लास्ट डिजिट 07 मुझे 'जेम्स बॉन्ड' के 007 नंबर की तरह नजर आ रहे थे। पर भाभी को फोन नहीं करने का वादा मुझे उस नंबर को डायल नहीं करने दे रहा था।

फोन करूँ या न करूँ, इसके लिए मैं अपने-आप से संघर्ष करने लगा। कसमें खाने के लिए होती हैं, वादे टूटने के लिए होते हैं। नहीं-नहीं... मुझे नहीं करना चाहिए, पता नहीं फोन किसके पास हो? लेकिन फिर भी एक बार करने में क्या हर्ज है। नहीं-नहीं... कभी नहीं... चल कर ले यार।

"हैलो!" कोई जवाब नहीं आया। बस धीमी आवाज में सुनाई पड़ा, "दीदी लास्ट में 11 नंबर है।" मैंने फिर से कहा, "हैलो!"

"हैलो, आप कौन?" वह अंजान आवाज मुझे बहुत प्यारी और खास लगी। मैं उसे दुबारा सुनना चाहता था। मैंने फिर से कहा, "हैलो!"

"आप कौन?" वह फिर बोली।

मेरा खुराफाती दिमाग 'आप कौन' का जवाब ढूँढ़ने के लिए भूत, भविष्य और वर्तमान में गोते लगाने लगा पर मुझे कोई जवाब नहीं मिल पाया। मैंने भी पूछा, "आप कौन?"

"पहले आप बताओ?"

"मैं प्रेम।"

"किससे बात करनी है?"

"आप ही से।"

"मैं आपको नहीं जानती।"

"For your information, I'm Prem, पेशे से इंजीनियर, लेकिन..."

"तुम्हें मेरा नंबर कहाँ से मिला?" मेरी बात काटते हुए वो कठोर आवाज में बोली।

"रॉन्ग नंबर है।"

मुझे बैकग्राउंड से आवाज सुनाई दी, "दीदी क्यों किसी बेवकूफ लड़के से बात कर रही हो।"

"चल-हट।" फिर फोन काट दिया।

मैंने दोहराया, "चल-हट!", बहुत अच्छा शब्द है चल-हट।"

अगले दिन मैं औद्योगिक नगरी भिवाड़ी में बिल्डिंग की छत पर बैठा हुआ था जहाँ हम किराए पर रहते थे। यहाँ की सुविधाएँ इस प्रकार थीं- पीने का पानी बाहर से लाना होगा, बाथरूम में नहाते वक्त कोई भी फोटो खींच सकता है, लैट्रिन करते समय दरवाजा पकड़ के बैठना होगा, नहाने के लिए उतारे गए कपड़े वापस पहनने पड़ सकते हैं और किराया एडवांस देना होगा। लेकिन यहाँ एक सबसे महत्त्वपूर्ण सुविधा और थी जो हमें यहाँ रोके हुए थी। वह यह थी कि हम अपनी गर्लफ्रेंड को यहाँ पर ला सकते थे।

हमारी बिल्डिंग से थोड़ी दूर वाली बिल्डिंग की छत पर एक लड़की आई। उसने अपने चारों तरफ देखा, छत के दोनों किनारों तक दो चक्कर लगाए, लेकिन मैं उसकी नजरों में नहीं आया। फिर उसने अपना हाथ अपने पंजाबी सूट के गले के पास छाती के उभारों में डाला। लड़की की इस स्थिति को देखकर मेरे शरीर में एक अलग उत्तेजना पैदा हो गई। मैं खड़ा हो गया, तब तक वो भी सामान्य स्थिति में आ चुकी थी।

उसके हाथ में अब मोबाइल फोन था। वह फोन पर बातें करते हुए छत के एक तरफ से दूसरी तरफ चक्कर लगा रही थी और मैं भी उससे नजरें मिलाने के लिए अपनी छत पर उसके समानांतर चक्कर लगा रहा था। लेकिन वह बात करने में इतनी मशगूल थी कि उसने एक बार भी मेरी तरफ नहीं देखा। मैंने सोचा वो किस से बात कर रही होगी? अपने ब्वॉयफ्रेंड से?

मेरे पास भी एक विकल्प था। वो फोन नंबर 07 वाली, लेकिन वह पूछती है, 'तुम कौन हो?'

'For your information, I'm Perm, पेशे से इंजीनियर लेकिन थर्ड क्लास।' मैंने मन-ही-मन दोहराया। मैं जानना चाहता था कि फोन पर

कौन है, जो मुझे और मेरे फोन नंबर को नहीं जानती। मैंने फोन मिला दिया।

"क्यों बार-बार फोन कर रहे हो?" वो गुस्से में बोली।

"मैं तुमसे बात करना चाहता हूँ।" मैंने मासूमियत के साथ कहा।

"क्या बात करना चाहते हो?" वो सहज शब्दों में बोली।

"तुम कौन हो? कहाँ हो? कैसी हो?"

"मैं तुम्हें क्यों बताऊँ?"

"क्योंकि मैं जानना चाहता हूँ।"

"मैं किसी अजनबी को अपने बारे में नहीं बताना चाहती।"

"For your information, I'm Perm, पेशे से इंजीनियर लेकिन..."

"प्लीज मुझे परेशान मत करो, फोन रख दो।"

"फोन तो तुम भी रख सकती हो।"

"फोन तुमने किया है तो तुम रखो।"

"नहीं, मैं तो तुमसे बात करना चाहता हूँ।"

"लेकिन मैं नहीं करना चाहती, तुम क्यों समय और पैसे की बरबादी कर रहे हो?"

"मैं एक सुंदर लड़की पर पैसे खर्च कर रहा हूँ जो मेरे लिए अजनबी है।"

"चल-हट।" उसने कहा और टूँ...टूँ...टूँ करके फोन कट गया।

यह तो पक्का हो चुका था कि वह मुझे नहीं जानती थी और मेरे लिए वह भी अंजान थी। उसका 'चल-हट' शब्द इतना स्वादिष्ट था कि मैं उसे बार-बार सुनना चाहता था लेकिन मैं उसे परेशान भी नहीं करना चाहता था इसलिए मैंने अपने-आप को रोका।

मास्टर इवेंट

मैं और मेरे डिपार्टमेंट के सदस्य मीटिंग रूम में बैठे हुए थे। एक तरफ 'तेलु तिवारी' जो क्वॉलिटी मैनेजर उर्फ 'पलटू' की कुर्सी के बगल वाली कुर्सी पर बैठा हुआ था।

आओ आपको पलटू से मिलाता हूँ। पलटू की कही बातों पर विश्वास करना साँड की पीठ पर बैठना जैसा था। एक बार क्या हुआ कि मॉर्निंग शिफ्ट में मास प्रोडक्शन सैंपल फाइनल टेस्ट पर फेल हो गया। As per standard NG था। दास बाबा ने पलटू के पास फोन मिलाया और प्रॉब्लम के बारे में बताया। पलटू ने पूरे मास प्रोडक्शन को होल्ड करने व असेंबली लाइन को तुरंत बंद करने के लिए कहा। दास बाबा ने वैसा ही किया। लाइन सुपरवाइजर पुरेंदु ने इसका विरोध किया। दास बाबा ने पलटू से उसकी बात करवाई। लाइन बंद हो गई। फिर क्या था, हाहाकार मच गया। दास बाबा के पास गोलीबाज और प्रोडक्शन DGM तक के फोन आए। दास बाबा ने सभी से स्टैंडर्ड वाली बात दोहराई। जरनल शिफ्ट के आते ही मॉर्निंग मीटिंग को छोड़कर इस प्रॉब्लम के लिए मीटिंग बुलाई गई। उस मीटिंग में टॉप मैनेजमेंट बैठा हुआ था। दो ही लोग थे जो लेवल अनुसार मीटिंग में मेल नहीं खा रहे थे। दास बाबा व लाइन सुपरवाइजर पुरेंदु।

प्रोडक्शन DGM का पहला सवाल था? "लाइन बंद क्यों हुई?" यह कहकर वो बारी-बारी से सभी की तरफ देखने लगा। जब कोई नहीं बोला तो लाइन सुपरवाइजर पुरेंदु ने कहा, "सर लाइन तो दास ने बंद करवाई थी।"

फिर वह दास की तरफ देखते हुए बोला, "कम से कम लाइन तो चलने देते।"

"सर जब प्रोडक्ट ही NG बन रहा है तो लाइन चलाने से क्या फायदा!" दास बाबा ने कहा।

"वैसे भी लाइन रुकवाने का फैसला सर का था।" दास बाबा ने पलटू की तरफ इशारा करते हुए कहा।

"मैंने लाइन बंद करने के लिए थोड़ी ही कहा था।" पलटू ने पलटी मारी।

पुरेंदु ने तुरंत कहा, "सर आपने ही तो फोन पर कहा था।"

"नहीं मैंने लाइन बंद करने के लिए नहीं कहा, मैंने कहा था कि लाइन को OK करके चलाओ।" और तभी से पलटू का नाम 'पलटू' रखा गया। चलो अब वापिस आते हैं।

'तेलु तिवारी' पलटू का चहेता था क्योंकि उसके मुँह से कभी 'ना' शब्द ने जन्म ही नहीं लिया। और तेलु तिवारी हमारा बॉस था। चूँकि वह हमारा बॉस था तो दुनिया का सबसे ज्ञानी व्यक्ति भी था। 'बॉस इज ऑलवेज राइट' वाली कहावत तो आपने सुन ही रखी होगी, यह उससे भी आगे वाले बॉस था जो सिर्फ आपके हाँ भरने से ही संतुष्ट नहीं होता था। उसे तेल (चापलूसी) भी लगाना पड़ता था। मैं और इंजीनियर सिंह कभी-कभी तेल लगा भी देते थे। जिसका वो भरपूर आनंद उठता था। उस चूतिए को ये भी महसूस नहीं होता था कि हम उसको तेल लगा रहे है या उसके मजे ले रहे है। इंजीनियर सिंह का कहना था कि दुनिया के सबसे चूतिया आदमी की शक्ल तेलु तिवारी से जरूर मिलती होगी।

तेलु की बगल वाली कुर्सी पर 'दास बाबा' बैठे थे, जो अनुभव में तेलु तिवारी से दुगुने थे पर ग्रेड और पोस्ट में समान थे। दास बाबा मेहनत और लगन से और तिवारी अपनी जी हुजूरी, चापलूसी तथा तेल लगाऊ प्रदर्शन से मैदान में बने हुए थे। दास बाबा एक एनालिसिस को बीच में छोड़कर, प्रोडक्ट को हाथ में लिए आकर बैठे ही थे। मैं और इंजीनियर सिंह दोनों एक ही कैटेगरी इंसान, इसलिए हम एक तरफ बैठे थे। सभी की जुबान पर एक ही सवाल था कि हमें मीटिंग के लिए क्यों बुलाया गया है? ऐसा एहसास हो रहा था जैसे अभी कोई पिटारा खुलेगा और कोई साँप हमें डस लेगा या फिर कोई भयानक दृश्य हमें डरा देगा।

मीटिंग रूम का दरवाजा खुला, तीन और लोगों ने दस्तक दी जिसमें एक हमारा बॉस पलटू, एक क्वॉलिटी डी.जी.एम. और एक क्वॉलिटी एडवाइजर शामिल थे। वे लोग अपनी-अपनी सीट पर बैठ गए। डी.जी.एम. ने पलटू की

तरफ इशारा किया।

"पिछले महीने मास्टर बेस के लिए जो प्रोडक्ट भेजा गया था वह फेल हो गया।" पलटू ने कहा। पलटू और कुछ बोलता इससे पहले डी.जी.एम. ने पूछा, "टेस्टिंग किसने की थी?"

हमारी तरफ से किसी ने हामी नहीं भरी। डी.जी.एम. हमारी तरफ ऐसे देख रहा था मानो हमें कच्चा निगल जाएगा। उसका गोरा रंग अब लाल हो चुका था। वह चिल्लाते हुए फिर बोला, "टेस्टिंग किसने की थी?"

उसके हाथ में वर्नियर था जो हथियार की तरह लग रहा था। सभी इस तरह चुपचाप बैठे थे जैसे मानो नहीं बोलने पे इनाम दिया जाएगा। मैं और सिंह डिपार्टमेंट में सबसे जूनियर थे और हमारा काम सिर्फ मास प्रोडक्शन तक सीमित था और हमारे सीनियर तेलु तिवारी बस तेल लगाने में विश्वास करते थे। इसलिए वह कुछ गलत करेगा इसका सवाल ही नहीं उठता। अब मैं समझ चुका था कि यह काम दास बाबा ने ही किया था। दास बाबा के कंधे शर्म के मारे झुके हुए थे। दास बाबा धीमी आवाज में डी.जी.एम. से नजरें मिलाते हुए बोले, "टेस्टिंग मैंने की थी।"

यह सुनते ही उसने टेबल पर घूँसा मारा। टेबल तेज आवाज के साथ हिल पड़ी। वह गुस्से में बोला- "गलत, गलत, गलत। पहली बार में ही बताना चाहिए था कि टेस्टिंग मैंने की है।"

"गलत होने का कारण क्या हो सकता है?" क्वॉलिटी एडवाइजर ने पूछा। सभी दास बाबा की तरफ इस प्रकार देख रहे थे कि वह कोई ज्योतिषी है और कुंडली देखकर उनका भाग्य बताएगा। दास बाबा अपनी कुर्सी पर चिपक के बैठा हुआ था। उसने अपना आत्मविश्वास दिखाते हुए कहा, "मैंने सब कुछ सही किया था।"

"फिर वह गलत कैसे हो गया?" डी.जी.एम. बोला। इसके बाद डी.जी. एम., क्वॉलिटी एडवाइजर और पलटू ने लंबे-चौड़े भाषण के बाद दास बाबा और हम सभी को सौ फीसदी सही दक्षता, लगन और मेहनत से काम करने की सलाह दे डाली।

मास्टर इवेंट फेल हो जाने के कारण हमें दुबारा से उस काम को करने के लिए महज दो दिन का समय दिया गया। तेलु तिवारी ने तेल लगाने के

चक्कर में पाँच दिन के काम को दो दिन में ही करना स्वीकार कर लिया और दूसरी बात यह थी कि काम तो दास बाबा को करना था, अब चाहे इसमें पाँच दिन लगे या दो दिन।

'दास बाबा' को शायद ही मैंने कभी किसी काम के लिए ना कहते सुना हो। उन्होंने चुनौती स्वीकारते हुए अपना काम शुरू कर दिया। रात के 12 बजे तक लगातार 15 घंटे में एक बार पेशाब और 15-15 मिनट दोनों वक्त का खाना खाने के लिए समय लिया। दूसरे दिन सुबह छह बजे फिर काम शुरू कर सकें यह सोचकर 'दास बाबा' कंपनी से कुछ दूरी पर स्थित गेस्ट हाउस चले गए। गेस्ट हाउस के वॉचमैन को रात 12 बजे दरवाजा खोलने में इतनी तकलीफ हुई जितनी दास बाबा को 15 घंटे काम करने में नहीं हुई। दरवाजा खोलते ही वह बोला, "क्यों आधी रात को परेशान कर रहे हो?"

"मैं कंपनी से आया हूँ, सुबह छह बजे वापस कंपनी जाना है इसलिए मैं यहाँ आराम करना चाहता हूँ।"

"नहीं, हमें कोई सूचना नहीं मिली है।" वॉचमैन बोला।

"सूचना, कैसी सूचना?" दास बाबा बोले।

"एच.आर. से पहले परमिशन लेनी पड़ती है।"

"एच.आर. से अब परमिशन ले लेते हैं।" दास बाबा ने अधिकार स्वरूप कहा। उसने वॉचमैन से ही एच.आर. एक्जिक्यूटिव मंगतू का फोन नंबर लिया और फोन किया। पाँच बार फोन करने के बाद मंगतू ने फोन उठाया, "सर, मैं कंपनी से दास बोल रहा हूँ, मुझे सुबह छह बजे वापस कंपनी जाना है, इसलिए मैं गेस्ट हाउस में रुकना चाहता हूँ।"

"तुम्हारी पोस्ट क्या है?" मंगतू ने पूछा।

"सुपरवाइजर।"

"वॉचमैन से बात कराओ।" वॉचमैन के बात करते ही दास बाबा ने पूछा, "क्या कहा?"

"बोले कि गेस्ट हाउस वीआईपी लोगों के लिए है, सुपरवाइजरों के लिए नहीं।" वॉचमैन ने यह कहते हुए दरवाजा बंद कर लिया।

दास बाबा के लिए यह विषय आत्महत्या करने लायक था। उन्होंने अपनी शर्ट निकाली कंधे पर रखी और मन-ही-मन कहा, "भाड़ में जाए मास्टर इवेंट,

भाड़ में जाए कंपनी, जब कंपनी ही हमारे बारे में नहीं सोचती तो हम क्यों कंपनी के बारे में सोचें। साला मंगतू कंपनी का मालिक और हम सुपरवाइजर..."

दास बाबा पैदल-पैदल नेशनल हाइवे की तरफ रेवाड़ी जाने के लिए चल दिए, लेकिन अब आधी रात 12:30 बजे परिवहन का साधन मिलना बहुत मुश्किल काम था। अब तक दास बाबा का गुस्सा भी शांत हो गया था। उसके दिमाग में फिर मास्टर इवेंट का विचार आया, 'मुझे अपना कर्तव्य पूरा करना चाहिए, कंपनी के लिए पूरी मेहनत करना ही मेरा कर्तव्य है, इसी के लिए कंपनी मुझे तनख्वाह देती है। मैं किसी मंगतू जैसे चिलमचोर के लिए काम नहीं करता हूँ। मेरी वजह से इवेंट फेल नहीं होना चाहिए।'

अब वह हाइवे पर ही सोने के लिए जगह तलाशने लगा। वह रोड क्रॉस करने के लिए दोनों रोड के बीच डिवाइडर पर खड़ा था। रोड के दोनों तरफ से आने-जाने वाले वाहनों से हवा का झोंका उसे गर्मी भरी रात में ठंडक दे रहा था। बहुत ज्यादा ट्रैफिक होने की वजह से वह काफी देर तक रोड पार नहीं कर पाया। ठंडी हवाएँ उसे बहुत आराम दे रही थीं तो उसने सोचा क्यों न डिवाइडर पर ही सोया जाए। उसने वहीं अपनी शर्ट बिछाई और लेट गया। रोड के दोनों तरफ घूमते पहिए ऐसे लगते मानो अभी ऊपर ही चढ़ने वाले हैं। धीरे-धीरे उसके लिए ये आवाजें और दृश्य सामान्य हो गए। लगभग हर आधे घंटे में आँख खुलती और टाइम देखकर सो जाता। जब 4:50 पर आँख खुली तो उसने कंपनी जाना ही उचित समझा। मुँह धोया, पानी के गीले हाथ बालों में फेरे और शर्ट पहनकर कंपनी की तरफ चल पड़ा। शाम का खाना दास बाबा ने तभी खाया जब काम पूरा हो गया। तेलु तिवारी ने इसकी रिपोर्ट तैयार की और डी.जी.एम. के सामने पेश कर खूब वाह-वाही लूटी, लेकिन दास बाबा को कोई धन्यवाद तक बोलने नहीं आया।

***

'एग्जीक्यूटिव मंगतू' पाउच की मेहरबानियों का नायाब तोहफा था। कर्मचारियों की तनख्वाह से लेकर सारे साधारण कार्य उसी के हाथ में थे। वह ठेठ आड़ू इंसान था। कर्मचारियों का उसके पास एक आशा लेकर आना और निराश होकर वापस जाना एक आम बात थी।

"काम तो हो जाएगा, लेकिन पार्टी कौन देगा?" उसका यह डायलॉग

हर काम चाहने वाले व्यक्ति पर उपयोग होता था। यदि आप पार्टी के लिए राजी हो गए तो आपका काम हो जाएगा अन्यथा आपका काम लटक जाएगा।

कंपनी ने लोन की एक नई पॉलिसी शुरू की, जिसमें कंपनी का कोई भी कर्मचारी बीस हजार रुपए का लोन ले सकता था। माँ की बीमारी के कारण मुझे रुपयों की सख्त जरूरत थी। मैं और सिंह लोन एप्लिकेशन फॉर्म लेकर मंगतू के पास पहुँचे। मैंने उसकी टेबल पर फॉर्म रखते हुए कहा, "सर लोन मिलेगा?" वह हमें देख के मुस्कुराया और बोला, "लोन तो मिल जाएगा, लेकिन पार्टी कौन देगा?"

"पार्टी, कैसी पार्टी?" मैंने कहा। इंजीनियर सिंह ने मेरे पैर पर पैर मारते हुए कहा, "पार्टी तो मिल जाएगी साहब, पहले काम तो करो।"

मैंने सिंह की तरफ देखा, उसने फिर मुझे पैर मारते हुए कहा, "साहब के नाम की पार्टी तो बनती ही है।" मैं चुप रहा और अपने सर को हाँ की मुद्रा में हिलाया।

"चलो तुम्हारा काम हो जाएगा।" मंगतू ने फॉर्म अपने पास रखते हुए कहा।

एच.आर. ऑफिस से बाहर आते ही मैंने सिंह को कहा, "ओए, मैं कोई पार्टी-वार्टी नहीं देने वाला।"

"तुम्हें पार्टी देने के लिए कौन कह रहा है?"

"तुम अभी उस साले मंगतू को कह रहे थे।"

"यदि मैं ऐसा नहीं कहता तो तुम्हें लोन नहीं मिलता।"

"अच्छा, हमें हमारा पैसा लेने के लिए भी पार्टी देनी पड़ेगी?"

"वो तो ऐसा ही समझता है, लेकिन तुम्हें पार्टी नहीं देनी।"

"वह माँगेगा तो?"

"तब की तब देखेंगे।"

***

इंजीनियर सिंह की नजर अचानक खिड़की में से मेन गेट पर पड़ी और वो जोर से चिल्लाया, "ओए! बेटे आइटम..."

मैं मशीन पर रीडिंग लिख रहा था, उसकी आवाज सुन मैं खरगोश की तरह उछलता हुआ खिड़की की तरफ जा पहुँचा और मेरे पीछे-पीछे तेलु तिवारी भी। आँखों पर काला चश्मा, बालों की लट जो हवा में लहराती हुई

चेहरे पर आ रही थी, जिसे वह बार-बार सँवार रही थी। नीले रंग की जीन्स, हल्के गुलाबी रंग का टॉप, पैरों में सैंडल पहने वो ऐसी लग रही थी जैसे कोई बॉलीवुड की हीरोइन आ गई हो। हम उसको अधिक-से-अधिक पास से देखना चाहते थे। हम तीनों खिड़की के साथ सटकर खड़े हो गए। वह बहुत आकर्षक लग रही थी। उसको निहारने के अलावा हमारे मुँह से एक शब्द भी नहीं निकला। गार्ड ने उसे विजिटर कार्ड देकर रिसेप्शन की तरफ इशारा करके रास्ता बताया। वह जैसे-जैसे हमारी आँखों से दूरी बनाती जा रही थी, हम उसके आकर्षण के कारण वैसे-वैसे खिड़की से बाहर निकलने की कोशिश कर रहे थे।

"क्या कभी लड़की नहीं देखी ?" तेलु तिवारी ने पलटी मारते हुए कहा।

"इतनी स्वादिष्ट नहीं।" इंजीनियर सिंह ने कहा।

इंजीनियर सिंह और मेरे चेहरे पर हल्की मुस्कुराहट आ गई। मैं हल्के-हल्के कदमों से ऑफिस के बाहर निकला और कुछ सेकेंडों में रिसेप्शन पर जा पहुँचा। दरवाजे के सामने ही वह सुंदरी बैठी थी। उसकी गोल-गोल आँखें जो पहले काले चश्में से ढकी हुई थी उन्हें मैं अब देख पाया। गले में सोने की चैन और हाथ में सुनहरे रंग की घड़ी।

मैं उसकी तरफ देखता हुआ झाँकी (रिसेप्शनिस्ट) के पास जा रहा था। 'झाँकी' जिसको हम कई सालों से झेलते हुए आ रहे थे। 'झाँकी' कंपनी की झाँकी थी। झाँकी नाम लोगों ने इसलिए दिया था कि उसकी शक्ल को देखकर लोग कंपनी हालात का पता रिसेप्शन पर ही लगा लेते थे। 'First impression is the last impression', झाँकी भी कुछ ऐसा ही इम्प्रेशन देती थी कि वह आखिरी इम्प्रेशन होता था। उसकी नजर जैसे ही मुझसे मिली झाँकी ने कहा, "प्रेम, क्यों आए हो ?"

मैंने हड़बड़ाहट के साथ चेहरा घुमाया और बोला, "वो बस ऐसे ही। हाँ वो, ड्रेस आ गई क्या ?"

"नहीं, अभी समय लगेगा।" उसके इस जवाब के बारे में मुझे पहले ही पता था, मेरी नजर टेबल पर रखे बॉयोडाटा पर पड़ी। 'गरिमा, मैकेनिकल इंजीनियर, डेजिग्नेशन, जे.ई., सैलरी पैकेज 2.50 लाख, क्वॉलिफिकेशन आदि।' मेरे लिए क्या अच्छा हो सकता था ? उसका सैलरी पैकेज, डेजिग्नेशन

या उसकी क्वॉलिफिकेशन?

लेकिन कुछ तो था जो मेरे जैसे आशिक मिजाज के लिए फायदेमंद था। उसके पते के नीचे लिखे दस अंक। जिसे मैंने अपनी आँखों को चौड़ाकर तीन-चार बार पढ़ा, पर जिसको याद करना मेरे लिए गणित के पहाड़ों की तरह कठिन था। जिस गति से मैं वहाँ गया था उससे तीव्र गति से मैं वहाँ से वापस आया। मेरी आंतरिक याद्दाश्त उस नंबर को बार-बार दोहरा रही थी। इससे पहले कि मैं उस नंबर को भूल जाता मैंने अपना मोबाइल निकाला और नंबर टाइप किया- 'नहीं, नहीं... अभी नहीं... कर ले यार...' फिर दिमाग में विचार आया 'मैसेज क्या लिखना चाहिए?'

'वेलकम' टाइप किया ही था कि इतने में मोबाइल बजा। स्क्रीन पर आए नंबर को देख मैं चौंक गया। वही 07 नंबर, कुछ सेकेंड रिंगटोन बजकर बंद हो गया, अर्थात मिस कॉल था। एक अनजान खुशी ने मुझे खुश किया, फिर मुझे खयाल आया... 'भाभी?' लेकिन मैं मायूस हो गया। मायूसी इस कदर थी कि मैं मिस कॉल का जवाब देने की भी हिम्मत नहीं जुटा पाया।

परीक्षा

ट्रेन के अलवर रेलवे स्टेशन पर पहुँचते ही मुझे कॉलेज में बिताए हुए दिनों की कुछ यादें आँखों के सामने डोल गईं। मेरे दोस्त राज और ओम। कॉलेज में खेली गई होली। बरसात में साथियों को कीचड़ में गिराना। कॉलेज के सांस्कृतिक कार्यक्रम। आंटी की बनाई हुई बाजरे की खिचड़ी। मनी का यहाँ से 15-20 दिन पहले दूसरे साल की पढ़ाई करके घर चले जाना और कंपनी में आया मिस कॉल मुझे याद आया।

रेलवे स्टेशन के बाहर निकलते हुए कब मैंने मोबाइल फोन को कान पर लगाया, पता ही नहीं चला। जब घंटी ट्रिन-ट्रिन करके बजने लगी तब मेरे दिमाग में विचार आया कि फोन पर मुझे फिर चल-हट शब्द सुनाई देगा या भाभी या कोई और भी हो सकता है।

"क्या आपका नाम प्रेम है?" उसने स्वाभाविक भाषा में पूछा। मैं अचंभित था कि वो मुझसे बात करना चाह रही थी। मेरा मन वो ही वाला डांस करना चाहता था जो मुझे नहीं आता था, लात घूसों वाला डांस। मेरे मन में प्रेम रूपी अमर बेल बढ़ने लगी।

मैंने हड़बड़ाते हुए कहा, "हाँ-हाँ।"

"आप क्या करते हैं?"

"मैं इंजीनियर हूँ।" मुझे लगा शायद पूछेगी कि कितने मिलते हैं, जिससे यह साबित हो जाएगा कि मैं एक थर्ड क्लास इंजीनियर हूँ।

"कहाँ से बोल रहे हो?"

"अभी तो मैं अलवर में हूँ।"

"अलवर में?" जैसे उसको आश्चर्य हुआ हो।

"मैं डिप्लोमा का ड्यू एग्जाम देने आया हूँ।"

"क्या आपका नाम सचमुच प्रेम है?" उसने फिर से मेरा नाम पूछा।

"क्या आपका नाम सचमुच 'चल-हट' है?" मैंने मजाक करते हुए कहा। और मैं उसे पहली बार हँसाने में कामयाब हुआ।

"मैं पिंकी हूँ, बी.एससी. सेकेंड ईयर की परीक्षा दी है, प्रतियोगी परीक्षाओं की तैयारी के लिए कोचिंग कर रही हूँ।"

"कहाँ पर?"

"जहाँ आज तुम आए हो।"

"अलवर में! अलवर में कहाँ रहती हो?"

"पंचवटी।"

पंचवटी सुनते ही मेरी सोच मनी के कमरे तक पहुँची और मैं पहुँचा मोती नगर की उस गली में जिसमें हमने डिप्लोमा के तीन साल पढ़ाई, मौज-मस्ती या कुछ और करके बिताए। मकान मालिक और किराएदार के रिश्ते से हटकर एक अलग रिश्ता था जो मुझे अलवर में आते ही यहाँ तक खींच लाता था।

मुझे देखते ही आंटी के चेहरे पर मुस्कान आ गई जो हमेशा मेरा स्वागत करती थी। मैंने आंटी को नमस्ते किया, आंटी ने मम्मी की तबियत के बारे में पूछा। फिर चाय की चुस्की के साथ एक लंबा वार्तालाप, थोड़ी बहुत परीक्षा की पढ़ाई, रात... सुबह... और फिर परीक्षा। परीक्षा देते ही मैं कॉलेज से बाहर निकला। पैदल चलते-चलते इंसान का दिमाग कुछ ज्यादा भटकता है।

'क्या सच में उसका नाम पिंकी है? वह झूठ तो नहीं बोल रही?' मैंने उसे मिस कॉल मारा। थोड़ी देर बाद उसका भी मिस कॉल आया। जैसे उसके मिस कॉल ने मुझे इजाजत दे दी हो कि तुम फोन कर सकते हो। उसने फोन उठाते ही कहा, "अभी मुझे कोचिंग जाने के लिए तैयार होना है, हम बाद में बात करेंगे।"

"कोचिंग कितने बजे से है?"

"12:00 बजे।" मैंने घड़ी में समय देखा 11:20 बज रहे थे।

"ठीक है।" मैंने फोन रख दिया। सोचने लगा कि 'क्या वह सचमुच में अलवर में है? क्या वह पंचवटी में रहती है? पंचवटी में कहाँ रहती है? क्या मैं उसको देख सकता हूँ? क्यों नहीं!'

मेरे पास पंचवटी पहुँचने के लिए 20-30 मिनट का समय था और मैं वहाँ समय से पहले ही पहुँच गया। पंचवटी में गर्ल्स कॉलेज के हॉस्टल के

सामने वाली गली के नुक्कड़ पर मैं खड़ा हो गया। जहाँ तक मेरा अंदाजा था वो वहीं रहती थी जहाँ मनी रहती थी।

कुछ मिनटों बाद एक लड़की उसी गली में से निकली जहाँ मनी रहती थी। पंजाबी सूट पहने चेहरे पर डाकुओं की तरह कपड़ा बाँधे साइकिल को घोड़े की तरह दौड़ाते हुए मेरी तरफ आई। उसकी बड़ी-बड़ी काली आँखें दिखाई दे रही थीं। जब वह मेरे पास से गुजरी तो कुछ पल उसकी आँखें मुझसे मिलीं। यही है वो, ऐसा सोचकर मैंने अपने आपको उसे हवा में पुच्ची देने से रोका। फिर देखते ही देखते वह गली के दूसरे किनारे से मुड़कर गायब हो गई और मैं पीछे मुड़कर देखता ही रह गया।

यदि मेरे साथ कोई होता तो मैं शर्त लगाता कि यह शत-प्रतिशत पिंकी है। फिर भी मैं पक्का करना चाहता था। इसलिए मैंने फोन किया। उसने कहा, "मैं अभी कोचिंग में हूँ।"

"चेहरे को धूप से छुपा रखा था या हमसे?"

"तुम कहाँ पर थे?"

"तुम साइकिल को थोड़ा धीरे चला लेती तो हम तुम्हें कुछ ज्यादा देर तक देख पाते।"

"अरे तुम कहाँ पर थे? तुम बताओ न प्लीज।"

"किसी लड़के से तुम्हारी आँखें मिली थीं?"

"नहीं... नहीं, मुझे नहीं पता।"

"हॉस्टल के सामने वाली गली में?"

"हाँ... हाँ, पर मुझे कुछ याद नहीं। लेकिन तुमने मुझे पहचाना कैसे?"

"10-15 मिनटों के दौरान पंचवटी की गली से एक ही लड़की निकली जिसके पास किताबें थीं और वह अपना चेहरा किसी अजनबी लड़के को नहीं दिखाना चाहती थी।"

"चल-हट।"

मैं अब यहाँ से चले जाने के बारे में सोच रहा था लेकिन मैं कुछ भूल रहा था कि ऐसा क्या था जो मुझे परेशान कर रहा था? वो बड़ी-बड़ी काली आँखें और डाकुओं की तरह ढका चेहरा मुझे याद आ रहा था। 'क्या मैं उसके पूरे चेहरे को देख पाऊँगा?' मेरे आंतरिक चित्रकार ने उन आँखों को कितने

ही अंजान चेहरों पर सजाया। मैंने मन ही मन बहुत सारे प्रश्न अपने-आप से पूछ डाले। 'क्या वह मुझसे मिलने आएगी? वह मुझे मना तो नहीं करेगी?'

मैंने अपने-आप से एक शर्त लगाई कि अब वो मुझे फोन करेगी और मैं उसके फोन के इंतजार में बैठ गया। इंतजार करते-करते शाम हो गई। मैं अब और इंतजार नहीं कर सकता था, ऐसा सोचकर मैं छटपटा रहा था तभी एक मिस कॉल आया। एक बार फिर उसने मुझे फोन करने की इजाजत दी। मैंने तुरंत फोन किया, "तुम्हारा कमरा हॉस्टल के सामने वाली गली में है?"

"क्यों?"

"मैं सामने पार्क में हूँ।"

"सच! तुम क्यों आए हो?" वो शरमाते हुए बोली।

"तुम्हारा चेहरा देखने, नहीं-नहीं मेरा मतलब हैं तुम्हें देखने।"

"नहीं-नहीं। तुम मुझे नहीं देख सकते।"

"क्यों? मैं तुम्हें देख भी नहीं सकता?" मैंने चौंकते हुए कहा।

मैं लगातार मनी के कमरे की तरफ देखते हुए बातें कर रहा था क्योंकि मुझे पता चल चुका था कि पिंकी भी यहीं रहती है। मैं हैलो-हैलो किए जा रहा था लेकिन उसकी तरफ से कोई जवाब नहीं आ रहा था। मकान की छत पर वह दीवार के कोने से मुझे छुप-छुपकर देखने लगी। उसकी थोड़ी-थोड़ी झलक पाकर मैं भी खुश होने लगा।

"हैलो! मैं तुम्हें ठीक से नहीं देख पा रहा हूँ।" उसने छत के एक कोने से दूसरे तक चक्कर लगाया और फिर मुँह पर हाथ रखकर दौड़ पड़ी। शाम का अँधेरा छा जाने के कारण मैं उसके चेहरे को नहीं देख पाया, पर उसे देखने की चाह और अधिक बढ़ गई।

"अब तो खुश हो।" उसने कहा। मैं कुछ नहीं बोल पाया।

"क्या मैं अच्छी नहीं हूँ?" उसने पूछा।

"क्या मैं अपनी आँखों में तुम्हारी तस्वीर नहीं ले जा पाऊँगा?" मैंने दुखी होते हुए कहा। उसने फोन काट दिया।

मैं पार्क में बैठा चिंतामग्न हो गया। पार्क की लाइट जल चुकी थी। मेरी नजरें बार-बार उस मकान की तरफ जा रही थीं। कुछ समय पश्चात दो लड़कियाँ सामने वाली गली से आती हुई दिखाई दीं, फिर दोनों पार्क के पास

वाली सड़क पर चलने लगीं। पेड़ों की छाया के कारण मैं उन्हें पूरी तरह से नहीं देख पा रहा था। उनमें से एक लड़की बार-बार मुझे पलट के देख रही थी। पिंकी के होने की आशंका ने मुझे गति दी और मैं उनके पीछे-पीछे चलने लगा। मैंने उसके कपड़ों को पहचाना कि यह तो पिंकी है। उसके साथ एक 14-15 साल की लड़की थी। शायद उसकी छोटी बहन है, ऐसा ही कुछ मैंने सोचा। वो दोनों अब तक शॉपिंग मॉल की एक दुकान पर पहुँच चुकी थीं।

लगभग पाँच मिनट बाद दोनों लौट आईं। वो जैसे-जैसे मेरी तरफ आ रही थी मैं उसे घूर-घूरकर देख रहा था। अब हम साथ-साथ चलने लगे। पिंकी मुझे देख शरमाते हुए मुस्कुरा रही थी। उसकी छोटी बहन नाक चढ़ाते हुए कुछ बोली, लेकिन मैं सुन नहीं पाया। पिंकी उसे अपने से आगे करते हुए ही-ही कर के हँसने लगी। उसकी बहन ने पूछा, "दीदी तुम क्यों हँस रही हो ?" लेकिन पिंकी लगातार हँसे जा रही थी।

मैं पिंकी को करीब से देखते हुए, निहारते हुए चलने लगा। वह नजरे चुरा-चुरा कर मुझे देख रही थी। मैं उसके इतने करीब जा चुका था कि उसके होठ के ऊपर जो तिल था, वह भी मुझे स्पष्ट दिखाई दे रहा था। अब मेरा दिल जोर-जोर से धड़कने लगा। मेरा मन चाह रहा था कि उसकी बेहद खुबसूरत आँखें मुझसे एक पल के लिए भी ना हटें लेकिन वह नजरें चुरा रही थी। हम इतने करीब चल रहे थे कि हमारे हाथ जाने-अनजाने में एक-दूसरे को छू गए। उसके हाथ का मेरा हाथ को छू जाना मुझे एक 'हार्ट टच' फीलिंग दे गया। अब तो मेरा दिल रेलगाड़ी की तरह डगडग करने लगा। उसने अपने दुपट्टे को सँभालते हुए मेरी तरफ प्यारी मुस्कुराहट से देखते हुए धीरे से कहा, "बस।"

मैंने भी सिर को हिलाया और मन ही मन कहा, "बस।"

मेरा मन चाह रहा था कि ये वक्त यहीं रुक जाए और वह मेरे साथ ऐसे ही चलती रहे। मैंने गली के दूसरे छोर पर रुका और वे दोनों चली गईं।

***

आज मैं और इंजीनियर सिंह खाना खाने जनरल शिफ्ट के साथ गए क्योंकि जिस मॉडल ने दो दिन पहले इंटरव्यू दिया था वह आज कंपनी ज्वॉइन कर चुकी थी। उसे हम तसल्लीपूर्वक देखना चाहते थे इसलिए हमने कैंटीन को चुना और कैंटीन की तरफ चल दिए। हाउस कीपर नंदू 'जल बचाओ,

कल बचाओ' लगे पुराने पोस्टर बदल रहा था। लेकिन पानी का नल जो कई महीनों से टपक रहा था वह अभी भी लगातार टपके जा रहा था।

"अरे नंदू! ये पोस्टर ही बदलता रहेगा या इस नल को भी ठीक करवाएगा।" इंजीनियर सिंह ने हाथ धोते हुए कहा है।

"सर मैंने बोला था मंगतू सर को कि सर पहले नल बदलना चाहिए।"

"क्या बोला?"

"बोला, अभी नल का बजट पास नहीं हुआ।"

"तो उस घोड़ू को बोलता कि पोस्टर के बजट को नल के लिए शिफ्ट करा देता, पोस्टर तो बाद में भी लग जाते।"

"हाँ, सर मैंने भी यही बोला था। मतलब मैं सही था।" उसने अपने आपको गर्वित करते हुए कहा।

"फिर क्या बोला?"

"बोला, तेरा काम पोस्टर लगाने का है, तू वही कर, ज्यादा ज्ञान न पेल।"

मैंने हँसते हुए कहा, "बेटे सिंह तू भी ज्यादा ज्ञान न पेल।"

"साला ये मंगतू तो पॉकेट प्रॉफिट बेस काम कर रहा है।" सिंह ने खीझते हुए कहा। हम कैंटीन में पहुँच गए। जब तक वह नहीं आई मैं और इंजीनियर सिंह बगैर खाने के ही बैठे रहे। इंजीनियर सिंह ने मुझे थपकी मारते हुए कहा, "चलो वह आ गई।"

हम काउंटर पर पहुँच गए। वह भी काउंटर पर पहुँच चुकी थी। सिंह ने मेरे हाथ को दबाते हुए मेरे कान में कहा, "मस्त है यार!"

मैंने उसे आँख दिखाते हुए चुप रहने का इशारा किया। कैंटीन वाला ताऊ, जो अब पहले से भी दुगुना भारी हो चुका था, उसको खाने का कूपन देने के लिए इंजीनियर सिंह ने अपना हाथ आगे बढ़ाया तभी उस नए-नवेले कर्मचारी ने भी कूपन देने के लिए हाथ बढ़ा दिया। ताऊ ने खाने की थाली दी और उसे लेने के लिए दोनों ने एक साथ हाथ बढ़ा दिया। यह देख मैंने सिंह का हाथ खींचते हुए कहा, "पहले आप ले लो।"

"नहीं-नहीं पहले आप ले लो।" उसने कहा।

"आप के स्वागत के लिए हम इतना तो कर ही सकते हैं।" सिंह ने बात बढ़ाते हुए कहा।

वह थाली लेकर आगे बढ़ गई और हम भी उसके पीछे-पीछे चल दिए। खाने में हमेशा की तरह वही दाल थी, जिसके अंदर बस दाल ही नहीं थी। मिक्स वेज में सिर्फ आलू-ही-आलू नजर आ रहे थे और दही जो लस्सी से भी पतला था। उस नए कर्मचारी ने दाल में चम्मच डाल के घुमाया लेकिन उसमें दाल नहीं मिली। दाल के घोल को डालते हुए उसने बुरा-सा मुँह बनाया। उसको देखते हुए सिंह ने चम्मच घुमाते हुए कहा, "अरे यार! प्रेम आज तो हद ही हो गई! इसमें तो दाल है ही नहीं, सिर्फ पानी-ही-पानी दिख रहा है।"

वह बोली, "अच्छा तो यह दाल है?" मैंने और सिंह ने उसकी तरफ देखा!

"तुम लोग इसको दाल बोलते हो?" नाक चढ़ाते हुए उसने फिर कहा। सिंह में जैसे उसने जोश भर दिया था। वह चिल्लाया, "ताऊ यहाँ आओ।" दाल में चम्मच घुमाते हुए बोला, "यह क्या है?"

"तुम्हें नहीं दिखता यह क्या है?" ताऊ गुस्से में चिल्लाते हुए बोला। उस नए कर्मचारी ने सिंह से चम्मच लेकर दाल में घुमाते हुए बड़े प्यार से कहा, "ताऊ जी, आप ही बता दीजिए, ये क्या है?" यह सुनकर ताऊ की जैसे हवा निकल गई।

"ये दाल है।" ताऊ धीरे से बोला।

"ऐसी दाल मैंने पहली बार देखी है जिसमें दाल ही नहीं है।" वह बोली।

"ताऊ, क्या फ्री में खिलाता है?" सिंह ने गुर्राते हुए कहा। तभी दो-तीन कर्मचारी और आ गए, सभी ने ताऊ को घेरना शुरू कर दिया। सिंह ने थाली को उठाकर चम्मच से बजाते हुए कहा, "आज कोई खाना नहीं खाएगा।"

हम अपनी थाली लेकर टेबल पर आकर बैठ गए। हमारे पीछे-पीछे सभी लोग खाली थाली के साथ बैठते गए। हमारे साथ वह नई कर्मचारी भी बैठी थी जिसके कारण यह सब हुआ। कैंटीन में अब काफी बड़ा हंगामा हुआ, सभी कर्मचारियों ने बहुत दिन से हो रहे अत्याचारों का बदला लिया। जब मामला शांत नहीं हुआ तो पाउच और गोलीबाज आए। उन्होंने अपनी चिकनी-चुपड़ी बातों से सबको शांत किया और अच्छे दिन आने का आश्वासन दिया। सिंह तो जैसे उस हड़ताल का नायक ही बन गया था। उसने पाउच और गोलीबाज से कुछ सवाल किए और उसकी देखा-देखी सभी कर्मचारियों ने भी सवाल किए जिनका जवाब देने में पाउच और गोलीबाज के पसीने छूट गए लेकिन

उनकी मीठी-मीठी बातों के आगे आखिर हार तो माननी ही थी।

शाम के टी-ब्रेक के साथ 'हमारा' मतलब मेरा और सिंह का एच.आर. से न्यौता आया। हमारे दिमाग में कुछ ज्यादा विचार नहीं आए, न ही हम सोच पा रहे थे कि हमें वहाँ क्यों बुलाया है। हमें वहाँ मीटिंग रूम में बिठाया गया। मीटिंग रूम में बैठते ही मुझे लगा कि कुछ गड़बड़ है। मैंने सिंह को कोहनी मारकर कहा, "क्या चक्कर है?" इतने में पाउच और गोलीबाज ने रूम में प्रवेश किया। गोलीबाज ने बैठते ही कहा, "हमने सुना है तुम लोगों को भड़काते हो, आज जो हँगामा हुआ वो तुम दोनों ने ही करवाया है।"

"सर हम तो सिर्फ खराब खाने के लिए कह रहे थे।" सिंह बोले।

"क्या खाना खराब आता है?" पाउच ने पूछा।

"खाना हम अपने लेवल पर बेस्ट दे रहे हैं, इसमें ज्यादा और कुछ नहीं हो सकता।" गोलीबाज ने कहा।

"यदि आपको यहाँ का खाना अच्छा नहीं लगता तो घर से लेकर आया करो। और-तो-और उस नई लड़की को भी अपने साथ कर लिया तुम लोगों ने... क्या तुम कंपनी बंद करवाना चाहते हो?" पाउच चिल्लोया।

"इनके बारे में कुछ अलग ही सोचना पड़ेगा अब।" गोलीबाज ने कहा।

"लेकिन सर हम तो सिर्फ खाने की क्वॉलिटी के बारे में कह रहे थे।" सिंह ने कहा।

"इससे अच्छा खाना हम नहीं दे सकते।" पाउच बोला।

"खाना खाना है तो खाओ वरना मत खाओ।" गोलीबाज ने कहा।

"ठीक है सर।" सिंह ने कहा। और मैंने उनसे पीछा छुड़ाने के लिए कहा- "सॉरी सर!"

"बोलो आगे से ऐसा नहीं करोगे?" बोलीबाज ने पूछा। तो मैंने झट से कहा– "नहीं सर।" लेकिन सिंह ने कहा– "हाँ-हाँ सर।"

"और तुम इस मीटिंग के बारे में किसी को नहीं बताओगे।" पाउच ने जोर देकर कहा।

"हाँ सर।" सिर हिलाते हुए सिंह ने कहा।

पाउच और गोलीबाज ने एक-दूसरे की तरफ देखा और हमें जाने के लिए बोला। मीटिंग रूम से बाहर निकलते हुए हम दोनों ने एक-दूसरे की तरफ

देखा। सिंह ने मुस्कुराते हुए कहा, "हमें जो चाहिए था वो तो मिल ही गया।"

"क्या ?"

"वह नई इम्प्लॉई।" और हम दोनों जोर-जोर से हँसने लगे।

***

मोहब्बत पाने की आशा में 50 पैसे प्रति मिनट की कॉल दर से घंटों तक बातें करना मेरे लिए एक महँगा सौदा था क्योंकि हम उस तबके के लोग हैं जो बाइक के स्पीड के काँटे से ज्यादा फ्यूल के काँटे पर ध्यान रखते हैं। 300 रुपए की बाइक की ट्यूब पर 30 रुपए के 10-10 पंचर लगाकर काम चलाते हैं और शैंपू की बोतल में पानी डालकर उसमें बची बूंदों से भी नहाते हैं।

टेलीकम्युनिकेशंस कंपनियों के प्रतिस्पर्धा के दौर में मुझे सबसे सस्ती कॉल दर की आवश्यकता थी। कुछ आशिकों, नवविवाहित युवकों व मोबाइल फोन क्षेत्र के ज्ञाताओं से सलाह के बाद मुझे एयरटेल की एक स्कीम, जो एयरटेल लोकल नंबर पर 10 पैसे प्रति मिनट कॉल की सुविधा दे रही थी वह पसंद आई और मैंने पिंकी को एयरटेल का सिम कार्ड लेने को कहा क्योंकि मेरे पास पहले से ही एयरटेल का नंबर था।

10 पैसे प्रति मिनट कॉल का पहला दिन, योजना थी पूरी रात बात करने की। रुपए के टोटे में पिंकी से जी भर के बात नहीं कर पाने की कसक को आज मैं पूरा करना चाहता था। रात को 9:30 बजे मैं और अमर खेत पर सोने के लिए चले गए। मैंने अपनी खाट को कुँए से दूर नदी के किनारे डाल लिया ताकि मुझे पिंकी से बात करते समय कोई खलल न डाले क्योंकि प्यार में किसी की कोताही बर्दाश्त नहीं। चमकते तारों में पिंकी से बात करते-करते आधी रात बीत गई। मेरे फोन की बैटरी टूँ-टूँ करके खत्म होने का सिग्नल देने लगी। मैं एक क्षण भी खराब नहीं करना चाहता था इसलिए चुपके से अमर के फोन की बैटरी निकाल लाया। अब रात के तीन बज चुके थे। उधर न पिंकी फोन काटना चाहती थी और न ही मैं फोन रखना चाहता था लेकिन बातें तो खत्म हो चुकी थीं। पिंकी मुझे बार-बार बोलने के लिए कह रही थी और पिंकी के चुप रहने के कारण मुझे कुछ उल्टा सोचने के लिए समय मिल गया। मैंने पिंकी से बड़ी उत्सुकता से कहा, "मैं कुछ पूछूँ ?"

"हाँ... हाँ पूछो।"

"रहने दो तुम नहीं बताओगी।"

"तुम बोलो, मैं बताऊँगी।"

"तुम नहीं बताओगी।"

पिंकी इतराते हुए बोली, "मैं ना, मैं ना, बताओ क्या कह रहे थे?"

"ब्रा का साइज!" मैंने अचानक कहा। लेकिन वह कुछ नहीं बोली।

"कितने नंबर की है?" मैंने दुबारा कहा। वह भी रात के सन्नाटे में शामिल हो गई।

'ब्रा', 22 साल का लड़का, 21 साल की लड़की, काली रात के 3 बजे का समय, खाट के एक तरफ उल्टा चिपकता शरीर, पिंकी का लगातार चुप रहना, मेरे अंदर कामुक भावना पैदा कर रहा था। मेरे शरीर में अंगड़ाई के साथ कंपन होने लगी, साँस गर्म-गर्म महसूस होने लगी।

"पिंकी... पिंकी... पिंकी।"

"हम्म्म..." उसकी हल्की आवाज आई।

"मैं तुम्हारे साथ सेक्स करना चाहता हूँ।" मैंने कहा लेकिन उसकी तरफ से सन्नाटा बराबर बना हुआ था।

"प्लीज।" मैंने फिर कहा।

"ऊँउउ..." की आवाज मेरे कानों में सुनाई पड़ी। मैं झट से खाट पर उठकर बैठ गया जैसे मैं कोई कामुक सपना देख रहा था और किसी ने नींद से जगा दिया हो। रोने की आवाज तेज होती जा रही थी। मेरी कामुक उत्तेजना गायब हो गई, मैं कुछ भी बोल नहीं पा रहा था।

"मैं तुमसे प्यार करती हूँ।" वो रोती हुई बोली। मैं अंदर-ही-अंदर खुश हो रहा था क्योंकि दुनिया का सबसे सुंदर शब्द उसने पहली बार मेरे लिए बोला। मुझे पश्चाताप भी हो रहा था कि वो मेरी वजह से रो रही थी।

"तुम मेरे साथ ऐसा क्यों कर रहे हो?" वह बोली। मैं उसे चुप करा रहा था वो और ज्यादा रो रही थी। मैंने अपने-आप से वादा किया कि मैं अब कभी भी कोई ऐसे शब्द पिंकी को नहीं कहूँगा। लेकिन अभी मैं उसको कैसे समझाऊँ यह मेरी समझ में नहीं आ रहा था।

"मैं तुम्हें कभी भी..." मैंने कहा।

"क्या कोई इसलिए प्यार... ऊँउउ..." रोती हुई बोली।

सुबह के चार बजे तक, एक लंबे प्रयास, ढेर सारे वादे के बाद पिंकी की रुक-रुककर आने वाली सिसकियों की आवाज थमी। मैंने मजाक करते हुए कहा, "एक चीज तो मिलेगी न?" इस सवाल पर वह फिर शंका में आ गई, कोई उत्तर नहीं दिया।

"पुच्ची।"

"हाँ।"

"नहीं।"

"क्या तुम पुच्ची हो?"

"हाँ... नहीं-नहीं।"

"प्रेम-पुच्ची, पुच्ची-प्रेम, प्रेम की पुच्ची।" मैंने कहा।

"पुच्ची।"

"हम्मम..."

"पुच्ची मिलेगी?"

"नहीं-नहीं।" थोड़ी तेज चिल्लाते हुए बोली। इधर फोन की बैटरी ने भी जवाब दे दिया था। मैंने पिंकी को एक नया नाम दिया 'पुच्ची', दुनिया का सबसे अद्‌भुत व सुंदर नाम। पिंकी अब हमेशा के लिए 'पुच्ची' बन गई थी। 'मुझे प्यार हो गया।' यह मुझे रात को पता चला जब पुच्ची ने रोते हुए मुझसे कहा कि 'मैं तुमसे प्यार करती हूँ।' और यह कहकर उसने मुझे प्यार करने की इजाजत दी।

***

अब मैं उसे 'आई लव यू' भी कह सकता था क्योंकि मैं उसके प्यार में था। इसलिए मैं रोज उसके फोन का इंतजार करता था। एक भी दिन उससे बात किए बैगर नहीं गुजरता था। जैसे वो तो मेरी आदि सी हो गई थी। घंटों मुझसे बाते करती थी। सुबह-शाम बच्चे की तरह मेरा खयाल रखती थी। कभी-कभी तो वह रात के किसी भी समय नींद से जगा देती थी और हक जताते हुए कहती कि मुझसे बात करो और मैं उसे मना भी नहीं कर पाता था क्योंकि मुझे उसकी हरकतें अच्छी लगती थी। वह रोज नए-नए सवाल पूछती, जिसका जवाब मुझे हर हाल में देना ही पड़ता। आज अहम सवाल उसने मुझसे पूछा, "तुम्हारी कास्ट क्या है?"

"क्या, मुझसे शादी करोगी?"

"हाँ।"

"तो मना किसने किया है।"

"पहले तुम्हारी कास्ट बताओ।"

"मैं कुछ देर चुप रहा, "I'm Perm... Prem INDIAN"

"मतलब?"

"मतलब, मैं एक भारतीय हूँ।"

"तुम नहीं बताओगे?"

"बस, मैं इतना ही जानता हूँ।"

वह थोड़ी देर चुप रहने के बाद गंभीर स्वर में बोली, "क्या, मैं इस भारतीय से प्यार कर सकती हूँ? क्या यह मेरा साथ कभी नहीं छोड़ेगा? क्या जिंदगी के हर मोड़ पर मेरा साथ देगा?"

"हाँ, यदि तुम चाहोगी तो।"

"मैं तुमसे बहुत प्यार करती हूँ, मैं तुम्हें खोना नहीं चाहती।" शायद उसकी आँखों से आँसू बह रहे थे, जिन्हें मैं चाहकर भी देख नहीं सकता था।

"मैं भी तुम्हें पाना चाहता हूँ।" मैंने महसूस किया कि वह रोने लगी थी।

"पुच्ची, चुप हो जाओ, मैं तुमसे बहुत प्यार करता हूँ।"

"नहीं, तुम मुझसे प्यार नहीं करते।" वह रोए जा रही थी।

"मैं तुम्हें कैसे यकीन दिलाऊँ कि मैं तुम्हें कितना प्यार करता हूँ। तुम्हीं बताओ मैं क्या करूँ? पुच्ची बताओ ना प्लीज।"

"तुम्हारे बिना मैं नहीं रह सकती, मुझे अपने पास बुला लो।"

"बस इतनी-सी बात, मैं तुमसे मिलने के लिए आऊँगा।"

"तुम नहीं आओगे, मुझसे झूठ बोलते हो।" और फिर वह रोने लगी।

"मैं इस संडे को पक्का तुमसे मिलने आऊँगा।" मैंने उसे मना लिया। संडे को हमारी पहली डेट फिक्स हुई और अब मैं संडे का बेसब्री से इंतजार करने लगा।

***

स्कूल-कॉलेजों की ग्रीष्मकालीन छुट्टियाँ पड़ चुकी थी। अमर के कॉलेज की भी छुट्टियाँ पड़ गई थीं। रोज क्रिकेट खेलना, सरसों की तुड़ी के टीलों

और धर्मशाला की छत पर बैठकर घंटों गप्पे लड़ाना और रात को खेतों पर खुले आसमान के नीचे खाट पर सोते हुए पुच्ची से फोन पर बातें करना, यह सब आनंद मुझे भिवाड़ी में किराए पर लिए हुए कमरे पर नहीं जाने देता था। इसलिए मैंने यह फैसला लिया कि अब मैं गाँव से ही सीधा कंपनी जाऊँगा। इसके लिए मैंने एक बाइक रीदी। वह मुझे मंदिर के प्रसाद को जोड़कर पंद्रह हजार पाँच सौ इक्यावन की पड़ी। बाइक की आधी से ज्यादा उम्र बीत चुकी थी, उसकी फटी-फटी आवाज इसकी गवाह थी।

एक दिन जब मैं घर पर था तो वही हुआ जो मैं अक्सर सोचा करता था। मैं घर के आगन में माँ की गोद में लेटा हुआ था। माँ मेरे बालों को सहला रही थी। मेरी जेब में रखा मोबाइल वाइब्रेट करने लगा। मैंने मोबाइल जेब से निकालकर देखा, पुच्ची का फोन। मैंने मोबाइल को साइलेंट मोड पर करके जेब में रख लिया और वापिस माँ की गोद में लेट गया। क्योंकि जो माँ की गोद में सुकून था वो और कहाँ। मुझे माँ की गोद में ही नीद आ गई।

जब मैंने बाद में मोबाइल जेब से निकालकर देखा तो, '57 मिसकॉल।'

मेरी जिंदगी के सबसे ज़्यादा मिस कॉल। मैं घर से गाँव के बाहर चौराहे पर स्थित धर्मशाला की ओर चला। धर्मशाला गाँव में एकमात्र जगह थी जहाँ बैठकर मैं आराम से अकेले में पुच्ची से घंटों बातें करता था।

"ऐसा क्यों लगता है कि आप हमें..." वह रोने लग गई। उसके मुँह से निकले यह शब्द इतनी दर्द-भरी आवाज में थे कि सुनकर मेरे हाथ-पैर काँप गए।

"क्या दर्द? बस दर्द मिलेगा?" और वह फूट-फूटकर रोने लगी।

मैं एक भावनात्मक प्रेमी था, इस दर्द भरे आलम ने मेरे अंदर 'सुनामी' की तरह हलचल मचा दी। धर्मशाला की खिड़की से बाहर झाँकती मेरी नम आँखें और काँपती हुई जुबान से आवाज निकली, "पुच्ची!"

"झूठ, फरेब से रिश्ते।" वो रोती हुई बोली। पुच्ची के द्वारा मेरे प्यार के लिए उपयोग किए शब्द 'झूठ और फरेब' मेरे मन और मेरे निश्छल प्यार को तिरस्कृत कर रहे थे।

"पुच्ची, मैं फरेबी हूँ?" मैंने आँसू पोंछते हुए पूछा।

"हम्म्म... मनी और तुम..."

लड़की सब कुछ सह सकती है, लेकिन अपने प्रेमी का दूसरी लड़की से

रिश्ता नहीं। मैं उसकी तकलीफ का अंदाजा भी नहीं लगा सकता था, लेकिन उसे दिलासा देने की मेरी हिम्मत भी नहीं थी क्योंकि मैं दोषी था।

"मैं तुम्हें किस विश्वास से प्यार करूँ कि मेरा प्यार... ऊँउउ..."

"तेरा प्रेम भी उतना ही पवित्र है, जितनी मेरी पुच्ची।" मैंने कहा।

मेरे द्वारा पुच्ची के लिए अंत में बोला गया वाक्य शायद उसे कुछ राहत देने में सहायक रहा, वह चुप हो गई। मनी और मेरे बीच 'कॉन्ट्रैक्ट बेस' रिश्ते के सभी पहलुओं की सच्चाई पुच्ची को बताने का मेरे पास मौका था। उर्मी भाभी और मनी के साथ सिनेमा में देखी फिल्म के बारे में। लगे हाथ मेरे महत्त्वपूर्ण गुण और दोस्तों के साथ पार्टियों में शराब व माँस का सेवन के बारे में भी। उसने चौंककर कहा, "शराब! माँस! हे भगवान!"

"जब मैं तुम्हारे साथ रहूँगी तो यह सब भी छुड़ा दूँगी।" यह मेरे लिए अलार्म था।

"क्या तुम पहले ही सच बोलते तो मैं तुम्हें प्यार नहीं करती?"

"पुच्ची, मुझे हर उस सच से डर लगता है, जो मुझे तुमसे जुदा कर दे।" मैंने कहा।

"अब मैं तुम्हें पहले से भी ज्यादा प्यार करूँगी, क्योंकि मेरा प्यार सच्चा है।"

पुच्ची ने मुझे बताया कि मनी उसकी सहेली है। दोनों एक ही क्लास में पढ़ती हैं और उर्मी उसकी सगी भाभी है। अंतिम वर्ष की परीक्षा के बाद उर्मी भाभी अपना मोबाइल पुच्ची को देकर गई जो हमारे मिलन का कारण बना।

पहली मुलाकात

8 जून, 2008 रविवार का दिन, 'पुच्ची' की तरफ से पहली बार मिलने के लिए राजी होना मुझे रोमांचित कर रहा था।

आज की सुबह मेरे लिए खास थी क्योंकि प्यार मेरे सिर चढ़कर बोल रहा था। मन सपने सजा रहा था। दिल-पतंग हो रहा था। आईने में तीन-चार बार झाँकने के बाद मैंने अपने बालों को कुछ कम करवाने का फैसला किया। जिलेट की ब्लेड से शेविंग की। कपड़ों में मेरे पास दो से ज़्यादा विकल्प नहीं थे इसलिए मैंने जींस व टी-शर्ट पहनी। हमेशा की तरह बैग में पड़ी फेयर एंड लवली क्रीम चेहरे पर लगाई और लिपगार्ड क्रीम से होठों को चमकाया। समय की बचत की दृष्टि से और सुविधाजनक होने के कारण मैंने बाइक से ही अलवर जाने का फैसला किया।

अपनी फटफटी को लेकर मैं ऐसे चला जैसे कोई नया-नवेला दूल्हा अपनी दुल्हन को लेने जा रहा हो। मेरी लाइफ का अहम किरदार, मेरा यार 'राज' जिससे मेरी दोस्ती कॉलेज कैंपस से शुरू होकर आज मेरे आशिक बनने तक बरकरार थी। हम प्यार के खेल के कच्चे खिलाड़ी थे तो वह बेस्ट प्लेयर, हम खच्चर थे तो वो घोड़ा, हम दाल फ्राई थे तो वो मटर पनीर। राज भी अपनी 17वीं गर्लफ्रेंड से डेटिंग के लिए अलवर आया था। चलते-फिरते दूरभाष से हम दोनों का संपर्क हो गया। राज का अलवर में होना मेरे आत्मविश्वास को बढ़ाने में सहायक था।

वह नेहरू गार्डन के दूसरे छोर पर खड़ा मेरी प्रतीक्षा कर रहा था। उसका चेहरा हमेशा की तरह मुझे देखकर खिल उठा। हम दोनों साधारण दोस्तों की तरह न तो हाथ मिलाते थे ओर न ही गले मिलते थे। हमेशा की तरह उसने मेरा दो गालियों से स्वागत किया तो मैंने भी लगे हाथ उसे एक गाली दी।

"लौड़ू... तेरा अभी भी मन नहीं भरा क्या इस शहर से!" राज ने कहा।

"मेरी छोड़ ये बता नाग किसको डसने आया है?" उसको लगा जैसे मैंने उसके मन की बात कह दी, उसने हँसते-हँसते बात टालते हुए कहा, "क्यों न कुछ समय के लिए यहीं गार्डन में बैठते हैं?" मैंने मोबाइल फोन में समय देखते हुए कहा, "हाँ, हाँ, क्यों नहीं।"

राज गार्डन के सामने वाली दुकान से चिप्स का पैकेट और कोल्ड-ड्रिंक ले आया। हम गार्डन में एक पेड़ के नीचे बैठ गए।

"अलवर कैसे आना हुआ?" राज ने पूछा। मैंने बोलना चाहा, लेकिन राज फिर बोल पड़ा, "हम तो उमा से मिलने आए हैं। भाई लड़की नहीं आफताब है, रंग जैसे दूधिया गुलाब हो, इतनी नाजुक कि नाखून छू जाए तो खून झर जाए, जैसे कली खिलकर बस अभी-अभी फूल हुई हो।"

वह उसकी सुंदरता का बखान कर रहा था और मैं अपनी बारी का इंतजार कर रहा था कि यह मुझे बोलने का मौका कब देगा। उसने एक चिप्स मुँह में डाली और कोल्ड-ड्रिंक पीने के लिए गिलास उठाया, अब मेरे पास बोलने का मौका था। मैंने तत्परता से कहा, "मैं अपनी पुच्ची से मिलने आया हूँ।"

मेरी जिंदगी में एक नई लड़की का आना राज के लिए हैरत की बात थी, वो भी उसकी गैर-हाजिरी में। वह मुझे अलग-अलग एंगल से देख रहा था।

"कितने दिन हो गए? सेटिंग कैसे हुई? कितनी बार मिला?" मैंने चिप्स के 4-5 टुकड़े एक साथ मुँह में डाल लिए। उसने फिर कहा, "क्या कर रही है? अलवर की है? कैसी है?"

मैंने मुस्कुराते हुए एक घूँट कोल्ड-ड्रिंक पी और दाहिने हाथ के अँगूठे व उसकी साथ की उँगली से गोला बनाते हुए 'ओके' का इशारा किया।

"नाम क्या है?"

"पुच्ची!"

"पुच्ची?" राज ने मुँह बिगाड़ते हुए कहा।

"हाँ, मेरी पुच्ची, मेरी प्रेमिका।" मैंने 2-3 बार होठों से हवा में किस किया।

"मैं पहली बार मिलने आया हूँ।" मैंने कहा। यह सुनकर उसे थोड़ी राहत मिली और कोल्ड-ड्रिंक की दो तीन घूँट पी गया।

"मुझे पहली डेट पर क्या उसे किस करना चाहिए?" मैंने पूछा।

राज ने मुस्कुराते हुए कहा, "मेरा अनुभव कहता है..." और उसकी नजरें सामने से आती हुई लड़की पर पड़ी, वह हमारी तरफ ही आ रही थी। इकहरे बदन, लगभग पाँच फुट लंबाई, सलवार-कमीज पहने थी। राज लगातार उसे देख रहा था। हमारे पास आते हुए उसने एक बनावटी हँसी पैदा की। राज ने बची हुई कोल्ड ड्रिंक मुझे पीने को दी और चिप्स के पैकेट में पड़े बाकी टुकड़ों को वो चट कर गया। वह लड़की हमारे पास आकर खड़ी हो गई।

राज ने उस लड़की की तरफ देखते हुए कहा, "यह प्रेम है।"

मैंने खड़े होते हुए पूछा, "और इनकी तारीफ?"

"उमा... 12वीं क्लास की स्टूडेंट।"

राज की लगभग सभी गर्लफ्रेंड अंडर-एटीन ही रही हैं क्योंकि राज का मानना था कि कम उम्र की लड़कियाँ प्यार का मतलब जल्दी समझ जाती हैं।

राज ने उमा की तरफ देखते हुए कहा, "चलें?"

उसने शरमाते हुए अपने सर को हाँ में हिलाया। मैंने चाबी राज की ओर बढ़ाई। राज ने मना करते हुए कहा, "तुम्हीं चलाओ।" वैसे भी कोई प्रेमी किसी लड़के को अपने और अपनी प्रेमिका के बीच में नहीं बैठाना चाहेगा।

जब कोई लड़की डेट पर आती है तो सबसे पहले उसका प्रेमी उसे किसी रेस्टोरेंट, होटल या आइस-क्रीम पार्लर लेकर जाता है। पिज्जो हट पीछे निकल गया था, शायद जोधपुरी कचौरी वाला, लेकिन मुझे वहाँ भी रुकने के लिए राज की तरफ से कोई ऑर्डर नहीं मिला। आइस-क्रीम पार्लर भी अब पीछे जा चुका था। राज ने मुझे रोड से अंदर जाती गली में एक बिल्डिंग के सामने रुकने के लिए कहा। बिल्डिंग पर लगे बोर्ड पर लिखा था 'साइबर कैफे', ओपनिंग-क्लोजिंग टाइम, चार्जेज पर ऑवर।

उमा बाइक के रुकते ही सीढ़ियों से ऊपर चली गई। राज ने मुझे थोड़े समय के लिए बाहर इंतजार करने के लिए कहा और वह भी सीढ़ियों से ऊपर चला गया। जब आप किसी का इंतजार करते हों तो समय की सुई और धीमी हो जाती है। आधे घंटे के दौरान मैंने हर पाँच मिनट में घड़ी को देखा। मेरी बेचैनी तब और बढ़ी जब पुच्ची का फोन आया।

"बस, पाँच मिनट में आ रहा हूँ।" मैंने कहा।

"नहीं, नहीं, कमरे पर मत आना, लड़कों को आना मना है और फिर

आंटी-अंकल को क्या जवाब दूँगी?" लेकिन तभी कविता ने पुच्ची से फोन छीनकर कहा, "आप आ जाओ, आंटी पूछें तो कह देना कि कविता से मिलना है, मैं उसका भाई हूँ।"

कविता पुच्ची की दोस्त थी, वह दो दिन पहले ही उसके कमरे पर रहने आई थी। पुच्ची के कमरे पर पहुँचने के लिए उसकी सहेली का भाई बनना किसी च्यूइंगम चबाने से अधिक सरल था।

साइबर कैफे के बाहर बैठे-बैठे मुझे एक घंटा हो गया था। पुच्ची का बार-बार फोन आ रहा था। मुझे ऐसा लगा कि मैं अपनी जिंदगी का सबसे कीमती समय राज के इंतजार में खराब कर रहा हूँ। बस फिर क्या था मैंने बाइक को किक मारी और निकल पड़ा। थोड़ी देर में मैं पुच्ची के कमरे की बिल्डिंग के मुख्य द्वार के बाहर खड़ा था। मैंने दाएँ-बाएँ देखा कोई नजर नहीं आया। मैं सोचने लगा कि मुझे दरवाजा बजाना चाहिए या सीधे अंदर जाना चाहिए। मैंने दरवाजे के हुक को खोला, हुक तेज आवाज के साथ घूम गया। एक औरत अंदर से निकलकर आई। वह मौखिक परीक्षा के टीचर की तरह मुझसे प्रश्न-पर-प्रश्न करती इससे पहले ही मैंने एक ही साँस में हड़बड़ाते हुए कहा, (जब आप को लगता है कि एक छोटी-सी गलती से आप फँस सकते हो तो आप अपने बचाव के लिए सबसे उपयुक्त तरीका अपनाना चाहोगे) "मैं कविता का भाई, उससे मिलने आया हूँ।"

उस औरत ने मुझे दो-तीन बार ऊपर से नीचे तक देखा और सीढ़ियों की तरफ इशारा करते हुए कहा, "ऊपर चले जाइए।"

सीढ़ियाँ चढ़ने के बाद मेरे सामने दो दरवाजे थे। एक पर ताला और दूसरे के सामने दो जोड़ी सुंदर-सुंदर चप्पलें थीं। मैंने दरवाजे को ठक-ठक बजाया। कमरे के अंदर से फुसफुसाहट की आवाज आ रही थी, लेकिन दरवाजा नहीं खुला। मैंने फिर दरवाजा खटखटाया, दरवाजा थोड़ा-सा खुला, उसमें से मुझे एक आँख दिखाई दी और गायब हो गई। दरवाजा इससे ज्यादा नहीं खुला, अंदर से आवाज आई, "वो आ गया।"

मैंने दरवाजे को हल्का-सा धकेला। कविता कमरे के एक कोने में चुपचाप खड़ी मुझे शरमाते हुए देख रही थी। पुच्ची मेरी तरफ पीठ करके खड़ी हो गई और अलमारी में रखी किताब के पन्ने पलटने लगी। टेबल पर

रखे अंगूर पर मेरी निगाह गई, मैंने कुर्सी पर बैठते हुए कहा, "क्या कोई मुझे इन्हें खाने के लिए बोलेगा? क्या मैं इन्हें खा सकता हूँ?"

लेकिन किसी ने कुछ नहीं कहा, मैंने 2-3 अंगूर मुँह में डाल लिए। कविता बेड के एक कोने पर दूसरी तरफ मुँह करके बैठ गई। मैं लगातार अंगूर खाने में मस्त हो गया। टेबल पर रखा नोकिया मोबाइल बज उठा, मैंने फोन को उठाया। कविता मेरी तरफ आई और मुस्कुराते हुए मेरे हाथ से फोन लेकर बाल्कनी की तरफ चली गई। पुच्ची का कमरे में अकेले होना मेरे अंगूर खाने से ज्यादा मजेदार था।

"क्या मैं यहाँ अंगूर खाने आया हूँ?" मैंने कहा।

पुच्ची अभी भी स्टैचू की तरह मेरी तरफ पीठ करके खड़ी थी। किताब के पन्ने पलटना भी बंद हो गए थे। पुच्ची का ऐसा व्यवहार मेरे लिए डरावना था। अब एक पल की भी दूरी मेरी तकलीफ बढ़ा सकती थी। अगले पल मैं उसके पास खड़ा था। उसको छूने के लिए उठे मेरे हाथ रुक गए। एक प्रेमी को अपनी प्रेमिका को पहली बार छूने के लिए उसकी आज्ञा लेनी चाहिए। क्या मैं एक स्टैचू से आज्ञा लेता? मैंने पीछे से उसकी दोनों बाजुओं को पकड़ा।

"पुच्ची!" मैंने कहा।

स्टैचू बनी पुच्ची को मैंने अपनी तरफ घुमाया। गोरे मुख पर झुकी हुई आँखें जैसे मेरे पैरों में कुछ ढूँढ़ रही हों। आँखों से बहते आँसू उसके होंठ पर बने तिल तक पहुँच चुके थे। मैं उसके आँसू पोंछना चाहता था लेकिन उसके गालों को छूने की हिम्मत नहीं कर पा रहा था। मैं उसके और करीब आया, अपने हाथों से उसके कंधों को छूते हुए गंभीर होकर धीरे से कहा, "पुच्ची, क्या मुझे नहीं आना चाहिए था?"

पुच्ची ने सारी दूरियों को एक पल में खत्म कर दिया, उसके स्तन मेरी छाती को छू गए, उसके आँसुओं ने मेरे गाल को छुआ, उसका सर मेरे कंधे पर जैसे आराम कर रहा था। उसके दोनों हाथों ने मुझे बाँहों में जकड़ लिया था। मैं अपने हाथों को उसके शरीर से दूर रखकर कुछ सेकेंड तक उस स्वप्निल दृश्य को पीता हुआ शून्य में खड़ा रहा। अगले पल मैंने अपने हाथों को फैलाते हुए उसे अपनी बाँहों में समा लिया। जैसे ही पुच्ची ने अपने हाथों की जकड़न को ढीला किया, मैंने उसके आसुओं को पोछते उसको बेड पर

बिठाया। अपने घुटनों को फर्श पर टिकाकर उसकी गोद में अपना सर रख लिया। उसने अपने शरीर को फैलाते हुए अपने चेहरे को मेरे सर के ऊपर टिका लिया। उसके सिर पर जाते हुए मेरे हाथों ने उसके बालों में लगी क्लिप को निकाल दिया, उसके काले-काले घुँघराले बालों ने मेरे चेहरे को ढक लिया।

"पुच्ची... पुच्ची..." मैंने कहा।

"हम्म्म..."

"एक पुच्ची मिलेगी?"

"ही ही ही..." हँसी की हल्की-सी आवाज आई। उसने अपना और अधिक अधिकार जमाते हुए अपनी बाँहों को कस लिया। मैंने उसे अपने से दूर करके आँखें मिलाते हुए कहा, "इतना प्यार?" वह मुस्कुराई और मुझे अपने सीने से चिपका लिया।

मेरे खयाल से एक चुंबन-दृश्य घटित हो सकता था। पुच्ची आँखें बंद करके मुझसे लिपटी हुई थी, मेरे होठों से उसके होठों की दूरी बहुत कम थी। उसका यह रूमानी स्वभाव मुझे भी रोमांटिक बना रहा था। मैं अपने चेहरे को उसके चेहरे के पास ले गया, अब उसके होठों से मेरे होठ बस एक इंच की दूरी पर थे। बाल्कनी से पैरों की चहलकदमी की आवाज आई। पुच्ची ने मुझे धक्का मारा और कहा, "चल-हट।" अचानक बाल्कनी का दरवाजा खुल गया। कविता ने हमें देखते हुए कहा, "मुझे अभी नहीं आना चाहिए था।"

कविता घड़ी की तरफ देखते हुए बोली, "लड़का और लड़की को ज्यादा समय तक अकेला नहीं छोड़ना चाहिए, वो भी बंद कमरे के अंदर।"

पुच्ची ने उसे आँखें दिखाई और मुझे देखते हुए बाल्कनी में चली गई। मैंने 8-10 अंगूर मुँह में डाले और अपना बैग उठा के चलता बना। पुच्ची बाल्कनी से मुझे तब तक देखती रही, जब तक मैं उसकी नजरों से ओझल न हो गया। अपनी प्रेमिका से पहली सफल मुलाकात की अजब अनुभूति में मैं बाइक चलाता हुआ हवा में तैर रहा था। मुलाकात के पलों की यादें मेरे चेहरे पर रुक-रुककर हल्की मुस्कुराहट के रूप में आ रही थीं। दो घंटे का सफर अपने अंतिम पड़ाव पर था, इतने में मेरे फोन पर पुच्ची का फोन आया।

बाइक को सड़क किनारे लगाते हुए मैंने फोन उठाया, "तुम वापस आ जाओ, मुझे कुछ भी अच्छा नहीं लग रहा।" यह कहकर वो रोने लगी।

"पुच्ची रो मत प्लीज।"

"मुझे तुम्हारी याद आ रही है।"

"अब मैं वापस कैसे आऊँ, मैं घर पहुँच गया हूँ।"

"मैं तुमसे बहुत प्यार करती हूँ, मुझे भी अपने साथ ले चलो।"

मैं मन-ही-मन बहुत खुश हो रहा था कि कोई मुझे इतना ज्यादा प्यार करता है। मैं भी उसके लिए रोना चाहता था लेकिन मुझे रोना नहीं आ रहा था।

"अगले संडे को तुम्हें अपने साथ लेकर चलूँगा, अब तो चुप हो जाओ।" वह धीरे से रोते हुए बोली, "कहाँ पर चलोगे?"

"अपने घर।"

"मैं मजाक के मूड में नहीं हूँ।" वह चुप हो गई।

"मैं भी गंभीर हूँ।" मैंने कहा।

"बता दो न, कहाँ पर चलोगे?" मैंने कुछ समय लेते हुए अचानक कहा, "राजगढ़।"

"राजगढ़?" उसने कहा।

"मेरे दोस्त राज के पास।" और एक लंबा परिचय देकर मैंने पुच्ची को राज के बारे में बताया। इस तरह पुच्ची के साथ मेरी दूसरी डेट तय हुई।

***

14 जून, 2008, शनिवार, पुच्ची के साथ मेरी दूसरी डेट। पुच्ची को अपने साथ राजगढ़ ले जाने के लिए मैं कंपनी से 'ए' शिफ्ट करके निकला।

मेरी जिंदगी की इस यादगार यात्रा की शुरुआत एक अपशगुन से हुई। हुआ यूँ कि प्रेमिका के पास पहुँचने की जल्दी में गाँवों से जाती हुई कच्ची सड़क पर मैं बाइक से नियंत्रण खो बैठा और सड़क की चढ़ाई पर बने टी प्वॉइंट पर मेरे भरसक प्रयास के बाद भी बाइक मुड़ी नहीं और मैं बाइक सहित गुलाटी खाते हुए गड्ढे में जा गिरा। बाइक का साइड मिरर भी टूट गया। जैसे-तैसे बाइक को गड्ढे से निकाला, फिर बाइक पर बैठकर आसमान की तरफ देखते हुए खुद से कहा, "अब पहले से ज्यादा अच्छा महसूस हो रहा है।"

धीरे-धीरे बाइक चलाते हुए और पुच्ची से दूसरी मुलाकात के सपने संजोता हुआ मैं दुगुने आत्मविश्वास के साथ अलवर पहुँच गया। शाम के 5 बज चुके थे। धीमी बारिश ने अलवर में मेरा स्वागत किया। गर्ल्स हॉस्टल वाले रास्ते के

कोने पर पुच्ची कविता के साथ मेरा इंतजार कर रही थी। गुलाबी रंग में रँगी पुच्ची ऐसी लग रही थी कि गुलाबी रंग बस उसी के लिए बना हो। चूड़ीदार सलवार, शरीर पर पूरी तरह फिट कमीज, गले में दुपट्टा, पैरों में जोधपुरी जूतियाँ और उसके होंठ के ऊपर का तिल उसके गोरे चेहरे के आकर्षण को बढ़ा रहा था। कंधे पर एक बैग, जैसा लड़कियाँ अक्सर रखती हैं।

मैंने कविता की तरफ देखते हुए कहा, "चलें?"

कविता ने सर हिलाते हुए धीरे से कहा, "हाँ।"

पुच्ची बाइक पर बैठ गई, मैंने कविता की तरफ मुस्कुराते हुए बाइक को आगे बढ़ाया। बाइक में एक साइड ग्लास बचा था अब उससे या तो पुच्ची का चेहरा देख सकता था या पीछे से आते वाहनों को। मैंने उसे पुच्ची के चेहरे पर जमाया। दो-तीन बार उसे मिरर में देखा तभी बाइक को रोक लिया। उसने बाइक से उतरते हुए हैरानी से पूछा, "क्या हुआ?"

मैंने बाइक से उतरकर उसे करीब से देखा। उसने मुझे घूरते हुए कहा, "क्या पहली बार देख रहे हो?"

मैंने उसके दुपट्टे को एक तरफ कंधे से उठाकर उसके सर पर उढ़ा दिया।

"मेरी पुच्ची अब ज्यादा खूबसूरत लग रही है।" मैंने कहा। वह सिर्फ मुस्कुराकर मुझे देखती रही।

जैसे-जैसे हम आगे बढ़ते जा रहे थे बादल भी गहराते जा रहे थे। यह एक प्रेमी युगल के लिए शुभ संकेत थे। चलती बाइक के झटकों में उसके बदन का बार-बार मुझसे टकराना ऐसा लग रहा था जैसे भगवान मेरी कोई मनोकामना पूरी कर रहा था। कुदरत की मेहरबानी की हद तब पार हुई, जब अलवर से राजगढ़ के एक तिहाई सफर में हल्की-हल्की बारिश होने लगी। मैं भगवान को बार-बार धन्यवाद दे रहा था।

एक सकुचाती प्रेमिका की तरह व्यवहार करते हुए पुच्ची ने अपने दुपट्टे को घूँघट की तरह ओढ़ लिया और अपना हाथ मेरे कंधे पर रखकर इस स्वर्णिम मौसम का लुफ्त उठाने लगी। मैं थोड़ा पीछे होते हुए अपने कंधे को उसे समर्पित कर उसकी हर कातिल, दिलकश अदाओं को बाइक के साइड मिरर से चोरी-चोरी देख रहा था। यह सिलसिला तब टूटा जब बरसात बहुत तेज होने लगी। मोबाइल फोन और बैग भीग न जाए इस कारण लगभग 100

मीटर पीछे गए एक टूटे-फूटे मकान में रुकने के लिए मैंने बाइक को वापस घुमाया। बिना दरवाजे के सूने पड़े मकान में मैंने बाइक को अंदर ले लिया। पुच्ची अपने चेहरे को रुमाल से पोंछते हुए मेरी तरफ देखकर मुस्कुरा रही थी।

दुनिया की सबसे खूबसूरत मुस्कुराहट देखने के लिए मैं एकदम थम गया। उसने अपना दुपट्टा सर से उतारा, उसके घुँघराले बाल बहुत अच्छे लग रहे थे। बालों की लट माथे पर आ रही थी। दुपट्टे के बिना उसका गला सेक्सी लग रहा था। काले डोरे से बँधा चाँदी से जड़ा एक-मुखी रूद्राक्ष उसके गले को डिफरेंट लुक दे रहा था। वह दुपट्टे को निचोड़ने के लिए झुकी, उसके सीने की सेक्सी झलक ने मुझे मदहोश कर दिया।

मैंने लंबी साँस ली। मैं अपने आप को रोक नहीं पाया। उसने दुपट्टे को झाड़ने के लिए हवा में लहराया और मैंने अपने कदम उसकी तरफ बढ़ाए। दुपट्टा एक तरफ उसके हाथों में दूसरी तरफ मेरे ऊपर था। मैं इच्छित आँखों से उसकी तरफ देख रहा था। उसने मुस्कुराकर दुपट्टे को खींचना चाहा, दुपट्टे के साथ मैंने एक कदम आगे बढ़ाया। दुपट्टे ने हम दोनों के ऊपर से ढक दिया। मैंने उसकी बाजुओं को पकड़ा और अपने चेहरे को उसके चेहरे के पास ले गया।

मैंने कहा, "पुच्ची, एक पुच्ची मिलेगी?"

"मैं... ना, मैं... ना।" उसने इतराते हुए कहा।

तब तक मेरे हाथ उसकी पीठ पर चले गए, वह मेरी बाँहों में थी। आँखें बंद हो चुकी थीं। मेरे और उसके होठों का फासला फिर लगभग एक इंच का था। किसी बाइक के आने की आवाज ने मुझे एक बार फिर किस से वंचित कर दिया। एक 5 साल का बच्चा दौड़कर कमरे में आया।

"मम्मी, पापा जल्दी आ जाओ।" बच्चे ने कहा। हम दोनों चुपचाप खड़े बारिश रुकने का इंतजार करने लगे।

एक लड़के के कमरे में कपड़े हैंगर से ज्यादा बिस्तर पर होते हैं। चादर तकिए का काम करती है। किताबें टेबल पर ऐसे फैली होती हैं जैसे रोज पढ़ी जाती हों। लेकिन राज के यहाँ पहुँचकर मेरे विचार गलत साबित हुए। टेबल पर किताबें तरीके से जमी हुई थीं। चारपाई पर लगे बिस्तर मानो अभी तक काम में नहीं लिए गए हों। दीवार में बनी अलमारी में शीशा, कंघा, शेविंग करने का सामान आदि। एक तरफ कोने में किचन का सामान व्यवस्थित

तरीके से रखा हुआ था।

राज के लिए हम मेहमान थे। पानी, कोल्ड-ड्रिंक्स और मिठाई से उसने हमारा स्वागत किया। अपने हाथों से हमको मिठाई खिलाई। खाने का टाइम हो गया था। राज ने चाकू उठाते हुए कहा, "चलो खाना बनाते हैं।"

"सब्जी मैं काटती हूँ।" पुच्ची ने कहा।

"मेहमान से हम काम नहीं करवाते।" राज ने कहा।

राज ने सब्जी काटी और चूल्हे पर चढ़ा दिया। हम दोनों बैठे-बैठे देखते रहे। राज ने पसीना पोंछकर आटे की थाली और छलनी उठाई तो पुच्ची ने उसके हाथों से थाली छीनते हुए कहा, "यह तो मैं कर सकती हूँ।"

राज ने हँसते हुए मेरी तरफ देखा, पुच्ची ने भी मेरी तरफ देखा और मैंने हाँ का इशारा किया।

वह अपने दुपट्टे को संभालते हुए आटा गूँथ रही थी। उसके चेहरे पर पसीना मोती की तरह चमक रहा था। मैं और राज चारपाई पर बैठे थे। मैं एकटक अपनी पुच्ची को ऐसे देख रहा था जैसे उसके पसीने की बूँदों को गिन रहा हूँ।

"प्यार में इतना समर्पण होता है।" राज ने धीरे से कहा।

"कितना?" मैंने कहा।

"दो लफंगों को रोटी बनाकर खिलाएगी वो भी ऐसी गर्मी में।"

"मुझे प्यार जो करती है।"

"नहीं, पगली है।"

"मैं मेरी पगली से प्यार करता हूँ।"

"सही में!"

"बहुत ज्यादा प्यार करता हूँ।" मैंने रीझते हुए कहा।

"वैसे तुम्हें ये कहाँ मिली?"

"ये रॉन्ग नंबर है।" मैंने कुछ सोचने के बाद कहा।

"रॉन्ग नंबर।" उसने दोहराया और मुँह चिढ़ाते हुए दाहिने हाथ के अँगूठे को कान पर और चिटली को मुँह पर लगाते हुए इशारा किया।

"हाँ।"

"ऐसे एक-दो रॉन्ग नंबर और हो तो हमें भी बताना।" राज ने मजाकिया होते हुए कहा।

"चल साले।"

"लंगूर को अंगूर, गधे को पंजीरी।" वह बुदबुदाया।

"और कुछ गधे लीध खा रहे हैं। मैंने लोटपोट होते हुए कहा।

राज मुझे घूँसे मारे जा रहा था। मैं लोटपोट हुए जा रहा था। पुच्ची हमें मुस्कुराते हुए देखे जा रही थी। मैंने राज के दोनों हाथो को पकड़ते हुए कहा, "राज मैं तुमसे एक बात पूछूँ?"

"हाँ, पूछो।"

"मैं इसे सिर्फ इस्तेमाल नहीं करना चाहता।" मैंने गंभीर होकर कहा। उसने मेरी गंभीरता को देखकर, मेरे चेहरे को अपने दोनों हाथो में भरकर कहा, "ये कोई इस्तेमाल करने की चीज थोड़ी है और ऐसी जोड़ी तो भगवान लाखों-करोड़ों में एक बार बनाता है।"

"मैं इसे पूरी जिंदगी के लिए सजाकर रखना चाहता हूँ।"

"इसे कभी भी अपने से अलग मत होने देना।"

"क्या हम ऐसा कर पाएँगे?"

"क्यों नहीं कर पाएँगे? जो हम चाहेगा वो ही होगा।"

राज और मैंने आधे से ज्यादा खाना पुच्ची को अपने हाथों से खिलाया। लगभग रात के 11 बजे तक बातों के सफोले तारने के बाद राज ने समझदारी दिखाई, वह पड़ोसी के कमरे में सोने के लिए चला गया। मैं, मेरी पुच्ची और बरसात से भीगती हुई काली रात। फर्श पर लगे बिस्तर पर घुटनों को मोड़कर बैठी पुच्ची कहीं किसी सोच में खोई हुई थी। मेरी सभी आशाएँ पूरी हो चुकी थीं जैसे इंडिया क्रिकेट वर्ल्डकप जीत गया हो। अब मैं खुशी कैसे मनाऊँ?

मैंने दरवाजे की कुंडी लगाकर बिस्तर पर गुलाटी मारी। मेरी इस बचकानी हरकत पर उसने कोई प्रतिक्रिया नहीं दी। वह स्तब्ध थी। मैं उठकर बैठ गया। उस पर तकिया फेंककर मारा और तब शुरू हुआ उसका 'इमोशनल अत्याचार!' जैसे मांसाहारी इंसान को वेज बिरयानी परोस दी हो। आँखों से निकले आँसू और मुँह से निकले शब्द जैसे कोई समझौता करके एक साथ बाहर आए हों। मेरी गोद में अपना सर रखकर, अपने हाथों को मेरी कमर में बाँधकर कहा, "तुम मुझे यूज करके छोड़ तो नहीं दोगे?"

यह मेरे लिए महज एक सवाल ही नहीं बल्कि जिंदगी की एक कड़वी

सच्चाई थी। मैं उसे गोद में लिए बैठा रहा। मेरे पैरों पर गिरते उसके आँसुओं ने मुझे जगाया। 'कसमें-वादे करने वाला इंसान झूठा होता है।' यह पुच्ची कहती थी। इसलिए मैं यह भी नहीं कर सकता था। स्टांप पेपर पर रजिस्ट्रेशन भी एक सच्चे प्यार की गवाही नहीं हो सकता। मैंने कब उसके माथे को चूमा मुझे पता भी नहीं चला। मैंने उसके आँसू पोंछे और कहा, "क्या प्यार कोई सौदा है? प्यार दो आत्माओं का समर्पण है और मैं अपने-आप को तुम्हें समर्पित कर चुका हूँ।" उसके आँसुओं की लड़ी रुकने का नाम ही नहीं ले रही थी।

"तुम्हें खोने का डर मुझे गमों की परछाइयों में ले जाता है।" उसने कहा।

"तुम्हें दर्द होगा तो उसकी तकलीफ इधर नहीं होगी?" मैंने छाती पर हाथ रखकर कहा। उसने अपना माथा मेरी छाती पर टिका दिया और कहा, "मैं तुमसे बहुत ज्यादा प्यार करती हूँ।"

वह फूट-फूटकर रोने लगी। उसके डबल-क्रॉस अत्याचार ने मेरी आँखें नम कर दी। खुशी से लोग रोते हैं यह मैंने देखा था, पर खुशी में कोई इतना भी रोता है, यह मैंने पहली बार देखा। मैं उसे अपने सीने से चिपकाकर लेट गया। वक्त के साथ उसकी सिसकियाँ सिमट गईं। मैंने उसके होठों को चूमा और उस मदहोश भीगती काली रात की जवानी में दो प्रेमियों का संपूर्ण मिलन हुआ।

एक डोली छाछ, 3-4 किलो खरबूजे और कुछ मक्के के भुट्टे लेकर राज का चेला सुबह 7 बजे ही आ टपका। पोटली को रखते हुए उसने कहा, "साहब आपके लिए नाश्ता लेकर आया हूँ।"

मैंने और राज ने पोटली खोली। वह खरबूजे खाने लगा। मैं कच्चा भुट्टा चबाने लगा। पुच्ची हमें ऐसे देख रही थी जैसे हम दुनिया के पहले इंसान हों जो ऐसा कर रहे थे।

"मैडम आप भी लो न।" चेले ने कहा।

मैंने पुच्ची की तरफ आँख मारकर एक लंबा भुट्टा उसे दिखाया, वह शरमाती हुई मुँह मोड़कर खड़ी हो गई। और इस तरह पूरा दिन मौज-मस्ती के साथ गुजर गया।

शाम हमारे लिए एक अनोखी मुसीबत लेकर आई। मैं और राज नाश्ता वगैरह लेने के लिए बाहर गए हुए थे, हमारे पीछे से मौका देख मकान मालिक ने पुच्ची का इंटरव्यू ले डाला। राज किसी कारणवश बाजार में रुक

गया, मैं जब कमरे पर पहुँचा तो दरवाजा बंद था। मैंने दरवाजे को बजाया। दरवाजा खुला पर जो चेहरा हमेशा मुझे देख के खिल उठता था वह आज मुझसे नजरें चुरा रहा था। इसका कारण जानने के लिए जब मैंने अपनी आँखें उस पर गड़ाए रखी तो वह भी अपने-आप को रोक नहीं पाई। उसने मेरी तरफ देखा, उसकी आँखों में डर था, चेहरे की चमक जैसे कहीं खो गई थी। वह मेरे पास आकर करुणा भरे स्वर में बोली, "यहाँ से चलो।"

मैंने अपना हाथ उसके कंधे पर रखकर कहा, "अब इतनी रात में?"

"मुझे डर लग रहा है... कहीं... ?" वह मेरी छाती से चिपक गई और पूरा घटनाक्रम बताया। पुच्ची ने मकान मालिक को मुझे अपना मंगेतर और राज को मेरा दोस्त बताया। वह चलने की जिद करने लगी। मैं उसे समझाता रहा, लेकिन वह नहीं मानी और मेरी बाँहों को छोड़ वह खाट के एक तरफ करवट लेकर चुपचाप लेट गई। मैं भी फर्श पर बिछी हुई चटाई पर तकिए में मुँह डालकर औंधे मुँह लेट गया।

वह मेरे पास होते हुए भी मुझसे दूर थी। इस अकल्पनीय दृश्य को मैं सहन नहीं कर पा रहा था। तकिए में मैं अपने मुँह को जितना दबा सकता था दबाया और जब मैं सहन नहीं कर सका तो आँखों से आँसू बहने लगे। कुछ देर बाद राज ने दरवाजा बजाया, पुच्ची ने दरवाजा खोला।

"अरे, तू सो गया क्या?" राज ने मुझसे कहा और पलटा। मुझे आँसुओं से लथपथ देख जैसे दोनों की जान निकल गई।

"प्रेम, क्या हुआ?" राज ने मेरे आँसू पोंछकर कहा। पुच्ची भी मेरे पास बैठ गई। राज ने पुच्ची की तरफ देखकर कहा, "क्या हुआ?" लेकिन उसने सर हिलाते हुए मना किया।

राज ने फिर मुझसे पूछा, "मुझे नहीं बताएगा क्या हुआ?"

"ये मुझसे प्यार नहीं करती।" मैंने रोते हुए कहा।

अब मैं और तेज रोने लगा। राज का चेहरा गुस्से में लाल हो गया। दाँत पीसते हुए पुच्ची की तरफ देखा। फिर क्या था पुच्ची भी शुरू हो गई। रोने वाले दो, चुप कराने वाला एक। राज को समझ नहीं आ रहा था कि करे तो करे क्या? उसका गुस्सा अब जाने कहाँ फुर्र हो गया था। उसने पहले पुच्ची के सर पर हाथ रखा फिर बाद में मेरी पीठ को हाथ से सहलाने लगा। उसकी

आँखों से भी आँसू बहने लगे।

पुच्ची फफक-फफक रो रही थी। रोने के बाद मेरा मन हल्का हो चुका था। मैंने अपना सर पुच्ची की गोद में रखा और कभी राज को तो कभी पुच्ची को देखने लगा। राज से आँखें मिलते ही मैं मुस्कुराया। राज मुझे मुस्कुराता देख तकिया मुझ पर उठा के मारा, "चल साले ढोंगी।"

राज भी हँसने लगा। मैंने पुच्ची की गोद में अपने चेहरे को छिपा लिया। मैंने दुबारा राज की तरफ देखा तो उसने मुझे पुच्ची की तरफ देखने के लिए इशारा किया, जो अभी भी आँसू बहा रही थी। मैंने उसके आँसू पोंछकर कहा, "मेरी पुच्ची मुझसे बहुत प्यार करती है।" और उसे अपने सीने से लगा लिया। मकान मालिक का दुस्साहस हमने राज को बताया। मकान मालिक और राज की एक छोटी-सी बहस के बाद यह परिणाम निकला कि यह कमरा हमारे पास कल तक किराए पर था। मेरे लिए इससे भी बड़े दुख की बात यह थी कि अब हम तीनों को एक ही कमरे में सोना पड़ेगा।

आज की सुबह हम तीनों पर भारी पड़ने वाली थी क्योंकि पुच्ची अलवर चली जाएगी, मैं कंपनी चला जाऊँगा और राज अकेला राजगढ़ में रह जाएगा। यही वजह थी कि आज सुबह बना हुआ खाना हम तीनों ही नहीं खा पाए और सारा खाना बरतनों में ही छोड़ दिया। पुच्ची को पंचवटी की गली में छोड़ते समय उसके चेहरे के भाव बता रहे थे कि वो कमरे पर जाते ही रोएगी।

मैं गली में खड़ा उसे जाते हुए देख रहा था कि वह मुझे मुड़कर देखेगी लेकिन मैं ठगा-सा खड़ा रह गया, जब वह मोड़ से मुझे पलटकर देखे बिना मुड़कर चली गई। मैंने उसी प्रभाव से बाइक को किक मारी। अलवर से बाहर निकलते ही मेरा फोन बजा, मुझे पता था कि पुच्ची होगी, मैंने बगैर स्क्रीन देखे फोन उठाया, "हैलो, पुच्ची।"

"नहीं, कविता बोल रही हूँ।"

"हाँ, कविता बोलो।"

"प्रेम जी, क्या कर दिया हमारी पिंकी को, जब से आई है चेहरे से चुन्नी नहीं हटा रही, न ही कुछ बोल रही है।"

"रो तो नहीं रही?" मैंने पूछा।

"खुद ही पूछ लो उससे।" कविता ने फोन पिंकी के कान पर लगा दिया।

"I love you, पुच्ची।"

"वापस आ जाओ न, मेरा मन नहीं लग रहा। और इस तरह हमारी अगली डेट फिक्स हुई।

***

बाहर से हमारे डिपार्टमेंट में किसी के चिल्लाने की आवाज आ रही थी। मैंने बाहर आकर देखा तो 'डमरू' की आवाज से पूरा प्लांट गूँज रहा था, सारे ऑपरेटर स्तब्ध खड़े देख रहे थे। आखिर डमरू आज इतना क्यों चिल्ला रहा है? यह जानने के लिए मैं भी वहाँ पहुँच गया। एक तरफ पी.आई. कुमार और उसकी टीम, दूसरी तरफ डमरू और उसके चेले। डमरू के चिल्लाने का कारण रिजेक्शन था। प्रोडक्ट में कॉलकिंग प्रोसेस NG हो गया था। पी.आई. कुमार ने आधी शिफ्ट का मैटेरियल रिजेक्ट होने के कारण होल्ड कर दिया था और डमरू ऑपरेटर पर ऐसे ताव खा रहा था जैसे वह उसे खाने वाला है। बीच-बीच में हेल्पिंग वर्ब के रूप में गालियों का प्रयोग भी कर रहा था।

डमरू अब कुमार से उलझते हुए बोला, "इतना तो चलता है, एक छोटी-सी प्रॉब्लम के लिए तुम इतना मैटेरियल होल्ड नहीं कर सकते।"

पी.आई. कुमार किसी भी हालत में प्रोडक्ट को OK नहीं करने वाला था।

"यह टॉलरेंस से बाहर है, मैं इसको चलाने की इजाजत नहीं दे सकता।" कुमार ने कहा। यह सुनते ही डमरू जैसे पागल हो गया, उसके मुँह से गालियाँ उपहार स्वरूप निकलने लगीं।

"साला कौन रोकेगा मेरे प्रोडक्शन को? मैं सबको देख लूँगा। यह कंपनी तुम्हारे बाप की है क्या जो जब जी चाहे जिस प्रोडक्ट को होल्ड कर दिया और जिसको चाहे चला दिया!"

डमरू के शोर को सुनकर गोलीबाज व पलटू भी वहाँ पधार चुके थे। गोलीबाज ने उसको शांत किया और पलटू ने कुमार से सारे मसले की जानकारी ली फिर सभी मीटिंग रूम में चले गए।

गोलीबाज और पलटू की मिलीभगत से यह निर्णय हुआ कि प्रोडक्ट चल सकता है। आखिरकार क्वॉलिटी पर प्रोडक्शन की जीत हुई। डमरू मुस्कुराता हुआ, सीना चौड़ा करके मीटिंग रूम से निकला और पी.आई. कुमार सिर झुकाए चले जा रहे थे।

टेबल नंबर-24

कंपनी की 'बदहाल कैंटीन' की इस टेबल पर भारत ने पाकिस्तान को हर बार युद्ध में हराया था। विराट कोहली ने कितनी ही बार शतक मारकर भारत को जिताया था। सपना चौधरी के ठुमको का आनंद उठाया गया था। कितनी ही बार कांग्रेस-बीजेपी समर्थकों के बीच तीखी बहस हो चुकी थी। मायावती के समर्थकों ने बाबा साहब भीमराव अंबेडकर का सहारा लेकर बहुजन समाज पार्टी का प्रचार किया तो कभी मुलायम समर्थकों ने समाजवाद की नीति समझाई। कइयों की गर्लफ्रेंडों के फोटो देखे गए। कइयों की शादी के लड्डू भी खाए गए और 5S, 7QC Tools, SPC, MSA & FMEA जैसे इंजीनियरिंग टूल्स की चर्चा भी इस टेबल पर हुई।

आज हमारी टोली टेबल पर बैठी हुई चायकाल का मजा ले रही थी। चर्चा में गाँधीवादी विचारधारा को भगत सिंह के बलिदान से धोया जा रहा था। तभी बिहारी बाबू ने बैठते हुए गुस्से से कहा, "हम तो साला क्लर्क टाइप इंजीनियर हो गए हैं, पूरी जिंदगी कॉपी-पेस्ट में ही निकल जाएगी।"

"अरे! क्या हुआ बिहारी बाबू?" इंजीनियर सिंह ने कहा।

"डॉक्यूमेंटेशन का काम ही कभी पूरा नहीं होता, एक खत्म करो तो दूसरा आ जाता है, दूसरा खत्म करो तो तीसरा आ जाता है। अरे! सिंहवा मुझे एक बात बता, यदि मैं कंपनी छोड़कर जाऊ तो कंपनी बंद हो जाएगा का!"

सभी के चेहरों पर मुस्कुराहट ने दस्तक दी।

"बिहारी बाबू क्यों मजाक कर रहे हो। क्या किसी एक व्यक्ति के जाने से इतनी बड़ी कंपनी बंद होती है!" सिंह ने कहा।

"अरे! वो गोलीबाज से एक दिन का छुट्टी माँगा था और उसने मुझे ऐसा फील करा दिया कि जैसे मैं एक दिन के लिए भी चला गया तो कंपनी

बंद हो जाएगा" इस बात पर सभी लोटने लगे।

"गोलीबाज ने उल्टा तेरे को ही तेल लगा दिया।" सिंह ने कहा। "ऐसा क्या बोला?"

"बोलता है, तुम्हारे बिना यहा काम कैसे चलेगा? तुम ही तो एक जिम्मेदार व्यक्ति हो। तुम ही छुट्टी करोगे तो हमारा क्या होगा। तुम्हें मैं छुट्टी नहीं दे सकता, प्लीज मेहरबानी करके दुबारा छुट्टी मत माँगना। फिर मैंने कहा, सर बहुत जरूरी काम है। तो बोलता है, डयूटी से जरूरी कोई काम होता है क्या? तुम्हें रोज-रोज छुट्टी चाहिए, तुम्हारा काम कौन करेगा? छुट्टी नहीं मिलेगी"

"फिर क्या हुआ?" सिंह ने पूछा।

"फिर क्या हुआ, मैं समझ गया कि यदि मैंने छुट्टी की तो कंपनी बंद हो जाएगी।"

अभी बिहारी बाबू की बात भी पूरी नहीं हुई थी तभी बंगालीजी ने फोन काटकर बैठते हुए कहा, "महिलाओं की समस्याएँ भी कभी खत्म नहीं होती।"

इंजीनियर सिंह ने मसखरी करते हुए कहा, "महिला भाग गई?"

रोहतक के जाट ने मजाक को आगे बढ़ाया और कहा, "र किसकी भा... गी?" और सभी हमारी टेबल की तरफ देखने लगे।

बंगालीजी- "भाग भी जाती तो जान छूटती।"

इंजीनियर कुमार ने बंगालीजी को सहारा देते हुए कहा- "अरे, बंगालीजी क्या हो गया।"

बंगालीजी- "साला घर पहुँचते हैं तो ऐसा लगता है जैसे ड्यूटी मैं नहीं वो करके आई है।"

इंजीनियर सिंह- "इसमें उसका दोष नहीं हैं, सभी औरतें ये सोचती हैं कि वो घर की मालकिन हैं।" सभी जोर-जोर से हँसने लग गए।

बंगालीजी- "साला एक औरत को सँभालते-सँभालते हमारी फटी जा रही है और तुम्हें हँसी आ रही है!"

इंजीनियर सिंह ने बात को आगे खींचते हुए कहा, "अरे, बंगालीजी तुम्हें पता है टेबल नंबर-13 पर जो लंबे-लंबे बालों वाला हीरो टाइप लड़का बैठा है न, उसने 4-4 लड़कियों को पटाया है।"

रोहतक वाला जाट- "कैसे सँभालता है 4-4 को ?"

बंगालीजी- "साला जिस दिन किसी एक से भी शादी कर लिया न तो उसकी लिपिस्टिक के चक्कर में इसके सारे बाल न चले जाएँ तो कहना।" सभी लोग हँस-हँसकर लोट-पोट हो रहे थे।

पुच्ची से मिलने के लिए मेरा मन बेताब हो रहा था। एक-एक दिन बड़ी मुश्किल से गुजर रहे थे। अगली डेट को अभी कई दिन बाकी थे। वहाँ पुच्ची मुझसे रोज मिलने का आग्रह करके थक जाती थी। आखिर मैंने कंपनी से गेटपास लेकर जाने का निश्चय किया और उसके लिए बहाना ढूँढ़ने लगा। और मुझे अभी तक गेट पास का कोई बहाना भी नहीं मिल पाया था और साथ-ही-साथ मुझे एक दिन की छुट्टी भी चाहिए थी। मैंने कैंटीन पहुँचकर टेबल नंबर 21 पर अपनी समस्या रखी और अब टॉपिक चेंज हो चुका था।

इंजीनियर सिंह- "यदि तेलु तिवारी को पता चल गया कि तुम अपनी गर्लफ्रेंड के साथ गुलछर्रे उड़ाने जा रहे हो तो वो हरगिज भी गेटपास और छुट्टी नहीं देगा। हाँ यदि गेटपास चाहिए होता तो छोटा-मोटा बहाना चल सकता था। इसके लिए तो कोई बड़ा बहाना चाहिए।"

कुमार- "किसी को मरहूम करना पड़ेगा।" बंगालीजी को छोड़कर सभी लोग चौंक गए और कुमार की तरफ देखने लगे।

बंगालीजी ने हँसते हुए कहा, "ये भी अपने दादाजी को दो बार मार चुका है।" सभी ने फिर चौंक कर पूछा, "दो बार ?"

कुमार ने हँसते हुए बताना शुरू किया, "कोई एक साल पहले की बात है। एक दोस्त की शादी में जाना था। मुझे पता था कि यदि मैं शादी के नाम से छुट्टी माँगूँगा तो पलटू मुझे हरगिज छुट्टी नहीं देगा। तो मैंने दादाजी को मार दिया। भले! मरे हुए को मारने में क्या हर्ज है। फिर दादाजी को शोक नागिन डांस के साथ मनाया। ये तो हुआ एक बार, दूसरी बार अभी कुछ दिन पहले गाँव के दोस्तों ने मनाली घूमने का प्लान बनाया। मैंने पलटू से जाकर कहा, "सर दादाजी का स्वर्गवास हो गया है, छुट्टी चाहिए।"

पलटू बोला, "तुम्हारे दादाजी तो पहले ही मर गए थे ?"

मैंने सकपकाते हुए कहा, "सर दादाजी मर गए थे।"

"हाँ दादाजी तो मर गए थे, देख ले कोई और स्वर्गलोक जाना चाहता हो

तो।" सभी पेट अपना पकड़कर हँस रहे थे।

इंजीनियर सिंह- "तेरे दादाजी को मार देते हैं।"

मैंने कहा- "तेलु को पता चल गया कि मेरे तो दादाजी हैं ही नहीं तो?"

इंजीनियर सिंह- "कह देना दोस्त के दादाजी थे।"

इंजीनियर कुमार- "वैसे भी तुमसे अभी तो कोई कुछ पूछने से रहा।"

बंगालीजी- "हा हा हा... बहुत दुखद समाचार है।"

मैंने हँसते हुए गेटपास के रीजन में 'Grandfather death' लिखते हुए कहा, कभी तुम सालों मेरे घर मेरे दादाजी को रोने मत पहुँच जाना।

अब मुझे गेटपास के साथ छुट्टी भी मिल चुकी थी।

***

पुच्ची को 'सरप्राइज' देने के चक्कर में न तो मैंने उसे बताया और न ही फोन किया। मार्केट में शॉपिंग करते समय उसका फोन आया। "क्या कर रहे हो?"

"शॉपिंग।"

"कहाँ पर? अलवर में?" पुच्ची ने पूछा।

"हाँ, हो सकता है।"

"झूठ, झूठे हो तुम, मैं नहीं मानती।"

"चलो, फिर जाने दो।" मैंने कहा।

"आ जाओ ना।"

"कहाँ, कमरे पर?"

"हाँ।"

"और मकान मालिक का क्या?"

"नहीं, तुम आ जाओ।"

यदि मकान मालिक काँटा न बने तो यह सही निर्णय था क्योंकि कविता भी अपने घर गई हुई थी। मेरा प्रसन्न हो गया। मैं तुरंत पुच्ची के कमरे पर जाने के लिए चल दिया लेकिन उसको मना करता रहा कि 'अब शाम हो गई है, तुम्हारा मकान मालिक देख लेगा, कल सुबह मिलेंगे, मैं नहीं आ सकता अभी, तुम जिद्दी हो, सब्र रखो, सब्र का फल मीठा होता है आदि...'

"मैं तुमसे रूठ जाऊँगी, कभी बात नहीं करूँगी, तुम मुझसे प्यार नहीं करते हो, तुम मुझे कभी समझ नहीं सकते, तुम से प्यार करके मैंने बहुत बड़ी

गलती की, मैं तुमसे बहुत प्यार करती हूँ।" पुच्ची फोन पर बोले जा रही थी।

पंचवटी की गली में पहुँचते ही मैंने फोन काट दिया। दरवाजे की कुंडी खुली हुई थी, मैं हल्के से धक्का मारकर अंदर आ गया और अँधेरे का फायदा उठाकर सीढ़ियों से चुपके से सीधा ऊपर चला आया। मैंने पुच्ची के कमरे का दरवाजा बजाया। पुच्ची ने दरवाजा खोला और मुझे देखकर चौंक गई। मैंने दरवाजा बंद करके उसे बाहों में भर लिया।

"तुम मुझसे प्यार नहीं करते, मैंने गलती की तुमसे प्यार करके।" मैंने उसे छेड़ते हुए बड़े प्यार से कहा। उसने मेरे मुँह पर अपना हाथ रख दिया। मैंने चुंबन के लिए अपने होठों को उसके होठों की तरफ बढ़ाया।

"चल-हट। मुझे अभी पूजा करनी है।"

"कभी-कभी ये भगवान भी गलत समय एंट्री मार जाते हैं।" मैंने मन मारते हुए सोचा।

फर्श से एक फुट की ऊँचाई पर दीवार में बनी अलमारी में भगवान की तस्वीरें रखी थीं, लड़कियाँ जिनकी अक्सर पूजा करती हैं। एक दीपक, अगरबत्ती का पैकेट, धूप, ज्योति और एक छोटी-सी घंटी। वह हाथ-मुँह धोकर आई, दीपक जलाया, अगरबत्ती को भगवान की तस्वीरों पर फेरे मारते हुए स्टैंड में लगा दिया और हाथ जोड़, आँखें बंद करके ध्यानमग्न हो गई। मैंने घंटी उठाकर थोड़ी देर बजाई। फिर हाथ जोड़कर बैठ गया। कभी उसे देखता तो कभी भगवान की तस्वीरों को। वह अभी भी अपनी भक्ति में लीन थी। फिर उसने मुझे अपने हाथों से खाना खिलाया क्योंकि मेरी जिद थी कि तुम्हारे हाथों से ही खाऊँगा। वैसे भी आज मैं उसका अतिथि था। खाना खिलाने के बाद अब पुच्ची ने कहा, "बस अब जाइए, 9 बज गए हैं।"

"अब इतनी रात में कहाँ?" मैंने कहा।

"प्लीज, आंटी को पता चल गया तो प्रॉब्लम हो जाएगी।" उसने कहा।

मैं सोच में पड़ गया, बाल्कनी के दरवाजे की तरफ जाकर बाहर झाँककर देखा कि कोई देख तो नहीं रहा है। अंदर जाकर झट से पहले लाइट बंद की फिर दरवाजा। दीवार से सटकर खड़ी पुच्ची की बाँहों को कसके पकड़कर उसके होठों का एक लंबा किस किया फिर उसको गोद में उठाकर बेड पर ले गया। कमर में हाथ डालकर उसके चेहरे से लेकर गले व उससे

भी कहीं आगे तक चुंबन किए।

"पुच्ची, अब मैं जाऊँ?" मैंने कहा।

"नहीं, अब सुबह चले जाना।" वह बोली।

मैं उसके माथे को चूमकर उससे लिपट गया, अब रात रंगीन थी। सुबह के हल्के अँधेरे में उसकी जबरदस्ती के कारण मुझे वहाँ से जाना पड़ा। मेन गेट पर बड़ा-सा ताला लगा था इसलिए 5-6 फुट की दीवार को कूदना पड़ा। मैं नेहरू गार्डन में एक पेड़ के नीचे जाकर सो गया। मेरी आँख मोबाइल फोन की घंटी के साथ खुली, "हाँ, पुच्ची।"

"कहाँ पर हो?"

"नेहरू गार्डन में।"

"नेहरू गार्डन में!" उसने अचंभित होते हुए कहा।

"हाँ, मुझे नींद आ रही है मुझे सोने दो।"

"10 बज गए हैं मेरे हीरो।"

"नहीं-नहीं मुझे नींद आ रही है प्लीज।" मैं फोन काटकर फिर सो गया।

जब मेरी आँख खुली तो मेरा सिर पुच्ची की गोद में था। वह मेरे बालों को सहला रही थी।

"मेरी पुच्ची आ गई।"

"हाँ, चलो अब खड़े हो जाओ।"

"नहीं, मुझे तो ऐसे ही मजा आ रहा है।"

"चलो न।"

"कहाँ?"

"मार्केट।"

"मार्केट? वहाँ क्या करोगी?"

"मुझे शॉपिंग करनी है।"

"नहीं।"

"क्यों?"

"मैं इतने कीमती समय को मार्केट में बरबाद नहीं करना चाहता।"

"तो फिर क्या करोगे?" उसने बड़े प्यार से मेरा कान पकड़ते हुए कहा।

"चलो, फिल्म देखने चलते हैं।" उसने भी झट से कहा, "चलो।"

हम रिक्शे से गोपाल सिनेमा पहुँचे। मैंने फिल्म का पोस्टर तक नहीं देखा। मैंने टिकट ली और सिनेमा हॉल की सबसे पीछे वाली सीट चुनी जो बेंच की तरह लगी हुई थी। उस सीट का सबसे बड़ा मजा ये था कि दूसरी सीटों की तरह अलग-अलग नहीं बैठना पड़ता था और वह सीट सबसे पीछे थी तो हमें कोई देखने वाला भी नहीं था कि हम क्या कर रहे हैं और क्या नहीं। 12 बजे के शो में वैसे भी गिने-चुने ही लोग रहते थे।

ये जिंदगी का पहला ऐसा अनुभव था जब मैं सिनेमा गया लेकिन फिल्म देखने नहीं, क्योंकि जो रोमांस फिल्म के अंदर होता है उससे तो कहीं ज्यादा रोमांस जिंदगी में चल रहा था। गोपाल सिनेमा की सबसे पीछे वाली सीट पर उस रोमांस ने आज दस्तक दी थी। मैं पुच्ची को बाहों में ऐसे पकड़कर बैठा हुआ था जैसे कि उसे छोड़ दूँगा तो वह भाग जाएगी। मैंने पुच्ची को तब छोड़ा जब हमें लोग देखने लगे। पुच्ची ने कहा, "अब फिल्म देख ली जाए?"

"हम फिल्म देखने थोड़े ही आए हैं।"

"लेकिन लोग तो देखने आए हैं।"

"हाँ, सही कह रही हो। फिल्म से ज्यादा रोमांस तो यहाँ पर चल रहा है।" पुच्ची ने ही-ही करते हुए मेरे होठों को चूम लिया।

सिनेमा की कोल्ड-ड्रिंक ज्यादा देर तक भूख नहीं रोक पाई। सिनेमा से निकलते ही हम होप सर्कस के पास समोसे की दुकान पर पहुँचे जो यहाँ की प्रसिद्ध दुकान थी। मैं दुकान से समोसे लेकर आया। पुच्ची किसी लड़के से बात कर रही थी। मैं समोसे लेकर पुच्ची के पीछे खड़ा था। पुच्ची मुझे इग्नोर किए जा रही थी। मैं उनके बीच में जाकर बोला, "समोसे?"

"हमने तो समोसे नहीं मँगवाए।", पुच्ची ने कहा। मैं थोड़ी दूर से समोसे खाते हुए उन्हें देखने लगा। मैंने सोचा कोई लड़की इतनी जल्दी तो नहीं भूल सकती, वो भी उसको जिसके साथ अभी-अभी बाहों में बाहें डालकर तीन घंटे फिल्म देखी हो। पुच्ची ने फिर मेरी तरफ मायूसी से देखा। मेरा मन एकबार तो साउथ फिल्म के हीरो की तरह एंट्री मारने के लिए किया। लेकिन मुझे तो यही नहीं पता था कि इसका हमारी कहानी में क्या रोल है। जब तक वह लड़का गया तब तक मैं एक समोसा खाकर दूसरा शुरू कर चुका था।

पुच्ची ने मेरे पास आकर कहा, "मेरा समोसा कहाँ है?"

"तुमने तो मँगवाया ही नहीं था।"

पुच्ची ने मुझसे समोसा छीनते हुए कहा, "तुम्हें पता है, ये लड़का कौन था ?"

"हाँ, मुझे तो मेरी जिंदगी में विलेन की तरह लग रहा था।"

"हाँ, सही में, वह मुझे दो–तीन बार प्रपोज कर चुका है।"

"मतलब ?"

"मतलब, वह मुझ पर फिदा है।"

"तुम क्या कह रही हो ? मुझे कुछ समझ में नहीं आ रहा है।" मैंने गुस्से में कहा।

उसने मेरे गुस्से को देखते हुए कहा, "यदि उसने मुझे I Love you कह दिया तो थोड़े ही मैं उसकी हो जाऊँगी।"

"वो तो ठीक है, लेकिन ये हमारी जिंदगी में आया कहाँ से ?" मैंने आँखें दिखाते हुए फिर कहा।

"वह मेरे गाँव का ही है। हम दोनों गाँव में एक ही क्लास में पढ़ते थे। मैं तभी तो थोड़ी देर के लिए आपको भूल गई थी।"

"हमारे बारे में एक न एक दिन तो सभी को पता चल जाएगा ?"

"लेकिन लोगों को ढोल बजाकर बताना भी तो ठीक नहीं है।"

"क्यों ?"

"नहीं तो हमें भागकर शादी करनी पड़ेगी, वो भी अभी ही।"

"मैं तो नहीं भागूँगा।"

"लव मैरिज का मतलब इंडिया में भागकर शादी करना होता है, समझे।"

"तो ये भागकर शादी हम कब करेंगे ?"

"जब मैं नौकरी में लग जाऊँगी।"

"तुम नौकरी में कब लगोगी ?"

"उसका पता नहीं..."

आखिर में पुच्ची ने अपनी पसंदीदा जूस की दुकान से जूस पिलाकर मुझे विदा किया।

***

कॉलेज खुल गए थे। मनी भी घर से आ गई थी। लव स्टोरी ने ट्राइएंगल का रूप ले लिया। दोनों सहेलियाँ मनी और पुच्ची एक ही कमरे पर थीं। पुच्ची

मुझे कमरे की छत से फोन कर रही थी। उधर नीचे से मनी ने भी फोन मिला दिया। मेरा फोन घंटा भर बिजी चला और इस दौरान मनी ने मुझे कई बार चेक किया। मैं और पुच्ची यही बात कर रहे थे कि मनी को कैसे समझाया जाए कि हम एक-दूसरे को प्यार करते हैं। पुच्ची फोन काटकर नीचे कमरे में चली गई और दूसरी फोन मिलाकर ऊपर आ गई।

"कहाँ बिजी चल रहे थे?"

"ऐसे ही राज का फोन आ गया था।"

"ऐसी क्या बात कर रहे थे।"

"बस तेरे बारे में ही बात कर रहे थे।"

"मेरे बारे में।" वह चौंककर बोली।

"हाँ तुम्हारे बारे में।"

"क्यों?"

"क्योंकि तुमने महीनों बाद मेरी खोज खबर ली है न इसलिए।"

"अच्छा तो मैं तुम्हारे पास फोन ही न करूँ!"

"जब इतने दिन रह सकती हो तो फिर क्या जरूरत हैं फोन करने की।"

"ठीक हैं, नहीं करेंगे।" फोन काट दिया। मैंने वापिस फोन किया, "मेरी जान रूठ गई।"

"मैं तेरी कोई जान-वान नहीं हूँ।"

"चलो ये सब छोड़ो मुझे तुमसे कुछ जरूरी बात करनी है।" मैंने मजाक से बाहर आते हुए कहा।

"जो भी बोलना है जल्दी बोलो, वैसे भी मेरे पास फालतू टाइम नहीं है।" उसने गुस्सा दिखाते हुए।

"मैं किसी और से प्यार करता हूँ।" मैंने सहज भाव से अपनी बात रखी।

"ओहहो, तुम जैसे बोरिंग सब्जेक्ट से भी कोई प्यार कर सकता है?" उसने मेरा मजाक बनाते हुए कहा।

"हाँ, वो भी मेरी जैसी ही बोरिंग सब्जेक्ट है।" मैंने अपना पीछा छुड़ाने के लिए कहा।

"वो बदकिस्मत कौन है?" वह अभी भी मजाक ही समझ रही थी।

"मनी, मैं मजाक नहीं कर रहा। मैं तुमसे झूठ बोल रहा था कि राज से

बात कर रहा था मैं अभी भी उसी से बात कर रहा था।"

"ठीक है। तो फिर उसी से बात करो मुझसे क्यो बात कर रहे हो।" उसने पूरी तरह चिढ़ते हुए गुस्से में कहा।

"मैं इसलिए तुम्हें बता रहा हूँ कि मैं तुमसे भी प्यार करता हूँ। तुम ही मेरी बहुत अच्छी दोस्त हो और तुम्हे नहीं बताऊँगा तो किसे बताऊँगा।"

"कौन है वो? और ऐसा क्या है उसमें जो मुझमें नहीं है।"

"प्यार।"

"प्यार, क्या मैं प्यार नहीं करती तुमसे?"

"करती हो, लेकिन प्यार-प्यार में फर्क होता है।"

"क्या फर्क होता है?"

"तुमने महीनों भर मुझसे बात नहीं की, कभी मेरी याद नहीं आई?"

वह कुछ नहीं बोली मैंने फिर कहा। "मैंने रोज तेरे फोन का पागलों की तरह इंतजार किया, कभी भाभी को फोन किया कभी... तुझे पता है। तुझे थोड़ी पता होगा और आज जब कोई मुझे दुनिया भर का प्यार करती है तो तुम्हे तकलीफ हो रही है।"

"प्रेम, मैं भी तुमसे बहुत प्यार करती हूँ। मैं तुम्हारे बिना नहीं जी सकती।" मेरे शब्द अब उसके मर्म को टटोलने लगे थे। "जैसे तुम चाहोगे मैं वैसे ही करूँगी, मुझे छोड़कर मत जाओ। मैं अब कभी भी तुमसे दूर नहीं जाऊँगी।"

"वह मुझसे बहुत ज्यादा प्यार करती है। यदि मैं उसे नहीं मिला तो वो मर ही जाएगी।"

"मैं तुम्हें उससे भी ज्यादा प्यार करूँगी। मान जाओ ना प्लीज।"

मुझे कुछ समझ में नहीं आ रहा था मैं क्या करूँ। एक तरफ वह लड़की थी जो मुझ पर जान छिड़कती थी और एक वो जो अभी-अभी जान छिड़कने का वादा कर रही थी।

"मुझसे शादी करोगी?"

"तुम्हारा मतलब क्या है?"

"मतलब साफ है, मैं तुमसे शादी करना चाहता हूँ।" उसके हलक से काफी देर तक आवाज नहीं निकली। मैंने पूछा, "क्या हुआ?"

"मैं तुम्हारे साथ शादी नहीं कर सकती।"

"क्यों? अब क्या हुआ?"

"मैं तुमसे शादी कैसे कर सकती हूँ?"

"क्या मैं इंसान नहीं हूँ?"

"मेरी और तुम्हारी शादी किसी भी हालत में नहीं हो सकती।"

"फिर मैं कोई इस्तेमाल के लिए बना हूँ जो इस्तेमाल करो और फेंक दो।"

"नहीं, ऐसा नहीं हैं। शादी को छोड़कर कर तुम चाहे मेरी जान माँग लो, मैं वह भी दे दूँगी।"

"मनी, मैं कोई जानवर नहीं जो मुझे जान चाहिए। मैं एक इंसान हूँ मुझे प्यार चाहिए।"

"हम्म्म..." उसने धीरे से कहा।

"मुझे ये बताओ कोई इंसान किसी से क्यों प्यार करता हैं, सिर्फ इसलिए कि वह एक दिन उसे छोड़कर चला जाए। नहीं ना?"

"हम्म्म..."

"पता मैं उससे क्यों इतना प्यार करता हूँ? क्योंकि वह मुझसे और तुमसे लाखों गुणा ज्यादा अच्छी है। वह प्यार करने और न करने के बहाने नहीं ढूँढती। उसके पास प्यार में कोई शर्त नहीं हैं। वह निस्वार्थ, निश्छल प्रेम करती है। और मनी मेरे पास कोई एक भी कारण नहीं है जो मैं उससे प्यार न करूँ। तुम्हें याद है, मैं जब-जब अलवर आया और तुमसे मिलना चाहा तो तुमने क्या कहा था। मेरे पास अभी टाइम नहीं हैं, तुम फिर कभी आ जाना, यहाँ हमें कोई देख लेगा, तुम मिलकर क्या करोगे, मुझे मिलना-जुलना पसंद नहीं है, आज मेरी तबियत खराब है, आज मेरा फास्ट है, आज मेरा स्लो है और भी पता नहीं क्या-क्या। ये ही कहा था ना तुमने? और तो और मुझे छूना मत, मुझे किस मत करना। अरे! यार क्या-क्या प्रॉब्लम है तुम्हारे साथ।" मैंने गुस्से से कहा।

"और पता हैं तुम्हें मनी, आज उसके टाइम में सिर्फ मैं हूँ, मैं। मेरे नहीं होने के खयाल से तो उसकी जिंदगी की घड़ी ही रुक जाती है। और मनी सुन वो क्या कहती है।"

"मुझे नहीं सुनना।"

"तुम्हें सुनना पड़ेगा। वो कहती है कि यदि तुम अलवर आए और मुझसे

मिलकर नहीं गए तो मुझसे बुरा कोई नहीं होगा, तुम्हें मैं जान से ही मार दूँगी। उसको छूने के लिए मुझे उससे परमिशन नहीं लेनी पड़ती। कभी-कभी तो डर लगता है कि वो मुझे इतना प्यार क्यों करती है।"

"बस मुझे नहीं सुननी तुम्हारी रामकहानी, तुम दोनों भाड़ में जाओ। मेरे पास कभी भी फोन मत करना।"

"सच बताऊँ मनी, तुम्हारे अंदर प्यार नाम की चीज है ही नहीं। तुम किसी से प्यार कर ही नहीं सकती।"

"मुझे नहीं करना प्यार-व्यार।" और उसने फोन काट दिया।

***

एक नए लड़के ने कंपनी ज्वॉइन किया। नाम था धाँधू सिंह। बेहद मोटा मस्त मलंग आदमी। दो-तीन दिन ही हुए थे। उसने यहाँ दोस्त भी बना लिए थे। दोस्ती भी की तो उसी गैंग से जो हमसे मेल खाती थी। वह उन्हीं दोस्तों के बीच असेंबली लाइन पर मशीन चला रहा था। चुकी प्रोडक्शन का प्लान आज के दिन ज्यादा था तो पूरी की पूरी लाइन को ओवर टाइम पर रोक लिया गया था। धाँधू बेचारा जो 8 घंटे मुश्किल से निकालता था आज तो बुरी तरह फँस गया। वह पहली बार 16 घंटे लगातार काम कर रहा था। दूसरी शिफ्ट पूरी होते-होते उसके हाथ पैर जवाब दे गए। धाँधू ने उन्हीं दोस्तों से थोड़ी देर आराम करने के लिए रास्ता पूछ लिया।

"टॉयलेट के अंदर लगी स्लेब पर जाकर बैठ जाओ दस-पंद्रह मिनट में आ जाना।" अमन ने कहा।

जाते हुए धाँधू को कमल बाबू ने कहा, "कई चूतिया लोग वहाँ उँगली करने के लिए आ जाते हैं, उन्हें धमका देना।"

"ठीक है, उसकी टेंशन ना ले।" धाँधू ने कॉन्फिडेंस के साथ कहा।

अमन ने कमल बाबू से कहा, "तुमने ऐसा क्यों कहा ?"

"वो साला डमरू ही तो उँगली करने जाता है। उसका इलाज हो जाएगा।"

"डमरू आज सही आदमी से फँसेगा।" अमन ने कहा और दोनों खिलखिला उठे।

धाँधू टॉयलेट में जाते ही स्लेब पर पसर गया। उसे हरपल आनंद की अनुभूति हो रही थी। टॉयलेट की बदबू, खुशबू कि तरह लग रही थी। आनंद

ऐसा की भाई साहब नींद की झपकी ही ले बैठे। उधर डमरू मशीन को बंद देख झल्लाया और धाँधू को ढूँढता हुआ टॉयलेट में पहुँच गया। डमरू ने स्लेब पर पड़े धाँधू को लात मारकर चीखते हुए कहा, "वहाँ मशीन बंद पड़ी है और तू यहाँ आराम फरमा रहा हैं।"

धाँधू को कुछ समझ नहीं आया कि यह कौन है और क्या कह रहा है। फिर उसे कमल बाबू की बात याद आ गई। उसने आँख को मलते हुए कहा, "के दिक्कत आरी सै।"

"मशीन तेरा बाप चलाएगा।" डमरू फिर चीखा। डमरू का यह कहना था और धाँधू का मूड सटक गया।

"कुतिया के पिल्ले तेरी..." चिल्लाते हुए धाँधू जूता निकालने के लिए झुका और डमरू सरपट दौड़ा। धाँधू को जूता निकालने में देरी हो गई, वह जूता हाथ में लिए दौड़कर टॉयलेट से बाहर आया और देखा डमरू दूर-दूर तक नजर नहीं आया। धाँधू मशीन पर पहुँचा।

"सही से आराम कर लिए कोई दिक्कत तो नहीं हुआ।" अमन ने कहा।

"एक हराम के पिल्लै ने सारी नींद खराब कर दी।"

"कैसे ?" कमल बाबू ने हँसी को रोकते हुए कहा।

"हरामी बोला मशीन तेरा बाप चलाएगा, यह कहते ही मुझे गुस्सा आ गया।"

"फिर क्या हुआ ?" अमन ने भी हँसी रोकी।

"मैं अपना जूता निकालने के लिए झुका ही था कि हरामी गायब हो गया। टॉयलेट से बाहर आकर भी देखा दूर-दूर तक दिखाई नहीं दिया।"

अब अमन और कमल बाबू पेट पकड़-पकड़ कर हँसने लगे। थोड़ी देर बाद धाँधू का एच.आर. से न्यौता आ गया। धाँधू भागा-भागा अमन और कमल बाबू के पास आया। न्यौते के बारे में बताया।

"जिसके पीछे तुम अभी जूता लेकर फिर रहे थे उसने शिकायत कर दिया होगा।" अमन कहकर फिर हँसने लगा। मीटिंग रूम में पाउच, डमरू और अभी पधारे धाँधू थे। पाउच ने भी धाँधू का हिसाब-किताब देख प्यार से ही समझाने की कोशिश की, "आप लोग यहाँ काम करने आए हो प्यार से काम करो, लड़ाई-झगड़ा क्यों करते हो।"

"सर, ये मुझे गाली दे रहा था।" धाँधू ने गुस्से से कहा।

"तुमको भी तमीज से बात करनी चाहिए।" पाउच ने डमरू को कहा। जैसे-तैसे पाउच ने दोनों को समझा-बुझाकर भेज दिया। मीटिंग रूम से बाहर आकर धाँधू डमरू को देखकर मुस्कुराया। डमरू फिर चिढ़ गया और खीझते हुए बोला, "क्यो हँस रहा है ?"

डमरू फिर दौड़ा-दौड़ा पाउच के पास गया। पाउच ने फिर धाँधू को बुलवा लिया। इस बार मीटिंग रूम में सिर्फ पाउच और धाँधू ही थे।

इस बार भी पाउच ने धाँधू को प्यार से ही समझाने की कोशिश की, "अरे! भई उसको क्यो छेड़ते हो।"

"सर मैं तो मजाक कर रहा था, वो तो बुरा ही मान गया।"

"कम से कम सुपरवाइजर को तो छोड़ दिया करो।"

"कौन सुपरवाइजर ? वो सुपरवाइजर है।"

"हाँ, वो तुम्हारा सुपरवाइजर है।"

"अच्छा तो उसी का नाम डमरू है ?"

इस बार पाउच ने भी अपना माथा पकड़ लिया, "हाँ भई हाँ। जाओ काम करो।" धाँधू हँसता हुआ मीटिंग रूम से बाहर आ गया।

हॉस्टल

पुच्ची का हॉस्टल में जाना हम पर कुछ बंदिशें लेकर आया। जैसे मैं हॉस्टल में उससे मिलने नहीं जा सकता था, उसे भी हॉस्टल से बाहर आने के लिए परमिशन लेनी पड़ेगी। ज्यादा समय के लिए हॉस्टल से बाहर रहना वहाँ के नियमों के खिलाफ था। मैं चोरी से वहाँ नहीं जा सकता था। अब पुच्ची से मिलने के लिए अप्वॉइंटमेंट लेना होगा। लगभग एक महीने के विलंब के बाद तीज का त्योहार पुच्ची के साथ मेरा अप्वॉइंटमेंट लेकर आया। उसने अपनी बुआजी के यहाँ जाने के लिए 4 दिन की छुट्टी ली जिसमें पहला दिन मेरे नाम था। उसका बार-बार फोन आ रहा था क्योंकि वह रेवाड़ी पहुँच चुकी थी और मैं तेलु के मीटिंग से बाहर आने का इंतजार कर रहा था क्योंकि मुझे गेट पास चाहिए था।

उसको दो घंटे तक इंतजार कराने के बाद मैं रेवाड़ी पहुँचा। बस स्टैंड चौराहे पर ऑटो से उतरकर मैंने चारों तरफ नजरें दौड़ाई। चौराहे के नुक्कड़ पर जाकर मैं फिर दाएँ-बाएँ देखने लगा। मैंने अपना मोबाइल निकालकर अपनी दाईं तरफ दूर तक देखा। वह एक दुकान के सामने खड़ी मुझे इस तरह परेशान देख ऐसे हँस रही थी जैसे कोई मॉडल टूथपेस्ट का एड कर रही हो। मैंने सर पर हाथ मारा और हँसा, उसके पास गया और बोला, "पुच्ची चलें ?"

वह गंभीर होकर बोली, "कितने लापरवाह हो तुम, दो घंटे तक रास्ते पर आँख फाड़-फाड़कर तुम्हारा रास्ता देखते थक गई और कितनी आसानी से कहते हो, पुच्ची चलें।"

मैं मायूस हो गया और पश्चाताप के भाव से उसे देखने लगा। वह मेरी भावुकता को भाँप गई और गर्दन हिलाते हुए बोली, "चलो, जल्दी चलो।"

मैंने उसके हाथ से बैग लेने के लिए अपना हाथ उसकी तरफ बढ़ाया,

उसने भी अपना हाथ आगे बढ़ाया, मैं चिल्लाया, "मेहँदी!" उसके मेहँदी से सजे कोमल हाथ बहुत सुंदर लग रहे थे। मेरा मन किया कि उसके हाथों को चूम लूँ। लेकिन मैं भीड़ में दर्शनीय चीज नहीं बनना चाहता था। उसके हाथों से बैग लिया और बस से भिवाड़ी पहुँचे। जब आप अपनी गर्लफ्रेंड को अपने साथ लेकर आओगे तो उसे वो सभी सुविधाएँ उपलब्ध कराना चाहोगे जो तुम्हारे पास नहीं है।

हमारा ब्लैक एंड व्हॉइट रूम जिसकी सुविधा का मैं पहले ही गुणगान कर चुका हूँ। मैंने अपने रूममेट उर्फ 'इंजीनियर सिंह' को फोन कर दिया था। हम बस स्टैंड से चले ही थे। वह मेरे पीछे-पीछे चल रही थी। लगभग पाँच साल का एक बच्चा मेरे सामने आया और हाथ फैलाकर बोला, "भगवान तुम्हारी जोड़ी बनाए रखे।"

मुझे आश्चर्य हुआ। मैंने पुच्ची से कहा, "यह बच्चा क्या कह रहा है?"

"क्या कह रहा है?" उसने पूछा।

मैंने बच्चे को दोबारा बोलने को कहा, वह मासूम सूरत बना के फिर बोला, "भगवान तुम्हारी जोड़ी बनाए रखे।" उसने फिर हाथ फैलाए। जैसे उसने पुच्ची के मन की बात कह दी हो। पुच्ची उसको देखकर हँसने लगी और अपने बैग से पर्स निकाला।

मैंने उसे रोकते हुए बच्चे से पूछा, "भूख लगी है? कुछ खाएगा?"

उसने धीरे-से सर हिलाया। मैंने सामने लगी स्टॉल से एक बिस्कुट का पैकेट लेकर उसे दिया, वह खुशी से पैकेट लेकर दौड़ा चला गया।

इंजीनियरों की बस्ती में एक लड़की का आना जैसे अलादीन के चिराग से जिन निकलने जैसा था। जो जहाँ था वो वही रुककर पुच्ची को देखने लगा। लोग मुझे ऐसे देख रहे थे जैसे सारी दुनिया की दौलत मेरे पास ही थी। कोई मुझे आँखों से इशारा कर रहा था तो कोई आँख मार रहा था। जब हम सीढ़ियाँ चढ़ रहे थे तो नीचे से आवाज आई 'मस्त माल है' और बिहारी चिलाया, "प्रेम भैया भौजी लेकर आए हैं।"

हम कमरे पर पहुँच चुके थे। इंजीनियर सिंह महीने भर से जमा कचरे को साफ करके दरवाजे तक ले आया था। इंजीनियर सिंह ने शरमाते हुए झाड़ू को पटकर कहा, "मैडमजी नमस्ते।"

मैंने झाड़ू उठाकर सिंह को जल्दी से अंदर का डेकोरेशन करने को कहा। मैंने कचरे को दरवाजे के बाहर कोने में लगाया। कचरा इतना था कि एक बोरी भर जाए। अंदर जाकर पहले पंखे के तार को बिजली के तारों की कुंडी में अटकाया और पुच्ची को अंदर आने को कहा। कमरे के अस्त-व्यस्त हालत को देख वह सिर्फ मुस्कुराई।

"मैडम, यह कमरा सिर्फ सोने के लिए है।" इंजीनियर सिंह ने बात बनाते हुए कहा।

हमारे कमरे के बाहर से लोग ऐसे गुजर रहे थे जैसे राष्ट्रीय राजमार्ग घोषित कर दिया हो। पूरी बिल्डिंग की हलचल बढ़ चुकी थी। कुमार और अमन तो कमरे पर ही आ धमके। उनके पीछे-पीछे जैसे लाइन ही लग गई। दर्जन भर लोग कमरे में जमा हो गए। मैं सभी का परिचय करा ही रहा था कि तभी सभी लोगों को हटाता हुआ 'बिहारी' सबसे आगे आकर बोला, "हम तो रह ही गया हूँ, भौजीजी प्रणाम!"

पुच्ची ने मुस्कुराकर सिर्फ सिर हिलाया।

मैंने पुच्ची को बिहारी का परिचय कराया, "ये हमारे बिहारीजी हैं।"

इंजीनियर कुमार ने कहा, "क्योंकि, ये बिहार से हैं।"

सभी हँसने लगे।

"ऐसे ही ताकते रहिएगा या अब भौजीजी को आराम भी करने दीजिएगा।" बिहारी ने कहा।

पुच्ची के हाथों की रंगत मुझे आकर्षित कर रही थी। मैं उन्हें सीधा बाहर जाने के लिए भी नहीं कह सकता था।

" अरे बिहारी, तेरी भौजी को भूख भी लग रहा है कुछ खिलाएगा नहीं।" मैंने कहा।

"बताइए भौजी क्या खाइएगा, वो ही खिलाएँगे।" बिहारी ने कहा।

"जो तुम प्यार से खिलाओ।" मैंने कहा।

"ठीक है, चलो सिंह साहिबवा।" बिहारी ने कहा। उनके साथ सभी कमरे से बाहर चले गए।

उनके जाते ही मैंने पुच्ची के दोनों हाथों को अपने हाथों में पकड़ लिया। उसने दोनों हाथों की मुट्ठी बना ली। मैं मुट्ठी खुलने का इंतजार करते हुए

उसे एकटक देखने लगा। उसने शरमाते हुए धीरे-धीरे मुट्ठी खोली। जितना मैं उसके हाथों को देखता उतना ही उनकी खूबसूरती बढ़ती जाती। कभी अपने हाथों से उन्हें ढकता, कभी उन पर उँगलियाँ चलाता, कभी हाथों को चूमता, कभी अपना चेहरा उसके हाथों पर रख लेता। आखिर में उसके हाथों के ऊपर अपने चेहरे को रखकर उसकी गोद में लेट गया। उसने अपना सिर जैसे ही मेरे ऊपर रखा बाहर से आवाज आई, "मैं आ गया हूँ।"

पुच्ची मुझे 'चल-हट' कहती इससे पहले ही मैं दूर हो गया। सिंह और बिहारी कोल्ड-ड्रिंक, चिप्स और पेटीज लेकर आए।

"चिप्स लड़कियों को अच्छी लगती है।" सिंह ने कहा।

"अच्छा!" मैंने कहा। फिर मैंने चिप्स का पैकेट पुच्ची को दिया। सिंह ने कोल्ड-ड्रिंक को गिलास में डाला और पेटीज खाने लगा।

"सिंह साहिबवा, पहले भौजीजी को तो कोल्ड-ड्रिंक दे देते।" बिहारी ने कहा।

"तेरी भौजीजी है, तू ही देदे।" सिंह ने कहा।

पुच्ची दरवाजे की तरफ मुँह करके चुपचाप बैठी थी। बिहारी ने पुच्ची को कोल्ड-ड्रिंक देते हुए कहा, "अरे! भौजीजी तो कुछ खा ही नहीं रहीं।"

"मैडम क्या, हाथों से खिलाना पड़ेगा?" सिंह ने कहा।

पुच्ची ने एक बार हमारी तरफ देखा फिर वापस दरवाजे की तरफ मुँह कर लिया। मैं कोल्ड-ड्रिंक का एक गिलास लेकर उसके पास आया, उसमें से एक घूँट पीकर गिलास जबरदस्ती उसके हाथ में थमा दिया। चिप्स के पैकेट में से दो टुकड़े निकाल उसके मुँह में डालना चाहा।

"मैं ना, मैं ना।" बोलते हुए उसने दोनों टुकड़ों को अपने मुँह में पकड़ लिया। मैंने चिप्स का पैकेट उसकी गोद में रख दिया। सिंह को खाना बनाने की चिंता नहीं थी। मैंने अपनी जेब की गर्माहट देखकर कहा, "पुच्ची, सिंह एक अच्छा कुक है।"

उसने मुस्कुराकर सिंह को देखा। सिंह अपनी तारीफ सुन ऐसे इतराया जैसे मैंने उसे आसमान का रास्ता दिखा दिया हो।

"सिंह दाल फ्राई बनाएगा और हम रोटी बनाएँगे।" यह बोल मैंने पुच्ची की परेशानी दूर की। कंडीशन अप्लाई थी कि रात को कमरा हमारे लिए

फिक्स था। सिंह ने दूसरे किराएदार के कमरे में शरण ली।

रात के 12 बजे हमारे ब्लैक एंड व्हॉइट मकान की सुविधाओं का फायदा पुच्ची भी ले रही थी। जब मैं टॉयलेट का दरवाजा पकड़े खड़ा था, पुच्ची अंदर थी। यह दृश्य किसी कॉमेडी फिल्म के सीन जैसा था लेकिन रात के 12 बजे हमें देखने वाला कोई न था। पुच्ची ने अंगड़ाई तोड़ते हुए अपने मोहरबंद हाथों को उठाया तो उसे देख मुझे शोले फिल्म का डायलॉग याद आ गया और मैंने कहा, "ये हाथ मुझे दे दो पुच्ची।" उसने झट से हाथों को नीचे किया और उन्हें छिपाने की एक्टिंग करने लगी। हाफ बाजू की कमीज-सलवार में उसकी यह एक्टिंग मदमस्त लग रही थी। मैं कातिल नजरों से उसे देखता रहा, वह अचानक मेरे पास आई और एक हाथ मेरे गले में डाल दूसरे हाथ से मेरे बालों को सहलाते हुए बोली, "कल हॉस्टल में एक लड़की को बहुत ज्यादा ब्लीडिंग हो गई।"

"क्यों?"

"उसके पति को अभी बच्चा नहीं चाहिए था इसलिए उसने गर्भपात की टैबलेट ले ली।"

"फिर।"

"हम उसे डॉक्टर के पास ले गए। डॉक्टर ने उसके पति को बुलाने को कहा लेकिन वो गाँव में था और मैंने उसे फोन पर बहुत डाँटा।'

"बहुत अच्छा किया।" मैंने उसकी पीठ थपथपाते हुए कहा। "फिर आगे?"

"बड़ी प्रार्थना के बाद डॉक्टर मैडम ने इलाज किया और दवा दी।" वह कंधे से कंधा मिलाकर बैठ गई।

"मैं प्रेग्नेंट हो गई तो अबॉर्शन नहीं करवाऊँगी।" वह गंभीर स्वर में बोली। मुझे ऐसा लगा जैसे वह मुझसे कुछ माँग रही थी। मैंने उसके सर पर हाथ रखकर मजाक करते हुए कहा, "मैं तो चाहता हूँ कि मेरी पुच्ची प्रेग्नेंट हो जाए, यूँ अलग-अलग तो नहीं रहना पड़ेगा।"

वह भावुक हो गई, उसने मेरे और करीब आना चाहा। मैंने उसकी भावुकता नियंत्रित करते हुए उसके गले को किस किया। "पुच्ची हमारे बच्चे का क्या नाम रखेंगे?"

"तुम ही बताओ ?"

"लड़की होगी तो 'खुशी' क्योंकि वह हमारे घर में ढेर सारी खुशियाँ लेकर आएगी।"

"और लड़का हुआ तो ?"

"तो वो हमारा 'अंश' होगा।"

उसके हाथों ने मुझ पर कब्जा किया और मैं उसको लेकर बिस्तर पर लेट गया। सुबह जब मेरी आँख खुली तो वह अपने उलझे घुँघराले बालों को सुलझा रही थी। उसने मुझे देखकर कहा, "अब जल्दी तैयार हो जाओ, मुझे बुआजी के यहाँ जाना है।"

"मैं तुम्हें रेवाड़ी बस स्टैंड छोड़ दूँगा फिर तो चली जाओगी ?"

"ना, तुम मुझे बुआजी के गाँव तक छोड़कर आओगे।"

मैंने उसका मोबाइल उठाकर कहा, "देखेंगे।"

मैं उसके फोन में नंबर देख रहा था। वह भी मेरे पास आकर बैठ गई। विजय नाम आते ही वह बोली, "ये मेरे भाई का नंबर है।"

फोन नंबर को देखकर मैंने कहा, "मैं तुम्हारे फोन से अमर को फोन करता हूँ, वह सदमे में चला जाएगा।"

"नहीं, तुम अपने फोन से करो।" उसने मुझसे फोन छीनना चाहा, वह मुझ पर झपट पड़ी। मैंने फोन को अपने हाथों में कुछ समय के लिए मजबूती से पकड़े रखा, जब वह नहीं मानी तो मैंने उसको अपनी बाँहों में भर लिया। वह मुझसे चिपक गई और फोन कब मेरे हाथ से छूटकर बिस्तर पर गिर गया मुझे पता भी नहीं चला। हम किसी दूसरी बातों में खो गए। थोड़ी देर बाद उसने अपना फोन देखा तो उसका मुँह फटा का फटा रह गया पर आवाज नहीं निकली। मैंने उसके हाथों से फोन लेकर देखा, कॉल समरी - 6:41

"शायद भैया ने सब कुछ सुन लिया।" उसने डरे शब्दों में कहा। मैं भी थोड़ा घबरा गया क्योंकि हमारे लिए एक बड़ी समस्या आ सकती थी।

अचानक उसके फोन पर घंटी बजने लगी।

"तेरे भैया का फोन है।" मैंने कहा। उसने मेरे हाथों से फोन लेते हुए पूछा, "क्या कहूँ ?"

मैं कुछ सोच नहीं पा रहा था, मैंने कहा, "मुझे नहीं पता।"

"कहाँ पर हो तुम?" भैया ने पूछा।

"भैया, मैं रेलवे स्टेशन हूँ, बुआजी के पास जा रही हूँ।"

"क्यों?"

"बस, ऐसे ही मिलने के लिए।" उसके फोन रखते ही हम दोनों एक-दूसरे को देखकर हँसने लगे।

उसकी जिद के आगे मेरी एक न चली। मुझे उसके साथ बुआजी के गाँव तक जाना पड़ा। रेवाड़ी बस स्टैंड पर हम बस का इंतजार कर रहे थे कि अचानक उसको कुछ याद आया, वह बैग में कुछ ढूँढ़ने लगी। मेरे 2-3 बार पूछने पर उसने एक बार मेरी तरफ देखा और फिर अपने काम में लग गई। उसने बैग का आधा सामान बाहर निकाल दिया था। जो वह ढूंढ रही थी वह शायद मिल गया था। उसने एक छोटा बॉक्स निकाला, ऐसे बॉक्स में अक्सर लड़कियों के आभूषण होते हैं। उसने बॉक्स खोला और मुस्कुराते हुए मेरी तरफ बढ़ा दिया।

"ब्रेसलेट।" मैंने कहा।

"आज फ्रेंडशिप डे है बुद्धू।"

"अच्छा, मुझे तो पता ही नहीं था।"

मैंने अपना दायाँ हाथ उसकी तरफ बढ़ाया और चारों तरफ देखा। सामने खड़ी बस की खिड़की में से एक लड़का हमें देख रहा था तथा हमारे पास खड़ी सवारियाँ भी हम पर नजरें टिकाए खड़ी थीं। उसने हाथ में ब्रेसलेट पहना दिया। मैं जिस तरफ नजर घुमाता सभी लोग हमें ही ताक रहे थे। मैं ब्रेसलेट को निहारने लगा, पुच्ची अपने बैग को समेट रही थी। कुछ समय बाद बस आई और हम दोनों रवाना हो गए।

***

त्योहारों का सीजन चल रहा था। लगभग डेढ़ महीने की तपस्या और विलंब के बाद पुच्ची की तरफ से दो प्रस्ताव पारित हुए। पहला नवरात्रा स्थापना के दिन उसके साथ सुबह छह बजे करणी माता के मंदिर जाना होगा और दूसरा करवाचौथ का व्रत वह मेरे साथ मनाएगी।

पहला प्रस्ताव मुझे गधे की पूँछ पकड़ने जैसा लगा। मैंने अंत में कहा, "पुच्ची, मैं कल नहीं आ पाऊँगा।"

"देखेंगे कैसे नहीं आओगे?"

"क्या करोगी? रूठ जाओगी?"

"क्या करेंगे?" फिर थोड़ी देर रुककर बोली, "अकेले चले जाएँगे।"

अपनी प्रेमिका के लिए लोग-बाग 'चाँद तारे' तोड़ लाते हैं। मुझे सुबह 3:40 पर रेवाड़ी से अलवर के लिए ट्रेन में बैठना था। करणी माता का मंदिर उसके होस्टल से 4 किलोमीटर दूर पहाड़ों पर स्थित है, यह सोचकर मैंने सुबह पहले नाश्ते में एक कप चाय के साथ बिस्कुट खाया। नंगली सर्कल पार करते ही मैंने फोन पर कहा, "हाँ... हाँ, तुम मुझे दिखाई दे रही हो।" वहाँ उसने हल्की मुस्कान से मेरा स्वागत किया। चौड़े माथे पर सिंदूर का लंबा टीका, सर पर चुन्नी, गले में रुद्राक्ष और साधारण सलवार-कमीज। नीचे सड़क पर रखे उसके कोमल-कोमल नाजुक नंगे पैरों को मैंने देखा। सड़क पर नंगे पैरों का कर्कश स्पर्श मुझे जैसे चुभता हुआ महसूस हो रहा था।

"पुच्ची, यह क्या?" मैंने उसके पैरों की तरफ इशारा करके कहा।

"मैं नंगे पैर ही चलूँगी।" उसने पॉलीबैग में अपनी चप्पल रख दी।

"एक मिनट।" मैंने भी अपने जूते निकाले और उसके पॉलीबैग में डाल दिए।

"अब चलो भक्त।" मैं उससे पॉलीबैग लेकर चल दिया। वह मुझे आश्चर्य से देख रही थी।

नवरात्रा के नौ दिन चलने वाला करणी माता का मेला अलवर के लोगों में खास चहल-पहल लेकर आता है। पढ़ाकू स्टूडेंट्स से लेकर लफंगों तक, ब्यूटी गर्ल से लेकर स्मार्ट ब्वॉय तक, गृहणी, नव-युगल जोड़े, स्कूल-कॉलेजों की टोली, सब माता के मंदिर में जाते दिखाई देते हैं। नवरात्रा की पहली सुबह होने के कारण आज इक्के-दुक्के लोग ही जा रहे थे। प्रेमी-जोड़े के लिए ये एक खुशी की बात थी। पहाड़ों की चढ़ाई पर फिसलन भरे रास्तों में हम एक-दूसरे का हाथ पकड़कर चढ़ते चले जा रहे थे। जब कोई हमें दिखाई नहीं देता तो हमारे कंधे भी मिल जाते। आधे रास्ते पहुँचते-पहुँचते वह थक गई और मेरा सहारा लेकर बैठ गई।

"तुम कुछ खाकर नहीं आई?"

"पागल, मेरा व्रत है आज और तुम?" उसकी श्रद्धा-भक्ति देख मुझे भी झूठ बोलना पड़ा, "नहीं मैंने भी कुछ नहीं खाया।"

उसका मन रखने के लिए मैंने उसे सुबह के चाय-बिस्कुट के बारे में नहीं बताया। रास्ते में 3-4 बार बैठने के बाद हम मंदिर पहुँचे। भीड़ कम होने के कारण न तो लाइन में लगने का झंझट, न ही कोई इंतजार। मैं भक्ति व श्रद्धा में लीन था। आरती की किताब से मैंने आरती बोली। पुच्ची ने पूजा करके एक लंबा टीका मेरे माथे पर लगा दिया। कुछ लोग मंदिर के एक तरफ लगे पेड़ पर धागा बाँधकर मन्नत माँग रहे थे। पुच्ची भी उसी तरफ चली। पूजा सामग्री में मिला धागा उसने पेड़ पर बाँध के गाँठ लगाई और एक गाँठ मुझे लगाने को कहा। मैंने वैसा ही किया। उसने फिर एक और गाँठ लगाई व हाथ जोड़कर आखों को बंद करके खड़ी हो गई जैसे वह भगवान से कुछ माँग रही थी। मैंने भी हाथ जोड़ते हुए मन-ही-मन कहा, "मुझे कुछ नहीं चाहिए भगवान, बस पुच्ची को..." तब तक वह वहाँ से चल पड़ी।

"क्या माँगा तुमने ?" मैंने पूछा। वह शर्मीली हँसी के साथ मंदिर से बाहर आ गई। मैं दोबारा पूछता इससे पहले वह बोल पड़ी, "चलो घर बनाते हैं।"

पत्थरों के टुकड़ों से घर बनाने की परंपरा थी। पहले से बने घरों से उसने पत्थर उठाए तो मैंने उसके हाथों से पत्थर छीन वापस वहीं रख दिए।

"दूसरों का घर तोड़कर अपना घर नहीं बनाते।" मैंने कहा। मैं थोड़ी दूर से पत्थरों के टुकड़े ले आया। हम दोनों ने छोटा-सा, प्यारा-सा घर बनाया, अपना घर। मंदिर से लौटते वक्त मैंने उससे कहा, "तुम्हें पता है कि यहाँ पर एक 'लव प्वॉइंट' है ?"

"चल-हट, हमेशा प्यार..."

"मेरे कहने का वो मतलब नहीं जो तुम समझ रही हो।"

"तो फिर क्या है ?"

"यहाँ पर एक जगह है जो लव प्वॉइंट के नाम से जानी जाती है।"

"तुमको पता है न कि आज मेरा फास्ट है।" उसने हिदायत दी।

"हम सिर्फ वो देखकर आएँगे।" मैंने उसे विश्वास दिलाते हुए कहा।

बाला किला के सुनसान रास्ते से होते हुए हम 'लव प्वॉइंट' पर पहुँचे। यहाँ से पूरा अलवर शहर दिखाई दे रहा था। वह अपना हॉस्टल ढूँढ़ रही थी और मैं अपना पॉलिटेक्निक कॉलेज।

"पुच्ची, अलवर एक अच्छा शहर है।"

"वो कैसे?"

"इसने मुझे पुच्ची दी।" वह मुझे घूर-घूरकर देखने लगी। "मैं कुछ कहना चाहता हूँ।" मैंने फिर कहा।

"क्या?"

"रहने दो, मैं नहीं कहना चाहता।" कुछ सोचकर मैंने कहा। मुझे पता था कि अब वह बताने के लिए जिद करेगी और वही हुआ।

"बोलो, तुम क्या कहना चाह रहे थे?"

"कह दूँ?" मैंने जोश के साथ कहा।

"हाँ, कहो।"

"पुच्ची, I Love you..." जितना हो सकता था मैं उतना तेज चिल्लाकर बोला। पहाड़ों ने मुझे मेरा प्यार वापस लौटाया। अब मैं अलवर शहर को अपने प्यार का गवाह बनाकर खुश था। उस वक्त के हालात को देखकर मुझे एक किस की आवश्यकता थी, चाहे गाल पर ही सही। लेकिन पुच्ची ठहरी भगवान की भक्त और मुझे पहले ही हिदायत दे चुकी थी। एक किस के लिए मैं साजिश बुन सकता था, मैंने उसके कंधे पर हाथ रखा, उसने संदेह भरी नजरों से देखा।

"देखो वह तुम्हारा हॉस्टल है।"

"कहाँ पर?" उसकी नजर मुझ से हटकर सामने चली गई और मैंने उसके गाल को चूम लिया। उसने गंभीर होकर मुझे देखा और कुछ सेकेंड बाद वह हँस पड़ी और मैंने उसे सीने से लगा लिया।

मैंने समय को देखते हुए वहाँ से चलने का निश्चय किया। उसकी मनपसंद जूस की दुकान आई। आज जूस पिलाने की मेरी बारी थी। पुच्ची का पर्स मेरे पास था, उसमें से मैंने पहले ही जूस के लिए पैसे निकाल लिए थे। वह अपने ही पैसों का जूस पीकर खुश थी और मेरी ट्रेन का समय हो गया था।

***

हम जैसे और भी थे। उन्हीं हम जैसों में हम होने के लिए मैं और इंजीनियर सिंह प्रोडक्शन लाइन पर चले गए।

"और इंजीनियरों क्या हाल हैं?" सिंह ने कहा।

"इंजीनियर कहकर तौहीन न करो सिंह साहिब।" मशीन चलाते हुए

अमन ने कहा।

"क्यों तुम्हारे साथ कोई कुकर्म हो रहा है?"

"कुकर्म ही तो हो रहा है सिंह, जो हर साल ये साला गोलीबाज प्रोडक्शन बढ़ा देता है और हम यहाँ लाइन पर मर-मर के उसकी इच्छा को आहुति देने में अपनी जिंदगी खपा रहे हैं। तभी अपनी मशीन को छोड़कर बीच में एंट्री मारते हुए कमल बाबू ने कहा, "पता हैं सिंह ये जो बार-बार टॉयलेट के लिए जाते हैं न, उनके लिए यूरिन बैग का इंतजाम करवाए हैं गोलीबाज।"

"भग साले।" अमन ने हँसते हुए कहा।

"जब काम करना बस का नहीं था तो जरूरी था इंजीनियर बनना!" सिंह ने फिर टोंट कसा।

"अरे सिंह! जब हम पैदा हुए तो चारों तरफ इंजीनियर पैदा हो रहे थे। हमारे बापू के मुँह से गलती से ये ही निकला कि घर में इंजीनियर पैदा हुआ है। हमारी जिंदगी को तो उसी दिन ग्रहण लग गया था। हमारी मार्कशीट को देखते हुए हमें डिप्लोमा इंजीनियरिंग में दाखिला दिला दिया। बापू का तो सपना पूरा हो गया और हम यहाँ लोहा पीट रहे हैं।"

"लेकिन तुम क्या बनना चाहते थे?" अबकी बार मैंने कहा।

"ये, ये तो मास्टरजी बनना चाहते थे।" कमल बाबू ने फिर बीच में घुसकर कहा।

"मास्टरजी!" सिंह ने चौंककर कहा।

"इसकी गर्लफ्रेंड ने इसको बताया कि मास्टर बनना इंजीनियर बनने से ज्यादा आसान है।" कमल बाबू ने अमन से नजरें चुराते हुए फिर कहा।

"तो इसलिए अपने बापू को गलिया रहे हो?" सिंह ने कहा।

"नही-नहीं, ऐसी बात नहीं है।"

"फिर उसका क्या हुआ जिसने तुम्हे मास्टरजी बनने का रास्ता दिखाया।" सिंह ने कहा।

"हुआ ये। इधर हमने इंजीनियर कॉलेज में दाखिला लिया, उधर उस मोहतरमा ने दूसरे ब्वॉयफ्रेंड को ज्वॉइन कर लिया।"

"इंजीनियर तो हम भी नहीं बनना चाहते थे।" कमल बाबू ने कहा।

"तुम्हे कौन सा कीड़ा काट रहा था।" सिंह ने कहा।

"हम पुलिस इंस्पेक्टर की भर्ती देखना चाहते थे।"

"तुम्हारे ऊपर भी किसी स्त्रीलिंग का प्रकोप तो नहीं था?"

"नहीं, हमारे गाँव में एक मास्टरजी पढ़ाने आया करते थे। उसने पापा को बताया कि लड़के को इंजीनियरिंग कराओ। मास्टरजी की बात पापा को ऐसे समझ में आई कि वो हमें इंजीनियरिंग कॉलेज पहुँचा कर ही दम लिए।

भजनलाल ने भी अपनी मशीन को छोड़कर दस्तक दी और कहा, "हमारा भी इंजीनियर बनने का किस्सा बड़ा मजेदार है। हम बारहवीं पास किए ही थे कि हमारे मौसाजी घर पर आए। उन्होंने मुझे बताया कि उनका एक दूर का रिश्तेदार इंजीनियर है। बहुत कमाता है। सैलरी को तो हाथ भी नहीं लगाता है। ऊपर के ही इतने आ जाते हैं कि क्या बताऊँ।"

"मैंने बोला, मौसाजी बताओ कैसे आ जाते हैं?"

"तो बोले कि बेटा ये इंजीनियर की नौकरी ही ऐसी है कि नोट ऊपर से बरसते हैं। और फिर क्या था हम भी इंजीनियर बनने के लिए इंजीनियरिंग कॉलेज पहुँचे। और अब यहाँ गोलीबाज को सेवा दे रहे हैं।"

तभी पीआई कुमार ने प्रोडक्शन होल्ड कर दिया। पता चला। जहाँ हम बकचोदी कर रहे थे वहाँ से दो मशीन पीछे 350 पार्ट रिजेक्शन बन गया। मैं और सिंह पतली गली से निकल लिए। मशीन धाँधू सिंह चला रहा था। खबर अंदर तक पहुँची। असेंबली लाइन पर मजमा लग गया। डमरू ने आते ही धाँधू को पेलना शुरू कर दिया। फिर थोड़ी देर बाद गोलीबाज भी आ गया। क्वांटिटी को सुनकर वो ऐसे घनघनाया जैसे आयशर ट्रैक्टर। धाँधू चुपचाप सुनता रहा।

"तुमने इतने सारे पार्ट रिजेक्शन कैसे बनाया?" गोलीबाज ने चिलाते हुए पूछा। धाँधू ने एक पार्ट और उठाया और मशीन में लगाया। इससे पहले कोई बोलता एक पार्ट और रिजेक्ट कर दिया। फिर धीमे से कहा, "ऐसे।"

अब तो गोलीबाज को ग़ुस्से का दौरा पड़ गया। अपने माथे में हाथ मारकर बोला, "अरे! कोई इसे मेरी नजरों से दूर करो।"

डमरू धाँधू को पकड़कर मीटिंग रूम में ले गया। पीछे-पीछे गोलीबाज चला गया। असेंबली लाइन के लड़कों ने एक-दूसरे को देखकर कहा, "कैसे रिजेक्शन किया? ऐसे।" फिर सभी पेट पकड़कर हँसने लगे।

करवा चौथ

17 अक्टूबर, 2008, पुच्ची की तरफ से मेरे लिए स्पेशल दिन, "करवा चौथ।"

वैसे आशिकों, ब्वॉयफ्रेंडों के लिए ये दिन ज्यादा महत्त्वपूर्ण नहीं होता। शायद मैं पुच्ची के लिए इनसे कहीं ज्यादा था। उत्सुकता के कारण मैं उसके आने से एक घंटा पहले ही भिवाड़ी पहुँच गया। एटीएम की धोखेबाजी ने मेरे अकाउंट को जीरो कर दिया। मेरी जेब में पड़े 300 रुपए 3 दिनों के लिए पर्याप्त नहीं थे, लेकिन हम गुड़गाँव तो पहुँच ही जाएँगे, ऐसा मैंने सोचा।

ओम मेरे कॉलेज समय का रूम पार्टनर और दोस्त, दोस्त नहीं गुरु था। क्योंकि इंजीनियरिंग की पढ़ाई में मुझे समझ में कुछ नहीं आता था और उसकी समझ से बाहर कुछ नहीं जाता था। तो कभी-कभी वह मुझे पढ़ाता भी था और इंजीनियरिंग के फॉर्मूले समझाता भी था। फॉर्मूले समझ में आए कि न आए लेकिन यह समझ में जरूर आया कि आदमी बड़ा नेक था। उसकी नेकी तब और बढ़ जाती थी जब बेचारा दोनों टाइम का खाना भी बनाकर खिला देता था। उसके इसी प्यार ने आज मुझे फिर से सम्मोहित किया था।

ओम इस समय गुड़गाँव में मारुति कंपनी में इंजीनियर था। उसको मैंने दस दिन पहले ही सूचित कर दिया था।

बस में पुच्ची के दुपट्टे से ढके हाथ को रगड़कर मैंने कहा, "ओम ने कहा था कि हम फर्जी युगल नहीं लगने चाहिए।" यह सुनकर वह जोर से हँसी, सवारियाँ हमारी तरफ देखने लगीं। फिर वह चुप होकर बोली, "मैं फर्जी..." इसके बाद उसने अपना बैग खोला और एक डिब्बा निकाला, मैं बड़ी बेताबी से उसे देखने लगा।

"क्या है इसमें?" उसने डिब्बे से एक दर्जन गुलाबी, हरी चूड़ियाँ

निकाली और मुस्कुराने लगी।

"चूड़ियाँ!" मैंने आश्चर्यचकित होते हुए पूछा। उसके हाथ से दो चूड़ियाँ लेकर मैं उसे पहनाने लगा। "आहिस्ता-आहिस्ता, टूट जाएँगी।"

"बाकी चूड़ियाँ उसने खुद पहन ली। ओम हमें बस स्टॉप पर लेने आया। उसने पुच्ची वाला बैग मुझसे ले लिया क्योंकि वह मेरे बैग से भारी था। लड़कियों के बैग में कपड़े के अलावा भी बहुत कुछ फालतू चीजें होती हैं।

"मैडम, आने में कोई परेशानी तो नहीं हुई ?" ओम ने पूछा। वह मुस्कुराई और अपने दुपट्टे को ठीक करने लगी।

"मैडम मुस्कुराती हैं बस।" मैंने कहा।

राजीव चौक, शांति नगर के एक मकान की दूसरी मंजिल का कमरा, संगमरमर की फर्श, छत पर बने मनमोहक डिजाइन, कमरे के साथ खुली हुई रसोई और पीछे बालकनी में खुलता दरवाजा, टेबल पर मैकेनिकल इंजीनियरिंग की मोटी-मोटी किताबें, मैगजीन, लैपटॉप और दीवार पर लगा पोस्टर प्राकृतिक सुंदरता का प्रदर्शन कर रहा था। ओम ने टेबल पर दो जूस के गिलास रखते हुए कहा, "लीजिए मैडम।"

"मैडम का फास्ट है।" मैंने गिलास उठाते हुए कहा।

"फास्ट" ? उसने पूछा।

"करवा चौथ।" मैंने कहा।

"इस आशिक के लिए!" ओम ने कहा। इस पर पुच्ची फिर मुस्कुराई और दुपट्टे को सिर से माथे तक सरकाया। लैपटॉप को ऑन करते हुए मैंने ओम से पूछा, "इसमें मूवी वगैरह पड़ी है ?"

"हाँ, सी ड्राइव में है।"

इमेज फोल्डर के अंदर मैंने 'हॉट फोल्डर' को ओपन किया लेकिन ओपन करने से कहीं ज्यादा फुर्ती मैंने उस फोल्डर को बंद करने में दिखाई। मैंने ओम की तरफ देखा। वह तेज-तेज हँसने लगा। पुच्ची मैगजीन में व्यस्त थी इसलिए वह एक भड़कीले सेक्सी दृश्य से वंचित रही। मैं ओम की तरफ घूरते हुए मुस्कुराने लगा। पुच्ची हमें अनभिज्ञता से देख रही थी। ओम ने मेरे हाथ से माउस लिया। हॉलीवुड फिल्म 'स्कोर्पियन किंग' मेरे लिए इंटरेस्टिंग थी क्योंकि मैं कभी इसे पूरी नहीं देख पाया था।

ओम ने शाम का खाना बाहर खाने का तर्क दिया तो मैंने पुच्ची का फास्ट होने के कारण कहा, "तुम बाहर से सब्जी ले आओ, हम रोटी बनाते हैं।"

पुच्ची ने आटा लगाते हुए कहा, "चाँद उग गया क्या ? देखकर आओ।"

मैंने बाल्कनी से चाँद को देखा। मैं पहली बार चाँद को इतने गौर से देख रहा था। चाँद इतना खूबसूरत होता है यह मैंने पहली बार देखा। "पुच्ची, चाँद निकल आया है।" मैं चिल्लाया। वह भी मेरे पास आकर खड़ी हो गई।

"चाँद कितना खुबसूरत है। लोग इसलिए चाँद को देखते हैं।" मैंने कहा।

"हाँ, मेरे चाँद।

"लेकिन मेरा चाँद भी कुछ कम तांडव नहीं मचा रहा है।" मैंने कहा। और अपनी बाहें फैला दी, पुच्ची उसके अंदर समा गई। मैंने अपने हाथों से उसको पानी पिलाया, गिलास में बाकी बचे पानी को मैं पी गया। पहली रोटी मैंने अपने हाथों से बनाई, उसका एक निवाला तोड़कर पुच्ची को खिलाया। पालक पनीर, दाल मखनी, सलाद में फ्रूट और ओम की पसंदीदा चीज दही थी।

"मैडम शुरू करो।" ओम ने कहा। उसने मुस्कुराते हुए खाने लगी।

"एक नवयुवक जोड़े को साथ के बजाय अकेलेपन की ज्यादा जरूरत होती है। ऐसा कहकर ओम ने अपना बिस्तर लिया और छत के लिए चलता बना।

ओम दो किलो दूध, ब्रेड, केले और सेब सुबह नाश्ते के लिए लेकर आया। किचन में रखकर उसने मेरी तरफ आँख मारते हुए कहा, "तेरे लिए दूध गर्म कर देता हूँ, वैसे भी रात को बहुत मेहनत की होगी।"

पुच्ची ने मुस्कुराते हुए अपने कपड़े उठाए और नहाने के लिए बाथरूम की तरफ चली गई। इससे पहले कि वह और मसखरी करता मैंने अपना तौलिया, अंडरवियर लिया और मैं भी बाथरूम की तरफ चल दिया। बाथरूम छत के ऊपर एक कोने में बना हुआ था। पुच्ची उसके अंदर नहा रही थी। बचपन में पेड़ के ऊपर चढ़कर नहाती लड़की को देखने की याद ताजा हुई। वो मस्ती के दिन थे, जिसमें पिटने का रिस्क स्वयं का होता था। लेकिन अब परिस्थितियाँ बदल चुकी थीं, नहाने वाली भी अपनी, मस्ती-मनोरंजन से कहीं बढ़कर रोमांस, वह भी बगैर रिस्क के।

मैंने धीरे से सीढ़ियों के दरवाजे की कुंडी लगाई और बाथरूम का दरवाजा बजाकर कहा, "पुच्ची, टूथपेस्ट देना।"

"पाँच मिनट रुक जाओ।"

"नहीं, नहीं, अभी चाहिए।"

"अपनी घटिया चाल से कुछ नहीं पा सकते।" उसने कहा।

मेरे पास चुपचाप बैठने के अलावा कोई चारा नहीं था। जब मैं नहाने के लिए बाथरूम में घुसा, पूरा बाथरूम खुश्बू से महक रहा था। साबुन की खुश्बू, शैंपू की खुश्बू, तेल की खुश्बू, फेसवाश की खुश्बू, परफ्यूम की खुश्बू, खुश्बू ही खुश्बू। मैं उस खुश्बू में घुल गया और शावर से गिरते पानी की बौछार ने खुश्बू के साथ मिलकर मेरे शरीर के हर कोने का आलिंगन किया।

***

एक कहावत है, 'जब दोस्त हो तो दुश्मनों की जरूरत नहीं होती।' इस कहावत को अमर ने सिद्ध किया। जब मैं पुच्ची की गोद में सिर रखकर उससे बातें कर रहा था। पुच्ची ने अचानक कहा, "बहुत हो गया खड़े हो जाओ।"

"क्यों?" मैंने कहा।

"नहीं, नहीं, खड़े हो जाओ।"

उसके चेहरे पर हल्का गुस्सा नजर आया। मैं उसके भाव को समझने में असमर्थ रहा। मैं एक अपराधी की तरह उसकी गोद से उठ गया। वह झट से मेरी गोद में सिर रखकर लेट गई।

"अब ठीक है।" उसने मुस्कुराकर कहा।

उसकी नटखट अदा ने मुझे उसको किस करने के लिए मजबूर कर दिया। किस का अंत मेरे मोबाइल पर आए मिस कॉल ने किया। एक के बाद एक मिस कॉल आने लगी। मोबाइल टेबल पर रखा था और पुच्ची का मेरी गोद में होना सुखद अनुभव था जिसे मैं खोना नहीं चाहता था। मिस कॉल का सिलसिला जारी था। पुच्ची ने अपने सीने से मेरे हाथों को हटाया, खड़ी हुई, मोबाइल उठाकर लाई। नंबर देखकर मैंने मन ही मन सोचा, 'अमर की गर्लफ्रेंड?'

पुच्ची ने मुझसे मोबाइल लेकर कहा, "कौन है?"

"फोन करके पूछ लो।" मैंने कहा।

उसने फोन मिला दिया, "हैलो कौन?"

"तुम कौन?" वह बोली।

"मैं पिंकी और तुम?"

"मैं प्रेम की गर्लफ्रेंड।"

"मतलब!" पुच्ची तेज आवाज में बोली।

"मतलब क्या, प्रेम मेरा ब्वॉयफ्रेंड है।"

पुच्ची का चेहरा लाल हो गया और उसने फोन काट दिया। मेरी तरफ गुस्से से देखा और मोबाइल फेंक दिया। मोबाइल तीन-चार हिस्सों में बदल गया। मैंने उसकी गंभीरता को देखते हुए सब कुछ सच-सच बता दिया लेकिन उसका गुस्सा शांत नहीं हुआ। मैं थककर लेट गया। नींद मुझे छू गई, आधी रात होने से पहले उसने मेरी नींद को तोड़ा। वह मुझे अपना रही थी।

***

पुच्ची का छोटा-सा पर्स मुझे बहुत लुभाता था। जब मैं उसके साथ होता था तो वह पर्स अक्सर मेरे हाथों में होता था। आज उसके आकर्षण का अलग कारण था क्योंकि मेरे बटुए में रुपए नहीं थे। जब हम गुड़गाँव से अलवर आ रहे थे, मैंने बड़े हक से कहा, "पुच्ची, पर्स देना।" उसमें पाँच-पाँच सौ के तीन नोट व कुछ और भी रुपए थे। मैंने बड़ी बेशर्मी के साथ एक पाँच सौ का नोट निकाला और अपने बटुए में रख लिया। प्यार वैसे भी लुटने का सस्ता साधन होता है। वह घूर-घूरकर देख रही थी। जैसे-जैसे अलवर पास आता जा रहा था उसके चेहरे का नूर जैसे कोई चुरा रहा था। वह खामोशी से बस की खिड़की से बाहर देख रही थी। मैंने उसका हाथ पकड़कर कहा, "पुच्ची, फिर कब मिलेंगे?"

"मुझे नहीं पता।" वह थोड़ी देर चुपचाप बैठी रही।

"तुम मुझे छोड़कर नहीं जाओगे।" उसने गुस्से व घृणा के साथ कहा।

उसकी आँखों से आँसू की बूँदें गिरने लगीं। उसने अपना चेहरा फिर खिड़की की तरफ करके अपने हाथों को भी खींच लिया।

"पुच्ची, मैं कल अलवर आऊँगा।" मैंने सोचकर कहा और उसका हाथ पकड़ लिया। "अपनी पुच्ची को फिल्म दिखाऊँगा, जूस पिलाऊँगा, रिक्शे में घुमाऊँगा। लेकिन एक प्रॉब्लम है।"

"क्या?" उसने आँसुओं से भीगे गाल को पोंछकर कहा।

उसके दुपट्टे से उसके गाल पर बाकी बचे आँसुओं को पोंछते हुए मैंने कहा, "खर्चा तुम्हें ही करना होगा।"

"T. T. M. M."

"मतलब?"

"तुम तुम्हारा, मैं मेरा।"

"नहीं, पुच्ची खर्चा तो तुमको ही करना होगा।"

"मैं ना, मैं ना, मैं ना..."

***

"लांचा? वह क्या होता है?"

"हे भगवान! इस पागल को कुछ भी नहीं पता।"

"इस पागल को बताओगी तो पता चलेगा न।" ब्रेस्ट, वोमिटिंग जैसे इंग्लिश वर्ड भी मैंने पुच्ची से सीखे।

"जब मैं पहनूँगी तब देख लेना।"

मेरे दिमाग में लड़कियों की अलग-अलग तरह की ड्रेस आने लगी।

"कब पहनोगी?"

"अपनी फ्रेंड की शादी में।"

"फ्रेंड की शादी में।" मैंने संकोच के साथ कहा।

"फ्रेंड की शादी में मुझे भी लेकर चलोगी?"

"नहीं, तुम्हें देखना है तो आ जाना।"

"कल मुझे 'बी' शिफ्ट में कंपनी जाना है, मैं नहीं आ पाऊँगा।" यह कहकर मैंने बात समाप्त की और फोन रख दिया।

संयोग से उसकी सहेली का गाँव मेरे गाँव से तीन किलोमीटर की दूरी पर था लेकिन शादी में बिन बुलाए जाना वस्त्रविहीन होने जैसा था। कॉलेज के दिनों का अनुभव ताजा हुआ। डीजे, बैंड-बाजे की आवाज के साथ हम अपना रुख कर लेते थे। उन दिनों हम खाना बनाने की झंझट से बचने के लिए ऐसा करते थे। लेकिन आज पुच्ची का लांचा...

मैं कंपनी से छुट्टी करके बेसब्री से शाम का इंतजार करने लगा। अमर मुफ्त की दावत के लिए एक बार कहने पर ही राजी हो गया। हम दिन ढलने से पहले ही पहुँच गए। बारात अभी आई नहीं थी। बारात के रुकने की व्यवस्था एक स्कूल में की गई थी। मुझे पुच्ची को फोन कर देना चाहिए कि मैं आ गया हूँ या फिर सरप्राइज। सरप्राइज ज्यादा प्रभावशाली रहेगा, ऐसा मैंने सोचा।

अमर ने सबसे पहले दूल्हे का नाम, काम और बारात कहाँ से आई है इसकी जानकारी एकत्रित की क्योंकि वह कोई रिस्क नहीं उठाना चाहता था। डीजे बजने लगा, आतिशबाजी होने लगी, अमर गायब हो गया। मैंने दाएँ-बाएँ उसको तलाशा लेकिन वह नजर नहीं आया। फोन भी नहीं उठा रहा था। डीजे दूल्हे को लिए कुछ दूरी पर आगे चला गया। मैंने परेशान होकर अपना मोबाइल जेब में रखा और डीजे की तरफ चल दिया। बाराती नाच रहे थे। बारातियों की भीड़ के बीच में एक बियर की बोतल लहरा रही थी। नाचने वालों की संख्या ज्यादा थी इसलिए बियर की बोतल किसके हाथ में थी यह पता नहीं चला। अचानक बोतल मेरी तरफ आई, मैंने देखा और कहा, "अमर, बियर!"

"घंटा, (उसने अश्लील तरीके से हाथ को किया) दारू के बिना कभी शादी होती है!"

मैंने बोतल को पकड़ना चाहा। उसने एक घूँट और पी ली।

"बिना दारू डांस होता है?" उसने कहा। मैंने उससे बोतल लेने के लिए फिर हाथ बढ़ाया।

"पिएगा।" उसने कहा।

"नहीं, हाँ-हाँ।"

वह पूरे गेम को चकनाचूर कर देगा यह समझकर मैंने उसके नशे को भाँपते हुए बोतल में बची बियर को पी गया। वैसे भी शराब फेंकने की वस्तु नहीं होती। अमर नाचने के लिए मुझे पकड़ ले गया। उसके नशे को खत्म करने का यही एक तरीका था। बारात दरवाजे पर थी, दूल्हे के स्वागत-शगुन के लिए दुल्हन पक्ष खड़ा था। मेरी आँखें पुच्ची को खोज रही थीं। स्वागत की रस्में शुरू हो गईं लेकिन उसका कोई अता-पता नहीं था। बैचैनी इस कदर भड़की की मैंने उसके पास फोन कर दिया। फोन कोई जवाब नहीं दे रहा था। अमर के नशे ने अपना असर खो दिया। दूल्हा स्टेज पर बैठ चुका था। अमर जिस काम के लिए आया था वह शुरू कर चुका था। मैंने दुल्हन के घर के दरवाजे तक कई चक्कर लगाए। जब दुल्हन स्टेज के लिए घर के दरवाजे से निकली तो मेरा मन गुलाटी मारने लगा, मैंने बालों में दो-चार बार हाथ फेरा।

"भाभी मिली क्या?" अमर ने आइसक्रीम खाते हुए कहा।

"नहीं, अभी नहीं।"

"लेकिन मैं भाभी को पहचानूँगा कैसे?"

"जो सबसे सुंदर होगी वही तेरी भाभी होगी।" मैंने कहा।

कुछ पल मैंने दुल्हन के साथ आ रहे लोगों को आँखों से छाना लेकिन निराशा हाथ लगी। जैसे यमराज ने मेरी आत्मा छीन ली हो। मैं निर्जीव की तरह धड़ाम से कुर्सी पर बैठ गया।

"ये जींस वाली है, मुझे तो ये ही ऊपर से नीचे तक टकाटक लग रही है।" अमर ने कहा।

दूल्हा-दुल्हन वरमाला डालने के लिए खड़े हुए थे। "माला लाओ।" एक व्यक्ति ने कहा।

"अमर इन सालों को माला चाहिए, क्या जल्दी पड़ी है।" मैंने कहा। मैं नीचे देखकर अपने सर के बालों को खींचने लगा।

"ओए बेटे... भाभी तो ऐसी होनी चाहिए।" अमर ने मेरी शर्ट खींचकर कहा।

मैंने ऊपर चेहरा करके स्टेज की तरफ देखा, अमर ने मेरे सिर को घुमाया, पुच्ची गुलाब के फूलों की माला हाथों में लिए आ रही थी।

"यही तो तेरी भाभी है।" मैंने जोर से कहा। उसकी सुंदरता की मैं कल्पना भी नहीं कर सकता शायद इसलिए ही इतना समय लगा। जब वह मेरे पास से गुजरी, मैंने कहा, "पुच्ची।" उसने मेरी तरफ देखा, मैंने गले पर हाथ रखते हुए कहा, "माला।" वह शर्मीली मुस्कुराहट के साथ स्टेज की तरफ बढ़ गई। मेरा अंग-अंग उसको पाकर पुलकित हो उठा।

दूल्हा-दुल्हन ने एक-दूसरे के गले में माला डाली। पुच्ची नजरें चुराकर मुझे देख रही थी और मैं हर बार उसे हवा में पुच्ची दे रहा था। वह शर्मीली रानी अपने-आप को मुझसे छुपा रही थी और मैं उसके अप्रतिम सौंदर्य को देखने की हर संभव कोशिश कर रहा था। वह जल्द ही स्टेज से लौट गई, जाते-जाते उसने दूल्हा-दुल्हन के साथ फोटो खिंचवाया। लोगों ने अपने मोबाइल और कैमरों से फोटो लिया। मैं सिर्फ उसे निहार पाया क्योंकि मेरा नोकिया 1200 इस काबिल नहीं था। अब मैं खाना खा सकता था। तभी पुच्ची का फोन आया, "ग्यारह मिस कॉल, पर तुम आए क्यों?"

"तुम्हारा लांचा देखने, लांचा नहीं तुमको..."

भगवान के आश्रय में

जब प्यार में सजा देनी हो तो अपने दीवाने से रूठ जाओ। रूठेंगे हम पर तकलीफ उसको होगी। यह फॉर्मूला मैं पुच्ची पर छोटी-छोटी बातों को लेकर प्रयोग करता था। लेकिन आज रूठने की वजह 'तुम मुझे पहले जितना प्यार नहीं करती और I Love You भी नहीं बोलती।' यह कहकर मैंने फोन काट दिया और मोबाइल बंद करके सो गया।

मंदिर के निर्माण के लिए मंदिर की नींव अभी कुछ दिनों पहले गाँव वालों के सहयोग से धर्मशाला के पास रखी गई। मंदिर का महंत मेरे नाम में जुड़े इंजीनियर शब्द से प्रभावित था। जब मैं सुबह मंदिर की तरफ टहलने गया और पुच्ची से बात करने के लिए मोबाइल ऑन किया तभी महंत ने मुझे आवाज लगाई, "इंजीनियर साहब, कहाँ जा रहे हो?"

मैंने मोबाइल बंद करके जेब में रख लिया और उनके पास गया, "महाराज प्रणाम।"

"आज रविवार है, छुट्टी होगी?"

"हाँ महाराज।"

"नहा-धोकर आ जाओ फिर तुम्हें घुमाकर लाता हूँ।"

"महाराज, कहाँ?"

"मंगलनाथ के आश्रम में, हरियाणा के बॉर्डर पार गाँव में है।"

मैंने टूटे मन से हामी भर दी। 'वैसे भी दूरियाँ प्यार बढ़ाती हैं।' यह सोचकर मैं तैयार होने घर चला गया।

वह महंत एक अलग ही टशन में रहता था। गोल्ड फ्लैक सिगरेट उसके हाथ में हर समय देखी जा सकती थी। सिर पर सफेद पगड़ी। गेहुआँ रंग का चोला जिसमें कई बच्चे समा जाएँ। पैरों में चमचमाती जूती। एक दशक पुरानी जीप

जिसका डीजल टैंक हमेशा भरा रहता था। रास्ते में उसके चेले-चपाटे सैल्यूट करते नजर आए। कई तो गाड़ी के सामने आ गए, जिससे हमें गाड़ी रोकनी पड़ी। 30 किलोमीटर का सफर हमने 3 घंटे से ज्यादा समय में पूरा किया।

आश्रम मुझे भगवानों की नगरी जैसा लगा। यहाँ सभी भगवान के छोटे-छोटे मंदिर थे। एक तरफ 6-7 गाय बँधी थी जो रंभा रही थी। चारों तरफ पेड़-ही-पेड़, जैसे प्रकृति ने सारी हरियाली यहाँ पर भेज दी हो। पानी की टंकी पर कुछ बच्चे नहा रहे थे, कुछ अपनी बारी का इंतजार कर रहे थे तो कुछ मनोरंजन के लिए कुश्ती कर रहे थे। एक चौकड़ी ताश में मस्त थी। मंगलनाथ अपने चेलों और गाँव के कुछ व्यक्तियों के साथ मंदिर की चौपाल पर सुल्फा पी रहा था। हमें देखते ही मंगलनाथ ने अपना आसन छोड़ दिया। बैठे हुए सभी व्यक्ति खड़े हो गए।

"आओ महाराज आओ।" मंगलनाथ ने कहा।

मंगलनाथ ने महाराज के पैर छुए। मौका मिलते ही मैंने मंगलनाथ को प्रणाम कर उनके चरण स्पर्श किए। मंगलनाथ ने एक चेले को चाय का आदेश दिया और दूसरा चेला सुल्फा को ताजा करने चला गया। उम्र से पक्के व्यक्तियों की बैठक, सुल्फा-भाँग के उड़ते धुँए ने मुझे अच्छा खासा बोर कर दिया। मैं मोबाइल को जेब से निकालकर देखने लगा। मुझे पुच्ची की याद आने लगी। मोबाइल ऐम्प्लिफायर का काम कर रहा था। मोबाइल को बार-बार देख मुझे रोना आने लगा।

मैं आश्रम में पुच्ची से बात करने के लिए सुरक्षित जगह देखने लगा। आश्रम के पीछे से जाने वाले रास्ते पर जाकर मैंने फोन ऑन किया।

"बेटा, क्या हुआ?" महाराज ने कहा।

"बैठा-बैठा थक गया।" मैंने बहाना बनाकर कहा।

"जाओ आरती कर आओ, आरती का समय हो गया है।" मंगलनाथ ने कहा और उसके चेले ने मेरे हाथ में घंटी थमा दी। आरती शुरू हो गई और मैं दुखी मन से घंटी पीट रहा था। धीरे-धीरे सभी लोग आरती में शरीक हो गए। आरती खत्म हुई, महाराज, मंगलनाथ व उनके चेले-चपाटे सभी भगवान के सामने घुटनों के बल झुककर प्रार्थना करने लगे। मैं हाथों में घंटी लिए खड़ा उन्हें देखता रहा। सभी प्रार्थना करके खड़े हो गए। मुझसे घंटी लेकर महाराज

ने कहा, "बेटा, तुम भी भगवान को प्रणाम कर लो।"

"हाँ, हाँ।" मैं घुटनों को टेककर बैठ गया, मन-ही-मन सोचने लगा, 'क्या माँगूं?'

मैं माथा टेककर खड़ा हुआ। मुझे पुच्ची की याद आई। मैंने फिर घुटनों के बल बैठकर कहा, "भगवान एक रिक्वेस्ट है मेरी, पुच्ची मुझसे बहुत प्यार करती है, उसे इतनी शक्ति दे कि जब तक मैं यहाँ पर रहूँ वह मेरे बगैर रह सके। मैं अब कभी भी उससे नहीं रूठूँगा।" जैसे भगवान ने मेरी सुन ली हो। मैं खुशी-खुशी खड़ा हुआ, मेरी सारी टेंशन फुर्र हो गई। मोबाइल को मैंने फिर बंद करके जेब में रख लिया। मैं उछलता-उछलता महाराज के पास गया, "महाराज चलें।"

"महाराज बहुत दिनों में आए हो, एक दिन तो सेवा करने का मौका दो।" मंगलनाथ ने कहा।

"मतलब।" मैंने चौंककर कहा।

"कल सुबह चले जाना।"

"कल सुबह।" मैंने कल पर जोर देकर कहा और बालों में हाथ डालकर खींचने लगा।

"बेटा, दूध पी, घी खा और मौज कर। घर जाकर क्या करेगा? यहाँ सोना, वहाँ सोना एक ही बात है।" महाराज ने कहा। मैं दम मारकर बैठ गया। जैसे एक रात के बदले उन्होंने मुझसे मेरी पुच्ची माँग ली हो। मैं मंदिर की तरफ एकटक देखने लगा। मैंने मन-ही-मन कहा, "भगवान बस एक रात।"

मेरे सामने दूध से भरा जग रख दिया गया। कंठ से उतरते वक्त दूध की आवाज बहुत तेज लग रही थी। मैं दो घूँट से ज्यादा नहीं पी पाया।

दिसंबर, मतलब सर्दी का महीना। सर्दी में आग "माइ मोस्ट वांटेड थिंग।" चूल्हे पर जलती आग को देख मैं अपने-आप को रोक नहीं पाया। चूल्हे पर चेले खाना बना रहे थे।

"मैं भी सहायता करूँ?" मैंने कहा।

"नहीं, हम बना लेंगे।" एक चेले ने कहा। चूल्हे के सामने बैठते हुए मैंने कहा, "चूल्हे में लकड़ी तो दे ही सकता हूँ।"

महाराज ने दूर बैठे हुए ही आवाज लगाई, "छोरे को रोटी खिला दो।"

"साहब, गर्मागर्म रोटी खा लो।" चेले ने कहा। तभी 'तुमने खाना खा लिया ? पहले तुम खाना खाओ फिर मैं खाऊँगी' पुच्ची के द्वारा अक्सर बोले जाने वाले ये शब्द मुझे याद आए और मैं फिर दुखी हो उठा।

मैं मंदिर से कुछ दूर घने पेड़ों के बीच चला गया। मोबाइल ऑन किया। रोमिंग की वजह से सबसे पहले मैंने बैलेंस चेक किया। 12:40 रुपए, 1:50 रुपए प्रति मिनट रोमिंग चार्ज के हिसाब से मैं आठ मिनट बात कर सकता था। सिर्फ आठ मिनट! आठ मिनट में पुच्ची को मना पाऊँगा ? क्या पता वह रोने लग जाए। सच था कि आठ मिनट मुझे कोई सुखद परिणाम नहीं दे सकते थे। फिर मैंने लाइट में चमचमाते मंदिर की तरफ देखा और कहा, "भगवान आज हमारी पुच्ची तुम्हारे हवाले है, प्लीज, उसे भूखा मत सोने देना।"

मैंने मोबाइल को बंद किया और रोटी तोड़ने के लिए दौड़ पड़ा। गर्मागर्म, मिट्टी के तवे की मोटी-मोटी रोटियाँ, देसी घी, सरसों का साग और दूध का जग किसी फाइव स्टार होटल के खाने से ज्यादा स्वादिष्ट था। बीच-बीच में पुच्ची की याद उसके स्वाद को थोड़ा फीका कर रही थी। खाने के बाद भजन-कीर्तन से यहाँ का माहौल और भक्तिमय हो गया था।

पुच्ची ने कहीं मैसेज किया हो ऐसा सोचकर मैंने फोन को ऑन किया। कोई मैसेज नहीं था। कल तक की बात है अपने दिल को तसल्ली देते हुए मैंने फोन को बंद कर दिया और पुच्ची को याद करते हुए सो गया।

महाराज की गाड़ी से उतरकर घर की तरफ दौड़ा और कहा, "नहीं महाराज, मुझे कंपनी जाना है।" कहकर मैंने मोबाइल कान पर लगा लिया।

***

ट्रिन-ट्रिन की आवाज, हर पल फोन उठने का इंतजार, दिमाग में सवालों का गुबार कि पुच्ची कॉलेज गई होगी ? वह भी मुझसे रूठ गई होगी ? मुझसे बदला लेना चाहती है ? खाना खाने गई होगी और गुस्सा शांत हो जाएगा तब खुद करेगी आदि। लगभग एक घंटे के बाद उसका फोन स्विच ऑफ हो गया। उससे बात करने की तड़प मुझे बार-बार फोन मिलाने पर मजबूर कर रही थी और एयरटेल वालों की लड़की मुझे एक ही जवाब देती 'द नंबर यू आर ट्राइंग टू रीच इज करेंटली स्विच ऑफ।'

इस उलझन को लिए मैं कंपनी पहुँचा। लगभग पाँच बजे अचानक घंटी

गई। मेरे मन का तोता उड़ने लगा। दूसरी घंटी के साथ फोन उठा, "पुच्ची, मैं तुम्हारे बिना नहीं रह सकता।"

"लेकिन मैं रह सकती हूँ।" वह कर्कश, कड़क आवाज में बोली।

"मैं तुमसे बहुत प्यार करता हूँ।"

"मैं तुमसे प्यार नहीं करती।"

जब आपकी प्रेमिका ये बोले कि मैं तुमसे प्यार नहीं करती तो बहुत अच्छा लगता है। उसके यह शब्द मजाक की तरह लगे। मैं थोड़ी देर चुप रहा।

"तुम मुझसे प्यार नहीं करती?" मैंने बड़े प्यार से पूछा।

"हाँ, नहीं करती।"

"लेकिन बात तो कर सकती हो?" मैंने हँसकर कहा।

"मुझे तुमसे बात नहीं करनी।"

"मेरी पुच्ची नाराज है हमसे?" तुम्हे पता है मैंने कितना मिस्स किया तुझे? मैं कल से हरपल तेरे बारे में ही सोच रहा था। मैं कल कहीं फँस गया था इसलिए तुम्हें फोन नहीं कर पाया। प्लीज मुझे माफ कर दो।"

मुझे फोन में 'अलवर-अलवर' चिल्लाते हुए व्यक्ति की आवाज सुनाई दी और ट्रैफिक का शोर तो लगातार सुनाई दे रहा था।

"पुच्ची, तुम कहाँ जा रही हो?"

"मैं तुम्हें बताना जरूरी नहीं समझती।" चीखती हुई आवाज के साथ फोन कट गया।

इधर तेलु तिवारी चिल्लाया, "तुम्हारे फोन तो गेट पर रखवाने पड़ेंगे।" मैंने झट से मोबाइल को जेब में डाल लिया। वह बड़बड़ाता रहा और मैं पुच्ची के बारे में सोचता हुआ अपने काम में व्यस्त हो गया। मेरे अंदर नए प्रश्न की उत्पत्ति हुई कि पुच्ची जा कहाँ रही है?

लेकिन अब मैं फोन नहीं करूँगा क्योंकि पहले की तरह फोन करने की बारी पुच्ची की थी। मैं उसके फोन के वापस आने का इंतजार बड़े विश्वास के साथ करने लगा। बार-बार मोबाइल को जेब से निकालकर देखता। कभी-कभी फोन के आने का भ्रम होता कि मोबाइल वाइब्रेशन कर रहा है। दो-तीन घंटे बीत गए लेकिन उसका फोन नहीं आया। मेरे अंदर एक कीड़ा था जो मुझे अंदर-ही-अंदर काट रहा था। मैं फिर पुच्ची के बारे में सकारात्मक सोचने

लगा क्योंकि मैंने उसको दो-तीन दिन तक तड़पाया था इसलिए मैं कितनी ही बार उसे फोन कर सकता हूँ। वो जो बोलेगी वो सुन सकता हूँ और बर्दाश्त कर सकता हूँ लेकिन उसके बिना नहीं रह सकता- "हैलो।"

"मैंने कह दिया न कि मैं तुमसे प्यार नहीं करती।"

"पुच्ची, प्यार नहीं करना है तो मत करो लेकिन बात तो कर सकती हो।"

"मुझे तुमसे बात नहीं करनी, मेरे पास दुबारा फोन मत करना।" वह गरजती हुई बोली और फोन काट दिया।

मैं साँस थामे बैठा रह गया। मोबाइल जैसे कान से चिपक गया था। उसके शब्द मेरे कान में गूँजने लगे और मैं अब हिम्मत करके भी उसके पास फोन नहीं कर पाया।

मैंने अपने आपको मजबूत करके फिर कई बार फोन मिलाया लेकिन घंटी जाने से पहले ही काट दिया। दिन का अंत मेरी भीगी आँखों के साथ हुआ। दूसरे दिन उसका फोन स्विच ऑफ आने लगा। मैं दिन भर फोन को हाथ में लिए बैठा रहता, कोई भी फोन आता तो कहीं पुच्ची का हो यह सोचकर मन दौड़ पड़ता। दिन भर पागलों की तरह उसका नंबर मिलाता रहता। कभी आँखों में आँसू आ जाते, कभी दिल में दर्द होता तो कभी फोन पर गुस्सा आता। कभी अपने आप को कोसता, कभी महाराज को। चार-पाँच दिन हो गए। मेरे ब्रेकअप की खबर एक रेप केस की तरह चारों तरफ फैल चुकी थी।

लोगों के कमेंट्स इस प्रकार रहे- 'एक छूट गई तो दूसरी पकड़ ले।'

'लड़की बस और ट्रेन।'

'साले ने सेवा अच्छी नहीं की होगी।'

'मजे तो पूरे ले लिए थे।'

'लड़कियाँ तो आती-जाती रहती हैं।'

'प्यार का अंत ऐसे ही होता है।'

ओम ने मुझे फिल्मी दुनिया से बाहर निकलकर साधारण जिंदगी जीने की सलाह दी। अमर ने कहा, "दोनों भाई पुच्ची की बेवफाई में एक साथ बैठकर दारू पीएँगे।"

हरियाणा का एक जाट इंजीनियर जो नई-नई लव मैरिज करके आया था उसका कॉन्फिडेंस तो सातवें आसमान पर था। उसने कहा, "प्रेम एक बार

बात करवा यदि भागी नहीं चली आए तो कहना।"

मतलब लोगों के हिसाब से ये कोई बड़ी बात नहीं थी लेकिन मैं उसके बिना जी नहीं पा रहा था। मेरा नोकिया 1200 फोन मेरे गुस्से की भेंट चढ़ गया जब वह आज सुबह भी पुच्ची के फोन के स्विच ऑफ का संदेश दे रहा था। मैं अपने आप को नहीं रोक पाया और अलवर के लिए बस में बैठ लिया। हॉस्टल के गेट के पास कुछ दूर सड़क के किनारे पर बैठ गया। जैसे ही हॉस्टल का गेट खुलता मैं खड़ा हो जाता कि कहीं पुच्ची हो, लेकिन फिर वापस बैठना पड़ता। अचानक मेरा फोन बजने लगा, एक हल्की सी आशा मेरे मन में जगी। मैंने जल्दी से फोन जेब से निकाला... 'राज।'

मेरी आँखें भर आईं, मैंने फोन काट दिया। शर्ट की बाजुओं से आँसू पोंछने लगा और फोन फिर बज उठा।

"दोस्त से नाराज है?" राज ने कहा। मैं कुछ बोल नहीं पाया।

"यार कुछ तो बोल।" राज ने कहा।

"भाई, पुच्ची मुझे छोड़कर चली गई।" यह कहकर मैं रोने लगा।

"तू कहाँ पर है, मैं अभी तुम्हारे पास आ रहा हूँ।" उसने कहा। मैं और तेज रोने लगा क्योंकि मेरा गम बाँटने वाला कोई तो मेरे साथ था।

"हम पुच्ची को वापस लेकर आएँगे।" यह कहते हुए उसकी आवाज भी भारी होने लगी। मैंने अपना पूरा दुखड़ा उसको सुनाया।

"मैं शाम 6 बजे तक अलवर पहुँच जाऊँगा।" उसने कहा।

मैंने पूरा दिन हॉस्टल के सामने बैठे-बैठे बिता दिया। कई बार मैंने हॉस्टल के गेट के चक्कर भी लगाए लेकिन वह नजर नहीं आई। मैं जहाँ बैठा था उसके बाईं तरफ कुछ दूरी पर एक चाय की दुकान थी। चाय दुकान वाला हमउम्र ही रहा होगा। शायद पूरे दिन वह मुझे देख रहा था। टहलता हुआ मेरे पास आया।

"अरे भाई, क्या खो गया तुम्हारा?" मैंने मुँह ऊपर करके उसकी तरफ देखा पर कुछ नहीं बोला।

"क्या किसी का इंतजार कर रहे हो?" उसने फिर कहा।

"ना।"

"हॉस्टल में रहती है?" इस सवाल पर मैंने सिर हाँ में हिलाया।

"हॉस्टल में फोन कर लो, नंबर नहीं है?" वह बोला।

मैं सिर्फ उसकी तरफ देखता रहा। वह नंबर बोलने लगा- 2253215

मैंने जेब से मोबाइल निकाला और नंबर डायल किया, "हैलो, पिंकी से बात करनी है।"

"कौन से ईयर में पढ़ती है? सब्जेक्ट क्या है?" दुकान वाले ने टोका।

"पिंकी, बी.एससी. फाइनल ईयर।" मैंने दोबारा फोन में कहा।

"अभी बुलाती हूँ।"

"पिंकी दीदी, तुम्हारा फोन।" यह चिल्लाते हुए वह फोन रखकर चली गई।

"क्या हुआ?" दुकान वाले ने कहा।

"बुलाने गई है।" उसने मेरी पीठ पर हाथ रखा और मुस्कुराते हुए अपनी दुकान की तरफ चलता बना।

"हैलो, कौन?"

"पुच्ची, मैं प्रेम।"

"क्यों फोन किया है?" उसकी आवाज में तीखापन बरकरार था।

"पुच्ची ऐसा क्या हुआ जो तुम मझसे इतना दूर चली गई?"

"मैंने तुम्हें कुछ बताना नहीं चाहती।"

"पुच्ची क्या हमारे बारे में घरवालों को पता चल गया? क्या वे हमारा रिश्ता नहीं चाहते?"

"ये रिश्ता मैं नहीं चाहती बस।"

"तुम्हारी बहुत याद आती है।"

"तो मैं क्या करूँ।"

"मैं तुमको नहीं भूल सकता।"

"लेकिन मैं भूल चुकी हूँ, यहाँ पर दोबारा फोन मत करना।"

"पुच्ची... मैं तुम्हें कैसे... भुला दूँ..." मेरे काँपते होठों से टुकड़ों में शब्द निकले।

"चल-हट।" कहकर उसने फोन काट दिया।

'चल-हट' शब्द जिसे सुनकर मैं खुशी से झूम उठता था आज जैसे वह मेरा सीना चीर गया। आँखें अपना काम कर रही थीं। राज का बार-बार फोन आ रहा था, मैं फोन उठा पाने योग्य नहीं था। रोड लाइट ऑन हो चुकी थी।

मैं टपकती आँखों से हॉस्टल के दरवाजे की तरफ टकटकी लगाकर देख रहा था, जैसे कोई चमत्कार होने वाला हो। चमत्कार भी हुआ, राज मुझे ढूँढ़ता हुआ वहाँ आ गया। उसको देखकर मैंने अपने चेहरे को घुटने में देकर शर्ट की कॉलर से आँसुओं को पोंछा, वह मुस्कुराता हुआ मेरे कंधे पर हाथ रखकर बैठ गया। मैंने भी बनावटी मुस्कुराहट से उसकी तरफ देखा।

"आखिर पहला प्यार... पहली बार... दर्द होता है।" उसने कहा। कंधे पर रखे हाथ को कसते हुए उसने फिर कहा, "छोड़ साली को, दूसरी पटाएँगे।"

जैसे मेरी आँखों को आँसू बहाने की परमिशन मिल गई हो। राज ने मेरे आँसुओं को देखकर मुझे सीने से लगा लिया और कहा, "हम पुच्ची से मिलेंगे, उसे मनाएँगे और वह तुम्हें प्यार करेगी।"

उसने मुझे खड़ा किया और मेरे कंधे पर हाथ डाल चल पड़ा।

***

'उम्मीद', एक उम्मीद ही थी जिसके साथ मैं बेवफा दिन बिता रहा था और उम्मीद बढ़ चुकी थी क्योंकि मेरा दोस्त मेरे साथ था। हम दूसरे दिन सुबह 9 बजे हॉस्टल पहुँचे। हॉस्टल के छोटे दरवाजे से अंदर घुसे। दरवाजे पर वार्डन नहीं था। दरवाजे के पास वाले कमरे की खिड़की से फुसफुसाहट की आवाज आई। जाली लगी होने के कारण कमरे के अंदर कुछ दिखाई नहीं दे रहा था। राज मेरे मना करने के बाद भी टहलता हुआ खिड़की के पास चला गया। वह अंदर देख पाने की कोशिश करता इससे पहले ही एक लड़की कमरे से बाहर निकल आई।

"हाँ, बोलिए।" उस लड़की ने कहा।

मेरी तरफ बढ़ते हुए राज ने कहा, "पिंकी से मिलना है।"

"पिंकी, कौन सी पिंकी ?" उसने कहा।

राज ने मेरी तरफ देखा, "बी.एससी. फाइनल ईयर।" मैंने कहा। वह अंदर चली गई। कुछ देर बाद एक दूसरी लड़की लौटी, "पिंकी तो बाजार गई है।"

"बाजार गई है ?" चल, बाजार चलते हैं।" राज ने कहा।

हम पैदल-पैदल कंपनी बाग होते हुए, मनी का बड़, होप सर्कस, चूड़ी मार्केट के हर नुक्कड़ और बाजार में घूमे, उसको खोजा लेकिन निराशा हाथ लगी। इस बीच हमने दो बार हॉस्टल में फोन किया। पूरी दोपहर हमने भागते-

भागते निकाल दी। करीब 4 बजे हम वापस हॉस्टल आए। 4 से 5 बजे तक हॉस्टल के दरवाजे के सामने बैठे रहे।

"क्या पता वह आ गई हो?" राज ने कहा।

"हॉस्टल में फोन कर लेते हैं।" मैंने कहा।

"नहीं, मैं अंदर जाकर पता करता हूँ।"

वह दरवाजे के अंदर गया। मैं दरवाजे के बाहर खड़ा दरवाजे से उचक-उचककर देख रहा था। हॉस्टल वार्डन से बात कर राज वापस लौटा। उसने मेरे गले में हाथ डालकर दुखी होते हुए कहा, "वह अपने घर गई।"

मेरी साँसें थमने लगीं, मेरे पैरों का दम निकल गया। मैं एक कदम भी आगे नहीं चल पा रहा था। पीछे मुड़कर हॉस्टल की तरफ देखने लगा और आँखें फिर भर आईं। राज ने मुझे सीने से लगा लिया। उसके पास न तो कोई सवाल था न कोई जवाब। हम दोनों दोस्त हॉस्टल के सामने स्तब्ध बैठकर इस हार का मातम मना रहे थे।

***

प्यार रास्ते बनता है। प्यार मंजिल ढूंढता है। प्यार साजिश करता है। प्यार पनाह माँगता है। मेरे दिमाग में भी कुछ ऐसा ही चल रहा था। पुच्ची घर चली गई थी। एक रात तो जैसे-तैसे रो-धो के निकल गई। लेकिन आज की रात निकलना मुश्किल था। मैं अपने आपसे विचार करने लगा, 'मुझे पुच्ची के घर चलना चाहिए, घर जाने पर क्या वह मुझसे मिलेगी? वहाँ पर उसके माता-पिता भी होंगे, मैं उसके माता-पिता से ही हाथ जोड़कर प्रार्थना करूँगा, क्या पता वह मेरी बात मान लें और पुच्ची को भी समझाएँ। क्या पता पुच्ची मान जाए?' ये सोचकर सर्द से ठिठुरती उस रात को दस बजे बाइक ली और चल दिया। आधी रात को मैं पुच्ची के गाँव पहुँचा। सबसे पहले मैंने बाइक को गाँव के बाहर रोड से दूर एक खेत में खड़ा किया। फिर पैदल-पैदल गाँव की तरफ बढ़ा। मेरे पास उसके घर का पता नहीं था। जिसकी वजह से मैं गाँव के बाहर ही रुक गया। मैं काफी देर तक ऐसे ही खड़ा-खड़ा सोचता रहा कि अब क्या करना चाहिए। फिर मुझे गाँव की तरफ से दो व्यक्ति आते दिखाई दिए। मुझे उनसे पूछना चाहिए ये सोचकर मैं आगे बढ़ा, मैं उनके पास जाकर रुका। वे हमउम्र लड़के थे। एक बार तो मैंने सोचा इनसे नहीं पूछना चाहिए

लेकिन रात को कोई ऑप्शन भी नहीं था। मैंने पुच्ची के पिता का नाम बड़े सम्मान से लेते हुए घर के बारे में पूछा, "राइट साइड में पहली गली के कोने का घर उन्हीं का है।" एक लड़के ने कहा।

"घर का दरवाजा मंदिर के जैसा है।" दूसरे ने कहा।

"फिर तो उसके अंदर भगवान रहते होंगे।" मैंने कहा। दोनों हँसने लगे।

"लेकिन इतनी रात को ?" एक लड़के ने कहा।

"मैं उनका दूर का रिश्तेदार हूँ, पहुँचते-पहुँचते देर हो गई।" इतना कहकर मैं चल दिया।

मैं घर के दरवाजे पर पहुँच चुका था, वह दरवाजा वास्तव में मंदिर के दरवाजे जैसा था। मैंने दरवाजा बजाने के लिए हाथ उठाया और फिर रुक गया।

'जो मैं करने जा रहा हूँ क्या वह सही है ? दरवाजा खुलते ही उसके पिता से क्या कहूँगा कि मैं तुम्हारी लड़की से प्यार करता हूँ ? क्या वे मुझे अपने बेटे की तरह प्यार करेंगे ? क्या अपनी लड़की को मुझे सौंप देंगे ? क्या वे मुझे पुच्ची से प्यार करने की इजाजत देंगे ? नहीं, नहीं प्रेम, ऐसा संभव नहीं है। यदि तुम घर के अंदर गए तो बखेड़ा खड़ा हो जाएगा। तुम्हारे साथ कितना बुरा हो सकता है तुम सोच भी नहीं सकते। फिर मैं ही इनसे प्यार करता रहूँगा, ये मुझसे प्यार नहीं करेंगे।'

'हाँ, बस तुम ही प्यार कर सकते हो वो भी घर के बाहर से ही।'

कहते हैं कि आप दुनिया से लड़ सकते हो लेकिन अपनों से नहीं क्योंकि अपनों से लड़ने के लिए अभी तक कोई हथियार ही नहीं बना। मैं दरवाजे के सामने हाथ जोड़ते हुए बैठ गया। मेरी आँखों से उन माँ-बाप के लिए आँसू गिरने लगे जो मुझे कभी नहीं अपनाएँगे। मैं दरवाजे के सामने बैठे हुए पूरी रात उन माता-पिता से पुच्ची को माँगता रहा, उस भगवान की तरह जिस भगवान को हमने कभी नहीं देखा।

***

मैं दुनिया का सबसे असहाय और दुखी इंसान था। मेरी पुच्ची कहीं खो गई थी और मैं विकल्प के रूप में कुछ और पाना नहीं चाहता था। प्यार पैदा नहीं किया जा सकता, यदि ऐसा होता तो इसकी खोज करने वाला मैं पहला इंसान होता। प्यार जैसे थ्योरीटिकल सब्जेक्ट की ब्रांड वैल्यू कम होने

के कारण इसका प्रदर्शन मैं किसी चौराहे पर भी नहीं कर सकता था क्योंकि दुनिया या तो मजाक समझेगी या मुझ पर पागलपन का टैग लगा देगी।

दिन में मैं गम को पालता और रात में उस पर पानी बहाता। हर रात नींद भीगी आँखों में आती और खुलते ही आँखें भीग जातीं। ज्यादातर मैं चार बजे ही जग जाता। भगवान से प्रार्थना करता काश भगवान जिंदगी को रिवर्स कर दे। काश मैं महाराज के साथ नहीं जाता। काश मैं पुच्ची से नाराज नहीं होता। काश वह मुझे इतना प्यार नहीं करती। काश वह मेरी जिंदगी में नहीं आती। काश! इसी तरह अपने आप से बातें करता। प्रश्न भी खुद के होते और जवाब भी खुद ही देता। आखिर में एक ही निष्कर्ष निकलता कि, 'पुच्ची सिर्फ मेरी है।'

नए साल की रात 12 बजकर कुछ मिनट, लोग नए साल की खुशियाँ मना रहे थे, आतिशबाजी हो रही थी। कोई मैसेज कर रहा था और कोई फोन से बधाई दे रहा था। मैं बिस्तर में पड़ा-पड़ा आँसुओं की बूँदे गिन रहा था। सभी नेटवर्क बिजी चल रहे थे। जिसका फोन गलती से मिल गया वह फोन से बधाई दे रहा था। मेरा मोबाइल बजा, मैंने लेटे हुए हाथ को बढ़ाकर मोबाइल उठाया, मैसेज देखा 'राज'। मैंने बिना मैसेज पढ़े ही मोबाइल को रख दिया। फिर 5-6 मैसेज, अमर, ओम, सिंह... मैंने जितनी फुर्ती उन मैसेज को देखने में की उससे कहीं ज्यादा निराशा हुई। रात के दो बजे मैं पूरी तरह से बिलबिला उठा। रात के सन्नाटे में मेरे रोने की आवाज बाहर तक जा रही थी।

रोते-रोते... कहने लगा, 'क्या जिंदगी की सभी रातें ऐसे ही गुजरेंगी? क्या पुच्ची कभी लौटकर नहीं आएगी? ऐसे तो मैं नहीं जी पाऊँगा, ऐसे तो मैं मर ही जाऊँगा।'

'लेकिन तेरे बिना मैं मर भी तो नहीं सकता... लेकिन तेरे बिना मैं जी भी तो नहीं सकता...'

'पुच्ची आ जा... तेरा प्रेम तुझे याद करता है, रात को भी... दिन को भी... हमेशा...'

'वो आएगी, मैं उसे लेकर आऊँगा, वो मुझसे प्यार करेगी, पुच्ची आएगी... उफ्फ!'

समाधान

जब आप तकलीफ में होते हो तो हर चौखट पर भगवान नजर आता है और जब बात प्यार की हो तो हद ही पार हो जाती है क्योंकि प्रेम एक स्वार्थ है, प्रेम गुरूर है, प्रेम आत्मविश्वास है, प्रेम एक घमंड है, प्रेम सौदेबाजी है, प्रेम मंदिर है और उसमें रहने वाला भगवान है। और उस प्रेम को पाने के लिए ये प्रेम सभी हदें पार करना चाहता था।

मेरी तरह ही एक और था जिस पर मोहब्बत का खुमार चढ़ा हुआ था, 'इंजीनियर आर.के.।' वह अपना सबकुछ त्यागकर अपनी प्रेमिका के साथ जिंदगी बिताना चाहता था, लेकिन उसकी प्रेमिका थी कि अपने घरवालों की इज्जत बचाना चाहती थी।

वह मुझ में अपना भविष्य देखने लगा। एक दिन उसको भी उसकी प्रेमिका छोड़कर चली जाएगी, यह सोचकर वह दुखी रहने लगा। उसने एक दिन टीवी के लोकल चैनल पर एक एड देखा 'प्रेम विवाह की समस्याओं का गारंटी के साथ समाधान' फीस 2100/- रुपए। अब गारंटी शब्द की गारंटी लेने वाला भी तो कोई होना चाहिए। आखिरकार उसने गारंटर ढूँढ़ ही लिया, वह भी 2100/- रुपए के लिए नहीं बल्कि प्रैक्टिकल के लिए भी। आपकी जानकारी के लिए बता दूँ कि वह इंसान प्रेम था यानी कि 'मैं'। पुच्ची की तरफ जाने वाला हर रास्ता मुझे कबूल था, बस उससे पुच्ची के पाने की उम्मीद होनी चाहिए।

रेवाड़ी के तंग बाजार की गली में उसका एक छोटा-सा दफ्तर था, जहाँ मैं अब पहुँच चुका था। शटर लगे दरवाजे पर पर्दा टँगा हुआ था, मैं पर्दा हटाकर अंदर गया। वहाँ एक 19-20 साल का लड़का कुर्सी पर बैठा हुआ था और उसकी गोद में उसी की उम्र की एक लड़की बैठी हुई थी जिसके साथ

वह चुम्मा-चाटी कर रहा था। मुझे देखते ही वह लड़की खड़ी हो गई और मैं बगैर हिचके आगे बढ़ा। मैं कुछ बोलता इससे पहले वह लड़का बोला।

"क्या पहली बार आए हो?"

"हाँ।"

"नाम क्या है?" उसने रजिस्टर उठाते हुए कहा।

"प्रेम।"

"100 रुपए दीजिए रजिस्ट्रेशन के लिए।" उसने कहा।

मैंने उसको घूरकर देखा। अंदर वाले कमरे से आवाज आई, "कौन है?" वह लड़का बोला, "अंदर चले जाइए।"

कमरे में अँधेरा था, मुझे कुछ दिखाई नहीं दे रहा था। तभी किसी ने कमरे में एक दीपक जलाया। अब हल्की-हल्की रौशनी कमरे में आई। मेरे सामने लगभग 25 वर्षीय एक आदमी सफेद कुर्ते-पाजामे, सिर पर मुसलमानों वाली जालीदार टोपी पहने फर्श पर बैठा हुआ था। कमरे की दीवारों पर इस्लामी मजहब के पोस्टर लगे हुए थे तथा उर्दू में लिखे कुछ लेख फ्रेम में जड़े हुए रखे थे।

"आओ बेटा।" उसने कहा। मैं भी फर्श पर उसके सामने बैठ गया।

"कहो, क्या दुख है?"

"मैं एक लड़की से प्यार करता हूँ।" मैंने बेझिझक कहा।

"अच्छा प्यार का मामला है।" उसने कहा।

"हाँ।"

"समस्या क्या है।"

"वह भी मुझसे प्यार करती है लेकिन कुछ दिनों से वह न मुझसे बात करती है, न फोन करती है और अगर मैं फोन करूँ तो कहती है कि मैं तुझसे प्यार नहीं करती।"

वह सिर को हिलाते हुए कुछ सोचने लगा। फिर कहा, "लड़की का नाम क्या है?"

"पिंकी।"

"लड़की की कोई फोटो है?"

"अभी तो नहीं है।"

वह आँख बंद करके मन-ही-मन कोई मंत्र पढ़ने लगा, जिसे मैं उसके

होठों की चाल से समझ पाया। उसने थोड़ी देर बाद आँखें खोली और कहा, "लड़की के घरवालों ने उसके ऊपर कुछ करवा दिया है।"

मैंने चौंककर कहा, "क्या करवा दिया है?"

"ऐसा कुछ जिससे वह तुमसे दूर रहे।"

"मतलब!"

"उनको तुम्हारे रिश्ते के बारे में पता चल गया है।"

"वो कैसे?"

"किसी ने बता दिया।"

मैं अपने बालों को खींचते हुए थोड़ी देर रुककर बोला, "कोई उपाय?"

"हमें उसका और उसके परिवार का वशीकरण करना होगा।"

"वो कैसे?" मैंने पूछा।

"वशीकरण देवता की पूजा करनी होगी।"

"कल लड़की का फोटो लेकर आ जाएँ, कल हम पूजा शुरू कर देंगे।"

"अच्छा, कल कितने बजे?"

"10 बजे।"

"पूजा सामग्री के लिए 2100/- रुपए दे जाइए।"

2100/- रुपए का नाम आते ही मेरे दिमाग में सवाल आया कि कहीं ये मुझे ठग तो नहीं रहा?

"यदि आप कुछ नहीं कर पाए तो?" मैंने कहा।

"आपको विश्वास तो करना ही पड़ेगा, वैसे भी आपके पास और कोई उपाय नहीं है।"

मैं कमरे में लगी भगवान की तस्वीरों को देखने लगा। कुछ विलंब के बाद मैं बोला, "पिंकी को इससे कोई तकलीफ तो नहीं होगी?"

"हमारा विश्वास करो, हम सबकुछ अच्छे के लिए ही करते हैं।"

मैंने बटुए में से 2100/- रुपए निकाले और उसको दे दिए। खड़े होते हुए मैंने कहा, "कल 10 बजे।"

"हाँ, हाँ, कल 10 बजे।"

मैं दूसरे दिन 10 बजने से कुछ समय पहले ही वहाँ पहुँच गया। पहले वाले कमरे में कोई नहीं था। अंदर वाले कमरे का दरवाजा बंद था लेकिन

कुंडी खुली हुई थी। कमरे में कल की तरह कोई रौशनी नहीं चमक रही थी। मैंने कुर्सी पर बैठते हुए कहा, "कोई है ?"

कमरे के अंदर से फुसफुसाहट की आवाज आई। करीब एक मिनट बाद कमरे में हल्की-हल्की रौशनी चमकी, दरवाजा खुला, एक लड़की निकली। उसके बाल बिखरकर चेहरे पर आ रहे थे। सूट को सलवटों ने ऊपर चढ़ा रखा था। दुपट्टा एक साइड से जमीन में घसीट रहा था। उसने एक बार मेरी तरफ देखा फिर चली गई। अंदर से आवाज आई, "अंदर आ जाइए।"

मैंने देखा कि वह कल की तरह ही बैठा था।

"फोटो लेकर आए हो ?" उसने कहा।

"हाँ।" मैंने बैठते हुए कहा।

मैंने बैग से फोटो निकालकर उसे दिया। उसने फोटो को देखकर दीपक के सामने रख दिया। उसने पुच्ची के परिवार के सभी सदस्यों का नाम पूछा और एक कागज पर लिख लिया।

"लड़की का नाम क्या है ?" उसने कहा।

"पुच्ची, नहीं नहीं, पिंकी।"

"पिंकी तुम मेरी हो, पिंकी तुम मेरी हो, फोटो को देखते हुए लगातार ये बोलते रहो।" वह बोला।

लगभग पाँच मिनट तक लगातार ऐसा करने के बाद वह बोला, "वशीकरण देवता नाराज है, इनको खुश करने के लिए बलि देनी होगी।"

"बलि!" मैं चौंका।

"वो सब आप मेरे ऊपर छोड़ दीजिए। पहले यह पता करते हैं कि वशीकरण देवता को किस जानवर की बलि चाहिए।"

मैं चुपचाप बैठा सबकुछ देख रहा था। वह फिर बोला, "ऐ मेरे मालिक, किसकी बलि चाहिए ? मुर्गा ?"

जब कुछ नहीं हुआ तो उसने कहा, "देवता को मुर्गे की बलि नहीं चाहिए।"

"ऐ मेरे मालिक, किसकी बलि चाहिए ? बकरा ?"

तब वह जलता हुआ दीपक अपनी जगह से सरकने लगा। वह मेरी तरफ चिल्लाकर बोला, "वशीकरण देवता प्रकट हो गए हैं, इन्हें सिर झुकाकर

प्रणाम करो।"

लेकिन मैं ठहरा इंजीनियर, मैं तो अपनी नजरों को गाड़कर यह देखने लगा कि यह कोई तकनीक है या फिर धागे से बाँधकर दीपक को कोई खींच रहा है। मुझे कुछ समझ नहीं आ रहा था। आखिर में उसने मेरे सिर को अपने हाथ से दबाकर दीपक के सामने झुका दिया।

"आपका काम हो जाएगा, बकरे की बलि चढ़ानी होगी।"

"इसके अलावा और कोई उपाय?"

"नहीं, और कोई उपाय नहीं है।"

"क्या, ऐसा नहीं हो सकता कि तुम मुझे मेरी पुच्ची वापिस दिला दो और मैं पूरी जिंदगी तुम्हारी गुलामी करूँ?"

"मतलब!"

"मैं पूरी जिंदगी तुम्हारी गुलामी करूँगा, यदि तुम मुझे मेरी पिंकी वापिस दिलाते हो तो।"

वह चुपचाप मुझे ऐसे देख रहा था जैसे मैंने उसके तंत्रमंत्र छीन लिए हों।

"हाँ, क्या विचार है?" मैंने कहा। लेकिन वह चुप बैठा रहा।

"आप कल फिर आना।" उसने कहा।

मैं वहां से चला आया लेकिन वो कल कभी नहीं आया।

***

'मुझे अब ऐसा लगने लगा था कि मुझे पुच्ची नाम की बीमारी हो गई, जो मुझे मार ही डालेगी, क्योंकि 24×7 मैं सिर्फ पुच्ची के बारे में ही सोचता रहता था। संडे आते-आते मैं अलवर जाने की सोचने लगता था। ये क्या हो रहा है? इसे क्या कहते हैं? मुझे नहीं पता लेकिन मैं क्या करूँ? मेरे ऊपर मेरा भी कोई बस नहीं था। ऐसा कब तक होगा?' मैं बैठे-बैठे सोच रहा था।

आज संडे था और मैं जाना नहीं चाहता था लेकिन क्या करता, मैं विवश था। मैं चाहकर भी अपने आपको नहीं रोक पाया और मैं घर से चल दिया। घर से बाहर आकर मैंने अपने-आप से निश्चय किया कि आज मैं अलवर नहीं जाऊँगा, चाहे कुछ भी हो जाए। चाहे मैं तड़प-तड़पकर मर क्यों न जाऊँ। मैं अपने-आप से संघर्ष करता हुआ पैदल-पैदल चलने लगा। मुझे अलवर नहीं जाना है, ये तो मैं निश्चित कर चुका था। लेकिन मैं फिर भी चला जा रहा

था। दो घंटे बाद मैं वहाँ पहुँचा जहाँ मेरा दिल मुझे लेकर आया। सेक्योरिटी गार्ड ने मुझसे पूछा, "आज संडे के दिन भी और दस बजे, ये कौन सा टाइम है आने का?"

"हाँ, एक अर्जेंट टेस्टिंग का काम आ गया है, उसे ही करने आया हूँ, लैब की चाबी दीजिए।" मैंने कहा।

मैं लैब के अंदर जाकर कुर्सी पर बैठ गया। कुर्सी पर मजा नहीं आया तो फिर मैं मशीन के पीछे जाकर बैठ गया। ए.सी. की हवा मेरे बालों को सहलाने लगी। मैं मशीन के पीछे लगे फिल्टर को एक टक देखते हुए सोचने लगा, 'मैं यहाँ क्यों आया हूँ, क्या मेरे मन को यहाँ शांति मिलेगी? क्या मुझे यहाँ पुच्ची की याद नहीं आएगी?' मैंने अपने गाल पर थप्पड़ मारते हुए कहा, 'उसे तो याद करना ही नहीं है।'

'फिर क्या करना है?'

'कोई काम कर लेते हैं।' लेकिन क्या काम करेंगे? मेरी समझ में कुछ नहीं आया। मैंने दास बाबा को फोन किया।

"हाँ, बेटा।"

"दास बाबा मैं कंपनी में हूँ।"

"कंपनी में!" दास बाबा ने चौंककर कहा।

"हाँ।"

"क्यों?"

"मेरा मन कर रहा था।"

"मन कर रहा था!"

"बस ऐसे ही आ गया, घर पर मेरा मन नहीं लग रहा था। कोई टेस्टिंग करनी है तो बता दो।"

"अरे, वो तेलु ओवर टाइम पर साइन नहीं करेगा।"

"अरे बाबा, ओवर टाइम कौन माँग रहा है, बस कोई काम है तो बता दो, मेरा भी टाइम पास हो जाएगा।"

"तुझे टाइम पास करने के लिए कंपनी ही मिली?"

"हाँ बाबा।"

"तू पागल हो गया है।"

“हाँ, लगता तो मुझे भी है।”

“मशीन के साइड में जो सैंपल रखे हैं उनकी टेस्टिंग कर लो।”

“बाबा, तेलु को मत बताना।”

“ठीक है।”

चार-पाँच घंटे लगातार काम करने के बाद मैं थोड़ी थकान महसूस करने लगा। अब मुझे आराम कर लेना चाहिए ऐसा मैंने सोचा और मैं फिर मशीन के पीछे जाकर लेट गया। मैंने अपने-आप से कहा, ‘मैं यहाँ आया, मैंने काम किया, मुझे आज के काम का कोई पैसा भी नहीं मिलेगा, लेकिन मैं फिर भी अच्छा महसूस कर रहा हूँ। क्यों? पता नहीं।’ ‘लेकिन मुझे ऐसा लग रहा है जैसे मैं अपनी माँ की गोद में सो रहा हूँ और उसने अपना संपूर्ण प्यार मुझ पर वार दिया हो।’

बस ऐसे ही सोचते-सोचते मैं सो गया।

वैलेंटाइन-डे

'वैलेंटाइन डे' यानी प्यार में डूब जाने का दिन। आज आपको यह दिखाना होता है कि आप अपने प्रेमी को कितना प्यार करते हो? हमारे समाज में सभी प्रेम संबंध पर्दे के पीछे होते हैं। आप अपनी बीवी से भी खुले में प्रेम नहीं दर्शा सकते। लेकिन पश्चिमी हवा के प्रभाव से फूलों की दुकान पर सिर्फ गुलाब के ही फूल दिख रहे थे। बुक सेलर आज बुक्स छोड़ ग्रीटिंग कार्ड बेच रहे थे। मोबाइल पर सिर्फ लविंग मैसेज का आदान-प्रदान हो रहा था। पार्क, गार्डन, रेस्टोरेंट और सभी पब्लिक प्लेस पर युगल जोड़े देखे जा सकते थे।

मैं अलवर में एक चाय की दुकान पर 'अलवर भास्कर' अखबार के उस आर्टिकल को एकटक देख रहा था, जो मैंने पुच्ची को यह दिखाने के लिए छपवाया था कि मैं उससे कितना प्यार करता हूँ। मैं डेढ़-दो घंटे तक अखबार हाथ में लिए बैठा रहा। इस दौरान चाय वाले ने दो-तीन बार चाय के लिए टोका। पुच्ची की यादें सताने लगीं। वह चाय वाला फिर न टोके इसलिए मैं खड़ा हुआ और चलने लगा। चलता-चलता मैं वहाँ पहुँचा जहाँ पुच्ची का एहसास मुझे खींच रहा था। जहाँ पर मेरा दिल सामान्य स्थिति से धड़क सके और मुझे सुकून मिले। सुकून तो मिला नहीं लेकिन यह एहसास जरूर था कि पुच्ची यहीं है, मेरे आस-पास, मेरे सबसे करीब। वह हॉस्टल की दीवार को चीरकर आएगी और मेरे कंधे पर हाथ रखकर मेरे पास बैठ जाएगी। मैं रोऊँगा तो मुझे बाँहों में ले लेगी, मेरे गिरते आँसुओं को अपने दुपट्टे से पोंछेगी। मैं यहीं बैठा रहूँगा उसके पास, शाम तक, सुबह तक, फिर शाम... पूरी जिंदगी...

यह जगह मेरी जिंदगी का हिस्सा बन चुकी थी। छुट्टी का दिन अक्सर यहीं गुजरा करता था। पंचवटी की गलियों में बावरे की तरह घूमता, कभी गार्डन में बैठता तो कभी हॉस्टल के सामने चक्कर काटता और अंत में

हॉस्टल के सामने बैठकर गुजरे हुए वक्त के पन्ने पलटता। जो गलती हुई उसे कैसे सही कर सकता था यह सोचता। जब उसकी यादें हदें पार कर जाती तो अपनी मोहब्बत का मातम मनाता।

बस यूँ ही दिन गुजरते गए और एक दिन मेरा महबूब मुझे मिला। जब मैं पंचवटी गार्डन की दीवार पर बैठकर वहाँ से आने जाने वाली लड़कियों में पुच्ची की तस्वीर देख रहा था कि दूर से आती एक लड़की को देखकर मैं अपने आप को कहने लगा, 'इसकी चाल तो पुच्ची के जैसी है। इसकी कद-काठी भी, अरे इसका चेहरा भी, अरे ये तो...' मैं दीवार से कूदकर उसके सामने आ गया।

वह मुझे देखकर एक पल के लिए सहम गई। मैं क्या बोलूँ मुझे कुछ समझ नहीं आ रहा था, वह जाने लगी।

"पुच्ची एक मिनट।" मैंने भावुक स्वर में कहा।

"क्यों, क्या रिश्ता है तेरा-मेरा ?"

"प्यार..." और इस शब्द के साथ आँखें भर आईं।

"अरे जा, मैंने कब प्यार किया ?"

मैंने शर्ट की बाजुओं से आँसू पोंछकर उसकी तरफ देखा और कहा, "पुच्ची, मैं कैसे जीऊँ ?"

"जीना सीख ले।"

"मैं तेरे बिना मर जाऊँगा।"

"कोई नहीं मरता किसी के लिए।"

"पहले क्यों इतना प्यार किया, क्यों वो दिन गुजारे ?"

"जो गुजर गए वो गुजर गए।"

अपने हाथों को फैलाकर, "पुच्ची लौट आओ, मैं तुम्हारे लिए पूरी दुनिया जीतकर लाऊँगा, पूरी दुनिया को मनाऊँगा, पूरी..."

"पागल है, मुझे नहीं आना तेरी जिंदगी में, पीछा छोड़ मेरा।" वह गुस्से में बोली।

आँसू भरी मेरी आँखें आशा और विनम्रता से उसे देख रही थीं, और वह 'चल-हट' कहकर आगे चलती बनी।

"पुच्ची, हमें छोड़ तो जाओगी लेकिन दूसरा प्रेम कहाँ से लाओगी ?"

मैंने तेज रोते स्वर में कहा। मैं गार्डन की दीवार का सहारा लेकर बैठ गया। वो चली गई।

'कोई नहीं मरता किसी के लिए।' उसके ये शब्द मेरे दिमाग में बैठ गए।

कहते हैं कि कोई इस दुनिया को चलाता है जिसे लोग अलग-अलग नाम से पुकारते हैं, उसे मैं भगवान कहता था। उन बीतते दिनों में मैं उस भगवान से अपनी मौत की सिफारिश करने लगा। फिर भी मेरा आत्मविश्वास मुझे कहता था कि वह कभी तो लौटकर आएगी। लेकिन उसके वापस आने की आशा कम हो जाती जब उसके वो शब्द याद आते... 'कोई नहीं मरता किसी के लिए, मुझे नहीं आना तेरी जिंदगी में।'

अब मुझे लगने लगा था कि जिंदगी जीने से ज्यादा मरना आसान है और मैं मर सकता हूँ। पुच्ची के प्यार में, उसके प्यार में पागल होकर, सिर्फ उसके लिए, उसके कहे शब्दों के लिए 'कोई नहीं मरता किसी के लिए।'

मेरे प्लान के मुताबिक मैं मरने के लिए तैयार था। कुछ समय बाद मैं मर जाऊँगा यह सोचकर मैंने माता-पिता को याद किया, बटुए में रखी उनकी फोटो को निकाल रहा था कि पुच्ची की फोटो भी निकल कर गिर गई। मैं दोनों फोटो को हाथ में लिए बैठा रहा। कहीं मैं अपने फैसले से पलट न जाऊँ यह सोचकर मैंने माता-पिता का फोटो जेब में रख लिया और पुच्ची की फोटो को देखने लगा। मैंने अपने आप से कहा, 'कोई आखिरी ख्वाहिश?'

पुच्ची से आखिरी बार बात करना और उसे बताना कि कोई किसी के लिए मर भी सकता है। मैंने हॉस्टल में फोन मिलाया, "हैलो।"

"पुच्ची, मैं।"

"क्या चाहता है तू?" वह चिल्लाते हुए बोली।

"पुच्ची तुम्हें, तू मेरा सब कुछ है, मैं तेरे लिए मर भी सकता हूँ।"

"मरता है तो मर जा, मुझे कोई फर्क नहीं पड़ता कि तू मरता है या जिंदा रहता है। अब मैं किसी और की हो चुकी हूँ। वो मेरा सब कुछ है और मेरे लिए तेरी औकात एक कुत्ते से भी कम है।" और फोन कट गया।

मैं यह सुनकर शुन्यपात में चला गया जैसे सूरज अब रौशनी नहीं देगा, हवा अब साँसें नहीं देंगी, जमीन अपना गुरुत्त्वाकर्षण बल खो देगी। प्रेम पुच्ची से कभी प्यार नहीं करेगा। मैं एक-एक साँसें गिन-गिनकर लेने लगा जैसे

किसी भी पल मेरी साँसें रुक जाएँगी और मेरी आत्मा मेरा जिस्म छोड़ देगी। लेकिन साँसें चलती रहीं और मैं तड़पता रहा। थोड़ी देर बाद मेरा शुन्यपात एक ज्वालामुखी की तरह फटा और मैं चिल्ला-चिल्लाकर रोने लगा। मुझे दूर-दूर तक सुनने वाला कोई नहीं था इसलिए मैं खुलकर अपनी बेबसी, लाचारी, शर्मनाक, दर्दनाक, बेवफाई पर क्रंदन कर सकता था।

"उसको कोई फर्क नहीं पड़ता कि मैं जीऊँ या मरूँ..." मैं तेज-तेज रोने लगा। लेकिन फिर... "मैं जीऊँगा, उसकी बेवफाई के लिए जीऊँगा।"

थोड़ा रुककर ऊपर आसमान को तरफ देखकर, "तू लोगों की किस्मत लिखता है, मैं अपनी किस्मत खुद लिखूँगा। मैं जीऊँगा..."

अब मैं दहाड़ मार-मारकर रोने लगा...

वादे

मेरी जिंदगी दर्द के साये में थी। अपने आप से किए वादों को पूरा करने के लिए मैं अपनी टपकती आँखों से सपने देखता कि, 'कैसे मैं पूरी दुनिया को जीत सकता हूँ? कैसे पूरी दुनिया का प्यार पा सकता हूँ? कैसे अपने दर्द को लोगों तक पहुँचा सकता हूँ? कैसे मैं यह बता सकता हूँ कि मैं अपनी पुच्ची से कितना प्यार करता हूँ? और कैसे मैं अपनी मोहब्बत को इतिहास के पन्नों में दर्ज कर सकता हूँ।'

'तुम्हारी बहुत याद आ रही है, आई रियली मिस यू।' यह पुच्ची की तरफ से आया लास्ट एस.एम.एस. था, जिसके शब्दों को मैंने कंपनी के टेस्टिंग रिपोर्ट के पीछे पन्ने पर लिखा। आँसू की बूँद उस पन्ने पर गिरी, मेरा दर्द बढ़ा, 'मैं तुमसे बहुत प्यार' शब्द लिखे ही थे मेरे आँसू की बूँद 'प्यार' शब्द पर गिरी और मुझे लगा कि यह शब्द भी रो रहा था। प्यार, प्यार, प्यार लिखता चला गया। पन्ना भर गया और उस पन्ने को लिए मैं बैठा रहा।

एक दिन जब मैं दुख के चरम पर था तो मैंने सोचा क्यों न मैं अपनी मोहब्बत को लिखूँ। अपनी प्रेम कहानी को लिखू। अपने दर्द को लिखूँ। पुच्ची के एहसास को लिखूँ। अपनी तनहाई को लिखूँ। बस फिर क्या था, मैं अपनी जिंदगी का लेखक बन गया। अब मैं रोज पन्ने काले करने लगा। कभी अपने गम का शायर बनता, कभी अपनी कल्पना का कवि तो कभी अपनी जिंदगी का लेखक। अब अक्षर मेरे दुख के साथी बन गए, रोज मैं अपनी प्रेम कहानी लिखने लगा। फिर एक दिन मेरे मन में खयाल आया, 'लेकिन क्यों... मैं क्यों लिखता हूँ? इससे क्या मुझे पुच्ची मिल जाएगी?'

फिर मैं एक-एक करके सभी पन्नों को आग में जलाने लगा। उस आग में सिर्फ कागज के टुकड़े ही नहीं बल्कि मेरे जिस्म, मेरी आत्मा, मेरे प्यार के

जलने की पीड़ा का भयंकर रूप के साथ अंत हुआ। अगले दिन मैं फिर अपने आप को लिखने से नहीं रोक पाया। सवाल फिर वही था 'लेकिन क्यों?'

मेरे 'लेकिन क्यों?' का जवाब ये आया कि मैं लिखूँगा, अपने दर्द को लिखूँगा, अपनी जिद को लिखूँगा, अपने पागलपन को लिखूँगा, अपनी बेपनाह मोहब्बत को लिखूँगा, अपनी महोब्बत को इतिहास के पन्नों में दर्ज कराने के लिए लिखूँगा।

ऐसी काल्पनिक फिल्म के साथ मैंने फिर से लिखना शुरू किया और जल्द-से-जल्द अपनी प्रेम कहानी को दुनिया के सामने रखने के लिए एक स्क्रिप्ट लिखकर बॉलीवुड से जुड़ने का प्लान बनाया। मेरा आत्मविश्वास उस शिखर पर था जहाँ दुनिया की हर चीज को अपना बना लूँ। लेकिन मेरे सामने सबसे बड़ी समस्या और चुनौती यह थी कि मैं अपने अंदर बैठे एक इंसान को कैसे समझाऊँ? जो पुच्ची के बिना जिंदा ही रहना नहीं चाहता था। कई दिनों के संघर्ष के बाद मैंने एक मंत्र तैयार किया, जब मैं सुबह उठता तो उससे कहता कि 'पुच्ची रूठ गई, कल तक वह मान जाएगी, नहीं तो मैं उसे मना लूँगा, वह मुझे फिर से प्यार करेगी, आई लव यू बोलेगी और ढेर सारी पुच्ची देगी, बस आज, सिर्फ आज उसके बिना...'

***

इंजीनियर सिंह तीन दिन बाद घर से लौटा था। कमरे में बिखरे कागजों को उठाकर पढ़ने लगा। 'पुच्ची, तुम्हारी बहुत याद आती है। लौट कर आ जाओ, तुम्हारा प्रेम तुम्हें बहुत याद करता हैं। पुच्ची, तेरा वो मुस्कुराता चेहरा याद आता है, वो खिलखिलाता चेहरा याद आता है। तेरा रूठ जाना याद आता है, मेरा मनाना याद आता है। तेरा मुझसे नजरें चुराना याद आता है, नजर चुराकर बाँहों में समा जाना याद आता। तेरा मेरे बालों को सहलाना याद आता है, बाल सहलाते हुए माथे को चूम जाना याद आता है। तेरे हाथों से वो खाना खिलाना याद आता है। तेरे घुँघराले बाल याद आते हैं, तेरी आँखें याद आती हैं, तेरे होंठ याद आते हैं, होंठ पर वो तिल याद आता है। तेरी आवाज सुनने को मेरे कान तरसते हैं, अब ये फोन भी तेरी एक घंटी के लिए तरसता है। पुच्ची, मैं तुम्हारे बिना नहीं जी सकता, तुम सिर्फ मेरी हो...'

सभी कागजों को उठाकर वह मुझे ढूँढता हुआ छत पर आ गया। मैं घुटने

में सर देकर दीवार पर बैठा हुआ था। उसने मेरे कंधे पर हाथ रखकर कागजों को मेरी तरफ बढ़ाते हुए कहा, "ये क्या है?"

मैं कुछ नहीं बोला। मैंने अपना सिर फिर घुटनो में दे लिया।

"प्रेम रोग बढ़ता ही जा रहा है? वैसे ऐसा लिखने से क्या होगा? अब वो वापिस आने से तो रही। और ये जो पत्र उसकी याद में लिखे जा रहे हो ना ये कोई तकलीफ कम करना वाला नहीं है।" मैंने सिर को हाँ में हिलाया।

"और खाना खाया।" उसने पूछा।

"नहीं, भूख नहीं लग रही।"

उसने मेरे हाथ को खींचते हुए कहा, "जिंदा रहने के लिए खाने की जरूरत है, प्यार की नहीं, समझे।"

सीढ़ियों से उतरते वक्त उसने फिर कहा, "क्या खाएगा? चल वो ही बनाते हैं। दाल, दाल तड़का।"

***

मैं अपने पागलपन, जिद, बेवकूफी, आत्मविशवास और बेपनाह प्यार को लेकर चले जा रहा था। एक सिरे से अपनी जिंदगी को लिखना शुरू किया और दूसरी तरफ इंटरनेट, मेल, मोबाइल, मीडिया, न्यूज पेपर आदि से बॉलीवुड तक पहुँचने के रास्ते ढूँढ़ने लगा। मैंने बॉलीवुड के अभिनेता, डायरेक्टर, प्रोड्यूसर के पते इंटरनेट से प्राप्त किए और सैकड़ों मेल और पत्र उनको मैंने अपनी सहायता के लिए भेजे। भेजे गए पत्रों और मेल का कोई जवाब तो आया नहीं, लेकिन एक व्यक्ति का फोन आया जिसने अपने आप को किसी राइटर संस्था से होने का दावा किया और मेरी स्टोरी को इंटरनेशनल लेवल पर पहुँचाने की बात कही। लेकिन उसने एक शर्त रखी कि तुम जिस ग्रुप (कंपनी) के एम्प्लॉई हो वह ग्रुप तुम्हारी सहायता करे, तो वह मेरी सहायता करेगा।

मैंने बगैर सोचे समझे कंपनी के डायरेक्टर को मेल कर दिया, नतीजा यह निकला कि पलटू ने कंपनी पहुँचते ही मुझे मीटिंग रूम में बुला लिया और कहा, "तुमने किससे पूछकर मेल किया था?"

"सर..." मैं इतना ही बोल पाया, पर उसने बोलना चालू किया।

"अपनी नौकरी की परवाह नहीं है? तुमने जो किया है उसके कारण

कंपनी तुम्हें निकाल भी सकती है। बात टॉप मैनेजमेंट तक पहुँच चुकी है, इसमें हम भी कुछ नहीं कर सकते। यह तुम्हारा पर्सनल मैटर है कि तुम कंपनी के बाहर क्या करते हो क्या नहीं। हम तुम्हारी कोई सहायता नहीं कर सकते।"

मैं उसके सामने खड़ा चुपचाप सिर को हिलाता रहा। "यदि तुमने दुबारा ऐसा किया तो तुम्हें कंपनी बाहार निकाल देगी।"

"सर गलती हो गई, सॉरी।" मैंने कहा।

"लेकिन तुम क्या करना चाहते हो? तुमने कोई स्टोरी लिखी है?"

"बस ऐसे ही एक स्क्रिप्ट लिखी है।" मैंने भी अब उसको बताने में ज्यादा दिलचस्पी नहीं दिखाई।

"जो भी है, आगे से ध्यान रखना।"

"ठीक है।" मैंने फिर दोहराया।

"अब तुम जा सकते हो।"

पलटू का यह कहना सही था कि 'यह तुम्हारा पर्सनल मैटर है।' क्योंकि पुच्ची के द्वारा दिए गए गम मेरे थे। मैं कैसे अपने गम दूसरों को दे सकता था और क्यों कोई मेरा गम लेगा। इस तरह एक तरफ कंपनी ने साथ छोड़ा और दूसरी तरफ उस व्यक्ति ने। मैं फिर होम पोजीशन पर आ गया।

मेला

मैं धर्मशाला की खिड़की में बैठा अपने दिन गिन रहा था। अमर के कई बार फोन करने के बाद भी जब मैंने फोन नहीं उठाया तो वह मुझे ढूँढ़ता हुआ यहाँ आ पहुँचा। उसे पता था कि मेरा आखिरी ठिकाना कहाँ है?

"मेले में नहीं चलना है?"

"नहीं, मेरा मन नहीं कर रहा है, तुम चले जाओ।"

"तुम्हें पता है मेले में सुंदर-सुंदर लड़कियाँ आती हैं।"

"तो फिर।"

"क्या पता, कोई दूसरी पुच्ची मिल जाए।"

"पुच्ची दुनिया में एक ही है अमर।"

"इस दुनिया में हजारों, लाखों, करोड़ों पुच्ची है मेरे प्रेम! यदि तुम देखना चाहो तो।"

"लेकिन प्यार?"

"प्यार भी मिलेगा यदि तुम अपनी गंदी जिंदगी से बाहर निकलोगे तब।" अमर ने गुस्से में कहा।

"हो नहीं सकता।"

"लगी शर्त?" अमर ने जबर्दस्ती मुझसे हाथ मिलाते हुए कहा। तभी मेरा चचेरा भाई लीलू और गाँव के कुछ लड़के धर्मशाला में आए। लीलू ने मेरा हाथ पकड़कर खींचते हुए कहा, "भैया चलो न ट्रैक्टर जा रहा है।"

मैं बेमन से उनके साथ चल दिया। हमने दौड़कर ट्रैक्टर को पकड़ा। हमारे पड़ोस के गाँव में कुलदेवी का मंदिर था जहाँ पर हर वर्ष यह मेला लगता था। मेले में सबसे आकर्षण का केंद्र 'झूला' था। हम सीधे झूले के पास पहुँचे। झूले के प्रति लड़कियों और महिलाओं में अधिक उत्साह होता है।

"भैया, झूला झूलें?" लीलू ने कहा।

"तुम झूल आओ, मैं यहीं पर ही खड़ा हूँ।" मैंने कहा।

अमर व लीलू मुझे जबर्दस्ती पकड़कर झूले पर ले गए। झूले वाला सवारियों को डोले में बैठा रहा था। जैसे-जैसे झूले के डोले भरते जा रहे थे हम ऊँचाई पर जा रहे थे। एक समय ऐसा आया जब हम झूले के शिखर पर थे। यहाँ से पूरा मेला दिखाई दे रहा था। मैं चारों तरफ नजरें घुमा-घुमाकर देख रहा था। इस अद्‌भुत नजारे में मैं अपनी नजरों को कहाँ पर रोकूँ? जहाँ मटके वाला ऊँगलियों पर मटका घुमा-घुमाकर बेच रहा था या जलेबी की दुकान पर जहाँ भीड़ लगी हुई थी। मंदिर में जहाँ पूजा के लिए धक्का-मुक्की हो रही थी या चूड़ियों की दुकान पर जहाँ लड़कियाँ चूड़ियाँ खरीद रही थीं। और तभी मैं डोले में खड़ा होकर चिल्लाया, "पुच्ची!"

लीलू बोला, "भैया क्या हुआ?"

"पुच्ची!"

"तुझे क्या दिख गया?" अमर बोला।

"मेरी पुच्ची है वहाँ पर, मुझे अभी उतरना है।" मैं झूले की अगलों को पकड़कर उतरने की कोशिश करने लगा।

नीचे से झूले वाला चिल्लाया, "अरे क्या कर रहा है? नीचे गिर जाएगा।"

अमर व लीलू ने मुझे पकड़ लिया। "हमें नीचे उतारो।" अमर ने नीचे देखकर झूले वाले को कहा।

झूले वाला बड़बड़ाता हुआ हमारे डोले को नीचे लेकर आया। मैं डोले में से उतरकर दौड़ने लगा। अमर और लीलू भी मेरे पीछे दौड़ रहे थे। टारगेट थी गुलाबी ड्रेस, घुँघराले बाल। गुलाबी ड्रेस अपनी जगह से गायब थी। हम मंदिर के चबूतरे पर चढ़कर देखने लगे। वह फिर चूड़ियों की दुकान पर दिखाई दी। हम चूड़ियों की दुकान पर पहुँचे।

मैंने पीछे से उसका दुपट्टा पकड़कर खींचते हुए कहा, "पुच्ची!"

उस गुलाबी ड्रेस वाली लड़की ने पलटकर मुझे देखा। मैंने उसके दुपट्टे को छोड़ते हुए कहा, "सॉरी।" वह अपने दुपट्टे को संभालकर चूड़ियाँ खरीदने में व्यस्त हो गई।

लीलू ने हाँफते हुए कहा, "भैया, क्या हुआ?"

मैंने गर्दन को दाएँ-बाएँ हिलाया और चुपचाप खड़ा रहा। अमर सब कुछ समझ चुका था, उसने मेरे कंधे पर हाथ रखा और कहा, "मेरे भाई, क्यों नहीं हम दूसरी पुच्ची की खोज करते हैं।"

मैंने उसका हाथ अपने कंधे से हटाया, उसने फिर हाथ रखते हुए कहा, "चलो हम एक लड़की ढूँढ़ते हैं जो तुम्हें पुच्ची से भी ज्यादा प्यार करे।"

"इंपॉसिबल।" मैंने बालों को खींचते हुए कहा। अमर ने गुस्से से मेरी गर्दन को दबाते हुए कहा, "सामने वाली लड़की को पुच्ची समझकर फ्लर्ट तो कर सकता है।"

अमर ने मेरे लिए एक लड़की को चुना जिसने जमीन में लटकती घघरी व स्तन के प्रारूप को प्रदर्शित करता टॉप पहने हुए थे।

"चल अब इस लड़की को पुच्ची दे।" अमर ने कहा।

"देखने में कम-से-कम एक गुण तो पुच्ची का होना चाहिए।" मैंने कहा।

"तुम खुद पसंद कर लो फिर।" अमर ने कहा।

हमने गुलाबी ड्रेस वाली लड़की को खूब ढूँढ़ा लेकिन वह नहीं मिली। सैकड़ों लड़कियाँ देखने के बाद मैंने एक लड़की को सेलेक्ट किया और यहाँ से शुरू हुआ मोहब्बत के लिए अपनी किस्मत को फिर से आजमाने का सफर।

सूट सलवार से सजी वह रानी अपने दुपट्टे से सिर को ढके हुए सादगी का एहसास करा रही थी। मैं उससे नजरें मिलाने की कोशिश करता हुआ उसके बहुत नजदीक पहुँच गया। मेरे पीछे-पीछे अमर चल रहा था।

"अरे यार, लाइन कैसे मारूँ?" मैंने कहा।

"बेवकूफ, लाइन नहीं मारनी है, पहले झटके में पुच्ची देनी है।" अमर ने कहा।

"नजरें मिलाए तब न।"

"क्या मैं उसको बताकर आऊँ कि मेरा दोस्त तुम्हें पुच्ची देना चाहता है।"

"चल-हट।" मैंने कहा। और पुच्ची का 'चल-हट' मुझे याद आया। मैं धीमे-धीमे उसके एहसास में खोने लगा।

"वो देख रही है, वो देख रही है।" अमर चिल्लाया। वह यह सुनकर हमारी तरफ और गौर से देखने लगी। उसकी आँखें मुझसे मिलीं और मैंने उसे हवा में पुच्ची दे डाली।

"साले कमीने!" वह चिल्लाई और अपनी चप्पल निकालने के लिए झुकी। अमर मेरा हाथ पकड़कर दौड़ने लगा। मैं भी उसके पीछे खिंचा चला गया। उसकी चप्पल मुझे कहीं लगी ऐसा मैंने महसूस किया। हम दौड़ते-दौड़ते वहाँ रुके जहाँ हम अपने-आप को सुरक्षित समझ सकते थे। मैंने हाँफते हुए कहा, "यह कोई अच्छा आइडिया नहीं था, प्यार के लिए तो बिल्कुल नहीं।"

"खुद आकर तो कोई लड़की तुम्हें प्यार करेगी नहीं और प्यार में थोड़ा रिस्क तो चलता है।" अमर ने हाँफते हुए कहा।

"भले जान चली जाए।" मैंने कहा।

"अब कौन सा जिंदा है?"

"अच्छा, जिंदा रहने के लिए प्यार दिला रहे हो?"

"हाँ, बस ऐसा ही समझ लो।"

"लेकिन यह कोई अच्छा अनुभव नहीं था।"

"तो हमें क्या करना चाहिए?"

"हम कुछ नहीं कर सकते क्योंकि हम किसी का प्यार जबर्दस्ती नहीं पा सकते।"

"क्या तुमने पुच्ची को जबरदस्ती रॉन्ग कॉल नहीं किए? क्या वह पहली बार में ही तुम्हें चूमने के लिए तैयार हो गई थी?"

मैं चुपचाप सुनता रहा।

"हमें कुछ-न-कुछ तो करना पड़ेगा मेरे यार।"

वह थोड़ी देर के लिए गायब हो गया और जब वापस लौटा तो उसके एक हाथ में पेन व दूसरे हाथ में पेपर था। उसने मेरे फोन नंबर की छोटी-छोटी पर्चियाँ बनाई। कुछ अपने पास रख ली और कुछ मुझे थमा दी और कहा, "हमें ज्यादा से ज्यादा लड़कियों के पास ये पर्चियाँ पहुँचानी हैं।"

मैंने कहा, "वो कैसे?"

"तुम जानो।"

"मैं?"

"हाँ तुम, चाहे प्यार से, फ्लर्ट करके, जबरदस्ती, जैसे हो सके।"

मेरे हिसाब से वह आज पूरी तरह से आत्महत्या करवाने वाला था लेकिन मैं मना भी कैसे करता, मुझे प्यार चाहिए था। फिर यह पर्चियाँ हमने कैसे-

कैसे लड़कियों तक पहुँचाई यह मैं तुम्हें नहीं बता पाऊँगा क्योंकि हम कई बार पिटने से बचे।

***

जब दिल टूटता है तो आवाज नहीं होती है। लेकिन इंसान के टुकड़े इतने होते हैं कि कभी-कभी उनको समेटते-समेटते पुरी जिंदगी निकल जाती है और मैं बस उसी जिंदगी को समेटने की कोशिश कर रहा था।

'क्या मैं सच में फिर से प्यार कर सकता हूँ? क्या मुझे फिर से पुच्ची मिल सकती है? क्या वह भी मुझे उतना ही प्यार करेगी? क्या मैं उसे अपना पाऊँगा?' इस तरह के ढेरों सवाल मेरे दिमाग में घूमने लगे। इन्हीं सवालों के साथ मैंने फिर से प्यार की तलाश शुरू की। प्यार की खोज में मैं पागलों की तरह भटकने लगा। पुच्ची के द्वारा कहे वो शब्द आज मेरे ऊपर फिट बैठ रहे थे कि 'तेरी औकात एक कुत्ते के जितनी है', शायद इसलिए ही पागल कुत्ते की तरह भटकना मेरी जिंदगी बन गई।

मेरी पुच्ची भी एक रॉन्ग नंबर थी, इसलिए मैं रोज नए-नए रॉन्ग नंबर बना-बनाकर मिलाने लगा। कई दिनों बाद एक रॉन्ग नंबर में राइट नंबर मिला।

"हैलो..."

"आप कौन?"

"For your information, I'm Perm. पेशे से इंजीनियर..." यह कहते ही मुझे पुच्ची की याद आ गई और मैं रुक गया।

"कौन प्रेम?"

"मैं कुछ नहीं बोल पाया, वह फिर से बोली, "अरे कौन हो तुम?"

"रॉन्ग नंबर।" मैंने कहा। उसने फोन काट दिया। मैंने फिर से फोन किया।

"आप क्यों फोन कर रहे हैं?"

"आई वांट लव।"

"मतलब?"

"मुझे प्यार चाहिए।

"प्यार चाहिए! पागल है?"

"हाँ, नहीं... नहीं..."

"कहाँ से बोल रहे हो?"

"अलवर से।"

"मेरा नंबर कहाँ से मिला?"

"रॉन्ग नंबर।"

"रॉन्ग नंबर और प्यार चाहिए।"

"हाँ, प्यार और सिर्फ प्यार।"

"तुम कहाँ से बोल रही हो?"

"जयपुर से।"

"नाम क्या है?"

"स्नेहा।"

"अच्छा नाम है।" वैसे भी लड़कियों के नाम अच्छे ही होते हैं, ऐसा मैंने मन-ही-मन कहा।

"तुम क्या करते हो?"

"मैं इंजीनियर हूँ।" मैंने अपना भाव बढ़ाते हुए कहा।

"तुम क्या करती हो?"

"मम्मी आ गई है, मैं बाद में बात करती हूँ।" यह कहकर उसने फोन काट दिया।

जब कोई लड़की यह कह दे कि मैं बाद में बात करूँगी मतलब बात बन गई। शाम को उसका मिस कॉल आया और फिर बातों का सिलसिला शुरू हुआ। अब मैं रोज उससे बातें करने लगा और आखिर में मैंने उससे 'आई लव यू' बुलवाकर ही दम लिया और आने वाले रविवार की रात मिलने के लिए डेट फिक्स की। वो भी उसी के घर पर, उसी के बेडरूम में।

रविवार, जिंदगी का यह रविवार, आओ जानते हैं कैसा रहेगा...

मैं बीती जिंदगी का सब कुछ भुलाकर नए स्वप्न गढ़ता हुआ अपने-आप को खुश किए हुए था। इस नर्वस जिंदगी में मैंने पहली बार अपने-आप को सजाया था क्योंकि जिंदगी मुझसे पूछती थी कि किसके लिए? और मेरे पास कोई जवाब नहीं होता था। मैं दिन में ही जयपुर पहुँच गया था क्योंकि मुझे उसका घर भी ढूँढ़ना था। मैं उसके मोहल्ले में पहुँच चुका था। उसने मेरी ग्रीन शर्ट को देखकर छत पर से हाथ हिलाकर इशारा किया। गुलाबी फूलों वाला

सफेद टॉप और नीली जीन्स में सिमटी बाला को मैं जितना अधिक हो सकता था उतना करीब से देखना चाहता था। मेरी उम्मीद से वह कुछ ज्यादा ही थी, मतलब वह बहुत खूबसूरत थी। पुच्ची के बाद वह दुनिया में दूसरी लड़की थी जिसे मैं सुंदरता का खिताब दे चुका था। मैं खुश था कि मैं पहली बार अपने आप को खुश करने में कामयाब हुआ।

वह भी मेरी दीवानी-सी हो गई। जिस तरफ मैं जाता उसी तरफ छत के कोने पर दौड़ी चली आती। मैं उसकी गलियों में उससे नजरें मिलाए हुए घूमता रहा। धीरे-धीरे शाम हो गई। उसके घर के पास एक गार्डन था जहाँ मैं जाकर बैठ गया और हम दोनों एक-दूसरे को तब तक देखते रहे जब तक अँधेरा न हो गया। वह छत से नीचे चली आई। मैं गार्डन के एक कोने में छुपकर बैठ गया। उसने मुझे फोन करके बताया कि रात के 11 बजे फोन करूँगी, तुम पीछे की दीवार कूदकर अंदर आ जाना। उस दीवार को मैंने 2-3 बार देखा, जिसे कूदकर अंदर जाना था। बचपन में स्कूल की दीवार को कूदने के अनुभव से वह दीवार कम थी इसलिए मैंने दीवार के बारे में ज्यादा नहीं सोचा। जैसे-जैसे समय बीतता जा रहा था, वैसे-वैसे मेरी उत्सुकता कम होती जा रही थी। ये बात सच थी कि रोज रात होते-होते पुच्ची की याद मुझे अपना बना लेती और उसके बाद मुझ पर मेरा बस नहीं रहता था। मैं सिर्फ और सिर्फ पुच्ची का रह जाता था और आज भी वही हुआ।

'क्या मैं किसी और से प्यार कर सकता हूँ? नहीं... नहीं, मैं किसी और से प्यार नहीं कर सकता, मैं सिर्फ पुच्ची से प्यार करता हूँ। हमेशा उसी से करता रहूँगा। पूरी जिंदगी उसी के लिए जीऊँगा, उसी के लिए मरूँगा।'

'मैं किसी और को कैसे प्यार कर सकता हूँ? मैं किसी और को कैसे अपना सकता हूँ? क्या यह पुच्ची के साथ धोखा नहीं है? नहीं मैं पुच्ची को धोखा नहीं दे सकता। मैं किसी से प्यार नहीं कर सकता।'

'मैं किसी को कैसे छू सकता हूँ? मेरा जिस्म पुच्ची के अलावा किसी और को कैसे अपना पाएगा? मैं सिर्फ और सिर्फ पुच्ची के लिए बना हूँ। मेरा सब कुछ पुच्ची के लिए...'

बस यही सोचते-सोचते 11 बज गए। अचानक मेरा फोन बजा। मुझे एहसास हुआ जैसे मेरी पुच्ची का फोन आया हो और मैंने जल्दी से फोन को

देखा। स्नेहा फोन कर रही थी। मैं फोन को हाथ में लिए बैठा रहा। मेरी आँखों से आँसू बह रहे थे। स्नेहा बार-बार फोन कर रही थी। मैंने फोन को फेंक दिया और अब मैं तेज-तेज रोने लगा। पुच्ची की तस्वीर मुझे चारों तरफ नजर आने लगी और फिर पुच्ची की यादों का तूफान आया जिसने मुझे बेहोश कर दिया।

***

'मैं दुनिया का सबसे बेवकूफ इंसान था जो प्यार जैसी चीज के लिए रोता था।' यह राज का कहना था। उसके मुताबिक प्यार कभी भी, कहीं भी पैदा किया जा सकता है। वह मेरे दुख में शामिल तो था पर उसे समझने के लिए इमोशन उसके पास नहीं थे। वह मुझे रोऊना कहने लगा था और थोड़ी नफरत करने लगा था। इसलिए चार महीने के अंतराल के बाद हम मिल रहे थे। मैं, अमर और राज मिले। राज ने मेरी हालत देखकर कहा, "मरियल, रोऊना, लवेरिया का मरीज! चलें?"

"हाँ।"

हम बाइक पर सवार होकर अलवर से जयपुर रोड की तरफ चल दिए। राज बाइक चला रहा था। वह हमें कहाँ ले जा रहा था मैं और अमर इससे अंजान थे। राज ने अपने कंधे पर एक बैग भी टाँग रखा था।

"इस बैग में क्या है?" मैंने कहा।

"कुछ भी हो, तुम्हें क्या?"

"मैं खोलकर देखूँ?"

"नहीं।"

आखिर बैग में ऐसा क्या है, मैं सोच ही रहा था तभी राज ने बाइक को मेन रोड से अलग जाती सड़क पर मोड़ लिया। मैं और अमर कुछ पूछते तो वह हमें चुपचाप बैठने की हिदायत देता। चार-पाँच किलोमीटर चलने के बाद हमें पानी-ही-पानी दिखाई दिया, मैं और अमर उत्साहित हो उठे।

"कहीं हम सिलीसेढ़ तो नहीं आए हैं?" अमर ने कहा।

राज मुस्कुराया। उसकी मुस्कुराहट कह रही थी कि यह सिलीसेढ़ झील है। यह पर्यटक स्थल आज खाली-खाली-सा नजर आ रहा था। दो-तीन नवयुगल जोड़े और एक लौंडों की टोली घूम रही थी। राज पहाड़ी की तरफ बैग लिए चला जा रहा था। मैं और अमर उसके पीछे-पीछे चले जा रहे थे।

उसने एक अच्छे छायादार पेड़ के नीचे बैग को रखते हुए कहा, "यह बैठने लायक जगह है।"

"यहाँ तो ठंडी- ठंडी हवा भी चल रही है।" मैंने कहा। वह आराम से पैर फैलाकर बैठ गया।

"हम यहाँ पर किसलिए आए हैं?" मैंने फिर कहा।

"तेरे गम को मिटाने के लिए।" राज ने कहा।

"वो कैसे?"

उसने बैग खोला और व्हिस्की की बोतल, सिगरेट का पैकेट, कोल्ड-ड्रिंक, चिप्स और तीन गिलास निकालकर हमारे सामने रख दिया।

"आज तेरे गम को दारू में मिला देंगे, धुँए में उड़ा देंगे।" राज ने कहा।

"तेरी दारू में इतना दम होता तो देवदास तड़प-तड़पकर नहीं मरता।" मैंने कहा।

"लेकिन मेरा दोस्त देवदास थोड़े ही है।" उसने मुझे सांत्वना देते हुए कहा। मैं हैरानी से उन वस्तुओं को देख रहा था और अमर बोतल को देखकर सुखद अनुभव कर रहा था।

"प्रेम ने पुच्ची के लिए दारू छोड़ दी।" अमर ने बोतल का ढक्कन खोलते हुए कहा।

"और पुच्ची ने इसको छोड़ दिया।" राज ने अमर से बोतल छीनते हुए कहा।

"लेकिन हम तुम्हें कभी नहीं छोड़ेंगे।" अमर ने मेरे कंधे पर हाथ रखते हुए कहा। यह सुनकर मैं भावुक हो गया लेकिन अपनी भावनाओं को दबाते हुए गुमसुम बैठा रहा।

"इसी दोस्ती के नाम तीन गिलास दारू के।" राज ने गिलास में व्हिस्की डालते हुए कहा। दोनों ने अपने-अपने गिलास उठा लिए और मेरे गिलास उठाने का इंतजार करने लगे। राज ने मेरी जाँघ पर थपकी मारते हुए कहा, "अरे यार, थोड़ा दर्द बाँट लेते हैं, चल गिलास उठा।"

मैंने गिलास की तरफ देखा, वो मुझे गिलास हाथ में लिए ऐसे देख रहे थे जैसे बहुत दिनों से प्यासे हों। मैंने भी गिलास उठा लिया, हमने चीयर्स किया। एक पैग पीने के बाद अमर बोला, "प्रेम, अब साली की याद नहीं आएगी।" लेकिन मेरे साथ उल्टा हो रहा था। मैं जैसे-जैसे व्हिस्की पी रहा था, वैसे-वैसे

मेरी तकलीफ बढ़ती जा रही थी। मैं अपना चेहरा घुटनों में छुपाकर बैठ गया। अमर ने मेरे चेहरे को ऊपर किया।

"अरे यार, उसकी याद क्यों आती है?" मैंने करुणा भरे स्वर में नम आँखों के साथ कहा।

"ये लो साले का ड्रामा चालू हो गया।" अमर ने कहा।

"तू बच्चा थोड़ी ही है, जो छोटी सी चीज के लिए रोता है।" राज ने मुस्कुराते हुए कहा।

"हाँ भाई तेरे लिए तो छोटी सी बात है और हम रोज मर-मर कर जीते हैं।" मैंने रुआँसा होकर कहा।

"मुझे एक बात बता? एक लड़की जो तुम्हें भूल चुकी है, एक दूसरे लड़के से संबंध बना चुकी है, तुम्हें गालिया देती है और तुम हो कि साले अभी तक उसी के कसीदे पढ़े जा रहे हो।" राज ने गंभीर होते हुए कहा।

"एक वैश्या और उसमें कितना फर्क है। वैश्या भी बिस्तर बदलती है, उसने भी बदला। सिर्फ अपने मतलब के लिए।" अमर ने कहा।

आँखों से लुढ़कते आँसुओं के साथ मैंने कहा, "तो मैं क्या करूँ? उसकी याद मुझे जीने नहीं देती।"

"जब वो जी सकती है तो तू क्यों नहीं जी सकता।" राज ने कहा।

"मैं उसके जैसा नहीं हूँ।"

"मेरे भाई उसके जैसा तो बनना भी मत, नहीं तो कभी तू हमें भी भूल जाएगा क्योंकि हम भी तुम से बहुत प्यार करते हैं।" राज ने पीते हुए कहा।

"तुम ही बताओ इसका उपाय क्या है?" अमर ने मुझसे पूछा। मैंने थोड़ा सोचकर कहा, "मुझे नहीं पता।"

"आज तुझे जितना रोना हैं उतना रो ले, लेकिन आज के बाद उसे भूल जाएगा।" राज ने थोड़े गुस्से से कहा।

"साले के ड्रामे ने सारे नशे की ऐसी-तेसी कर दी।" अमर ने पैग बनाते हुए कहा। मैंने पैग को तुरंत ख़त्म करके आपनी तकलीफ छुपाने की झूठी कोशिश की।

"वाह! मेरे शेर।" राज ने मेरे पीठ में धौल मारते हुए कहा।

"अब एक सिगरेट तो जला ले।" अमर ने मुझसे कहा। मैंने सिगरेट

जलाते हुए सोचा कि आज मैं गलत आदमियों के बीच में फँस गया जो मुझे खुलकर अपनी दिल कि बात रखने का मौका तक नहीं दे रहे हैं। इन्हें ये सब ड्रामा लगता है। और मेरी आँखों से आँसू बह निकले।

"ओए! ये क्या है?" अमर ने मेरे आँसू देखकर कहा।

"क्या मैं आज तो खुलकर रो सकता हूँ?" मैं लगातार कहने लगा। "ऐसा कोई उपाय हैं जिससे उसकी याद मेरे दिमाग से डिलीट हो जाए। वो मुझे कभी याद ही नहीं आए या उसके साथ बिताए हर पल मैं हमेशा-हमेशा के लिए भूल जाऊँ।"

अब वह दोनों मेरी बातों को गंभीर होकर सुन रहे थे।

"उसकी आँखों को भूल जाऊँ, उसके होंठों को भूल जाऊँ, उसके होंठों का वो तिल भूल जाऊँ, उसके मुस्कुराते चेहरे को भूल जाऊँ, और उसके प्यार को भूल जाऊँ? तुम ही बताओ मैं कैसे भूल जाऊँ?"

राज ने मुझे भीगी आँखों के साथ सीने से लगा लिया और कहा, "अच्छे इंसान हर किसी की किस्मत में नहीं होते और हम उसकी किस्मत में नहीं थे।"

"तू ऐसा क्यों सोचता है कि वो तुम्हें छोड़कर चली गई, साली वो हमारे लायक ही नहीं थी।" अमर ने मेरे कंधे पर हाथ रखते हुए कहा।

"भाई, मैं बहुत प्यार करता था उसको। कभी एक पल भी अपने से दूर नहीं जाने दिया।" मैं यह कहकर तेज-तेज रोने लगा।

"प्रेम, चल साली को खत्म ही कर देते हैं, रोज-रोज का टंटा ही खत्म।" राज ने कहा।

"न साली वो रहेगी और न ये तेरा रोज-रोज का ड्रामा।" अमर ने कहा।

"भाई, मैं उससे प्यार करता हूँ, वो मेरी..." मैं फुट-फुटकर रो रहा था।

प्यार त्याग माँगता है, प्यार बलिदान माँगता है, प्यार समर्पण माँगता है। और शायद मैं यह ही कर रहा था। मेरी यह दशा देखकर उनकी आँखों से आंसू बहने लगे।

"हम कब तक तुम्हें ऐसे तड़प-तड़पकर मरते देखेंगे!" अमर ने कहा।

"यदि मरना ही है तो अभी इसी झील में कूद जाओ, हम तुम्हें नहीं रोकेंगे।" राज ने कहा। दोनों मुझसे चिपककर रो रहे थे।

अप्रेजल

'इंजीनियर' प्रोडक्शन की मार और महीने की पगार से दबा हुआ इंसान, क्रेडिट कार्ड के बोझ और EMI के लोड से दबा हुआ इंसान, परिवार की जिम्मेदारी और प्रॉफिट की बीमारी से दबा हुआ इंसान, घड़ी के कांटे से और ओवर टाइम के वास्ते दबा हुआ इंसान, अप्रेजल की मार और बॉस की दुत्कार से दबा हुआ इंसान और उसी इंसान का अब अप्रेजल का समय आ गया था।

बजट सत्र से पहले अप्रेजल लेटर बँटने लगे थे। सभी अपनी-अपनी प्रतिभा के मुताबिक कार्य कर रहे थे। तेलुओं ने तेल लगाने का काम जोर-शोर से शुरू कर रखा था तो मेहनत करने वाले अपने कड़े परिश्रम के दम पर अच्छे इन्क्रीमेंट की आशा में लगे हुए थे।

गोलीबाज ने हर बार की तरह प्रोडक्शन बढ़ाकर अपना दावा ठोक दिया। उधर पाउच ने सुविधाएँ घटाकर, नई एच.आर. पॉलिसी दिखाकर, कम बजट पर काम दिखाते हुए अपना मत पेश किया। इधर पलटू ने भी कम मैनपॉवर से अधिक टारगेट प्राप्त करके अपनी दावेदारी ठोकी।

तेलु तिवारी को बस एक ही काम आता था 'तेल लगाना' और वो अपनी इस कला का भरपूर फायदा उठाना चाहता था। दास बाबा जैसे मेहनतकश इंसान को अपनी मेहनत का फल इस बार प्रमोशन के रूप में मिलने वाला था और यही कारण था कि अब उसका उत्साह व आत्मविश्वास बढ़-सा गया था।

एक जमात और थी जिसमें मैं और इंजीनियर सिंह आते थे, मतलब हमेशा एवरेज। अप्रेजल जैसे पेपर से हमारी परफॉर्मेंस पर कोई फर्क नहीं पड़ता था क्योंकि इंजीनियर सिंह का कहना था कि 'मेहनत करने वालों को लोग गधा समझते हैं और तेल लगाना हमारे जमीर को गवारा नहीं।'

इस प्रकार अप्रेजल लेटर जमा होने से इन्क्रीमेंट लेटर मिलने तक हम रोजाना कैलकुलेटर से इसी जोड़-तोड़ में लगे रहते थे कि यदि 10 प्रतिशत होगा तो इतना होगा, 14 प्रतिशत होगा तो इतना होगा और कम से कम 8 प्रतिशत इन्क्रीमेंट हुआ तो सैलरी इतनी तो हो ही जाएगी। मैनेजमेंट के तीन गुलामों पाउच, गोलीबाज व पलटू की सलाह के अनुसार विश्व बाजार में वैश्विक मंदी दिखाते हुए इन्क्रीमेंट कम करने का फैसला हुआ।

आखिर इन्क्रीमेंट लेटर मिलने वाला दिन आ ही गया, हम सब उत्साहित थे। पलटू ने क्वॉलिटी मेंबर को एक-एक करके मीटिंग रूम में आने के लिए बोला। हमारे डिपार्टमेंट से सबसे पहले तेलु तिवारी मीटिंग रूम में गया।

पाँच मिनट बाद वह खरगोश की तरह उछलता-कूदता खुश होता हुआ बाहर आया और कहा, "दास तुम्हें बुलाया है।"

मैंने तेलु से लेटर लेते हुए कहा, "बॉस कितना हुआ?"

"खुद ही देख लो।"

"12 प्रतिशत इन्क्रीमेंट और साथ में प्रमोशन।"

इंजीनियर सिंह ने मेरे कान में फुसफुसाते हुए कहा, "साले का तेल काम कर गया।"

मैंने मुस्कुराकर तेलु को लेटर वापस देते हुए कहा, "अच्छा हुआ है।" जबकि मैं अंदर ही अंदर शोक मना रहा था। तब तक दास बाबा वापस आ चुके थे, लेटर को घुटने तक लटकाए हुए मरे-मरे से चले आ रहे थे। इंजीनियर सिंह को दास बाबा ने मीटिंग रूम में जाने के लिए इशारा किया।

"दास बाबा, क्या हुआ?" मैंने उससे लेटर लेते हुए कहा।

"सिर्फ आठ प्रतिशत और कोई प्रमोशन नहीं।" दास बाबा मुझसे आँखें नहीं मिला पा रहे थे, उनकी आँखें पनीली होते हुए किनारों से चमक रही थीं जैसे कि वह रोना चाहते हों।

दास बाबा ने मुझसे लेटर लेते हुए कहा, "चल बेटे, अगले साल के लिए मेहनत करते हैं।"

मैंने मीटिंग रूम में जाते-जाते सिंह का लेटर देखा। उसे 6 प्रतिशत इन्क्रीमेंट मिला था। मैं मीटिंग रूम में पहुँचा, पलटू और डी.जी.एम. बैठे हुए थे। मैं कुछ बोल पाता इससे पहले पलटू बोला, "बैठो।"

डी.जी.एम. मुझे लेटर देते हुए बोलने लगा और मैं अपने इन्क्रीमेंट लेटर को पढ़ने में इतना व्यस्त हो गया कि मेरे कानों में आवाज आनी ही बंद हो गई थी। मुझे भी सिंह की तरह 6 प्रतिशत इन्क्रीमेंट मिला था। हमेशा की तरह मेरा और सिंह का लेटर एक-दूसरे का हूबहू था। मेरे और सिंह के लेटर को देखकर कोई नहीं बता सकता कौन सा लेटर किसके लेटर का कॉपी है।

मैंने डी.जी.एम. को "खुश हो?" कहते सुना।

"खुश हूँ क्योंकि इसके अलावा कोई विकल्प भी नहीं है।" मैंने कहा और धन्यवाद देते हुए मीटिंग रूम से बाहर आ गया।

इन्क्रीमेंट होने के कारण आज एक दारु-चिकन पार्टी का आयोजन किया गया, जिसकी सारी व्यवस्था कुमार ने की। पार्टी में हम सात लोग थे। मैं, दास बाबा, इंजीनियर सिंह, अमन, कुमार, बिहारी और शेखर। पार्टी के लिए चुने गए सभी सदस्य एक ही कैटेगरी के थे अर्थात सभी तेलु, पलटू और गोलीबाज के आलोचक थे।

कुमार ने सभी को पार्टी में आने के लिए 7:00 बजे का टाइम दिया था। सभी एक-एक करके 6:30 बजे ही पहुँच गए। लेकिन कुमार ने हमें दिए हुए समय से पाँच मिनट पहले ही कमरे में जाने की इजाजत दी। कुमार ने कमरे में बैठने के लिए गद्दे बिछा रखे थे। मेन्यू में बियर व व्हिस्की की बोतलें, चमचमाते आधा दर्जन काँच के गिलास, बर्फ, काजू, कोल्ड-ड्रिंक, एप्पल जूस, नमकीन, सिगरेट, सलाद और चिकन जो बीच में पेपर बिछाकर रखा हुआ था। चिकन की खुशबू पूरे कमरे में फैली हुई थी।

"वाह! क्या खुशबू है।" अमन ने कहा।

कुमार ने माहौल को लग्जरी बनाने के लिए धीमा म्यूजिक बजा दिया। पहला पैग एक झटके में खत्म करने की चुनौती के साथ गिलास की टन-टन की आवाज हुई और सभी ने चियर्स बोला। जैसे ही गिलास खाली हुई सिंह ने दोबारा, फिर तिबारा पैग बना दिया। तीसरा पैग खत्म होते-होते मुझे चढ़ने लगी थी, इतने में सिंह ने कहा, "Please give me a cigarette."

उसके यह कहते ही पता लग गया कि उसको चढ़ गई है। दास बाबा ने नशे में कहा, "आहा! मजा आ गया, बहुत अच्छा लग रहा है। कुमार, इस पार्टी के सफल आयोजन के लिए तुम्हारा धन्यवाद!" दास बाबा ने हाथ मिलाया

और फिर बारी-बारी से सभी ने कुमार को हाथ मिलाकर धन्यवाद दिया।

"यारों, साली चढ़ ही नहीं रही है।" सिंह ने व्हिस्की की बोतल पर लगे लेबल को देखते हुए कहा।

"मतलब साले को एक बड़ा पैग चाहिए।" मैंने कहा।

"नहीं नहीं... इसका यह मतलब नहीं था।"

"फिर क्या मतलब था?" मैंने पूछा।

उसने मेरे मुँह में काजू डालते हुए कहा, "बनाओ, बड़ा पैग बनाओ।"

सिंह एक झटके में पूरा पैग सटक गया। उसके साथ ही बिहारी भी अपना पैग खत्म करके गिलाश रखते हुए बोला, "मादरजात गोलीबाज..."

"अरे! बिहारी बाबू... का कही बे?" सिंह ने कहा।

"बोलता है, तुम काम ही क्या करते हो, जो तुम्हे अच्छा इन्क्रीमेंट मिले और साथ में प्रमोशन भी। तुम्हारा काम तो तुम्हारे नीचे जो लड़के हैं वो करते हैं और तुमसे तो वो लड़के भी नहीं संभलते हैं। रोज-रोज तुमको छुट्टी चाहिए, कभी तुमको गेटपास चाहिए। जितना मिला वह भी बहुत है। तुम्हें ये भी नहीं मिलना चाहिए।"

"कितना इन्क्रीमेंट हुआ है? " मैंने कहा।

"हरामी ने 6 परसेंट इन्क्रीमेंट किया है।"

"अरे! बिहारी तू तो कह रहा था तेरे बिना ई कंपनिया ही बंद हो जाएगा।" सिंह ने हँसते हुए कहा।

"फीलिंग ही ऐसा ला दिया साले ने कि हम तो समझे की ब्रह्मांड में हमसे ज्यादा अच्छा कोई इंजीनियर ही नहीं है। यदि थोड़ा और बोलता तो हम तो रो ही देते।"

सभी ठाहाके मारने लगे।

"इस गोलीबाज से बड़ा गोलीबाज पूरी दुनिया में कही नहीं मिलेगा।" सिंह ने कहा।

"हे भगवान! ई गोलीबाज को उठा ले। इसको HIV पॉजिटिव का ठप्पा लगा दे। प्लास्टिक के कीड़े इसके बदन में चला दे।" बिहारी ने कहा।

"और हमारा तेलु पता नहीं साला कौन-सा तेल लगाता है?" सिंह ने कहा। मैंने उसकी जाँघ पर थपकी मारते हुए कहा, "कौन?"

"हरामी तेलु तिवारी।"

"घटिया... घटिया... एक घटिया आदमी का नाम लेकर पूरी पार्टी का मजा खराब कर दिया।" दास बाबा ने कहा।

"दास बाबा एक बात बोलूँ।" सिंह ने कहा।

"हाँ बोलो।"

"दुनिया के सबसे चूतिया आदमी की शक्ल तेलु तिवारी से जरूर मिलती होगी।" सभी गुदगुदा गए।

"प्रेम, एक पैग 'आदमखोर तेलु' के नाम बना।" सिंह ने कहा।

"तेलु के नाम, एक घटिया आदमी के नाम... कभी नहीं।" मैंने कहा।

"हाँ हाँ... उसके नाम का पैग नहीं बनेगा।" दास ने मेरा साथ देते हुए कहा।

"क्या जो मैं सोच रहा हूँ, तुम सोच सकते हो?" सिंह ने कहा।

मैं सिंह के खुराफाती दिमाग को समझना चाहता था कि वह क्या नया सोच रहा था?

"तुम क्या सोच रहे हो?" मैंने कहा।

"पहले उस हरामी के नाम की दारू मेरे अंदर नहीं जाएगी तो मैं तुम्हें कैसे बता पाऊँगा?"

दास बाबा ने जोश में आकर कहा, "चल बेटा, बना पलटू के दलाल के नाम पैग।"

फिर सभी के हाथ में गिलास थे, बहुत सारी गालियों के साथ तेलु को चियर्स बोला गया, सभी ने अपने-अपने पैग खत्म किए। सिंह ने सिगरेट का धुँआ छोड़ते हुए कहा, "अब हमें तेलु के पैग का एहसान उतारना चाहिए।"

मैंने उससे सिगरेट छीनते हुए कहा, "वो कैसे?"

उसने अपनी जेब से एक नया सिम कार्ड निकालकर हमारे सामने रख दिया।

"यह क्या? सिम कार्ड..." चौंककर दास बाबा ने कहा।

"मैंने यह नया सिम कार्ड लिया है और हम इससे दुनिया का सबसे अच्छा काम करेंगे।"

"तुम्हारा मतलब?" दास बाबा ने कहा।

"मैं इससे फोन करके तेलु को गाली देना चाहता हूँ और जो व्यक्ति मेरे

साथ तेलु को गालियाँ देना चाहता है वह मुझसे हाथ मिलाए।"

दास बाबा को छोड़कर सभी ने सिंह के हाथ पर हाथ रख दिया।

"दास बाबा क्या सोच रहे हो? ऐसा मौका कभी नहीं आएगा।" सिंह ने कहा।

कुछ समय रुकने के बाद दास बाबा ने हाथों पर हाथ रखते हुए कहा, "चल बेटा लगा फोन।"

सिंह ने फोन मिलाकर दास बाबा को देते हुए कहा, "इस शुभ काम की शुरुआत दास बाबा करेंगे।"

दास बाबा ने बचे हुए पैग को पीते हुए फोन को कान पर लगा लिया, तेलु के फोन उठाते ही कहा, "हैलो तेलु!"

"हाँ, कौन?"

"तेरा बाप।"

"मेरा बाप?"

"कौन, दास?" तेलु ने गुस्से में कड़ककर कहा।

"साले तेलु, हरामी, पलटू के चमचे तेरी..." तभी बिहारी बोला, "दास बाबा, थोड़ा हमको भी लतियाने दो।"

"साला तेलु तेरी गाँ... में कीड़े पड़े, तेरी... " इस तरह वह मोबाइल एक से दूसरे, दूसरे से तीसरे, तीसरे से चौथे तक घूमता रहा, जब तक फोन कटा नहीं।

दूसरे दिन तेलु तिवारी डिपार्टमेंट के अंदर नहीं आया। मुझे, सिंह व दास बाबा को तिवारी को गाली देने और डराने-धमकाने को लेकर पलटू ने मीटिंग रूम में आमंत्रित किया। सिंह लगातार मुझे और दास बाबा को देखकर मुस्कुरा रहा था।

"साला मुझे तो तुम लोगों ने फँसा दिया, अब पलटू खून चूसेगा।" दास बाबा ने कहा।

"बाबा सारे उल्टे काम सिंह ही करवाता है।" मैंने कहा।

"तुम दोनों एक ही थाली के चट्टे-बट्टे हो।" बाबा ने कहा। हम दोनों हँसने लगे।

"मैं तुम्हारे चक्कर में दोबारा नहीं आऊँगा।" दास ने कहा।

इंजीनियर सिंह ने बाबा का हाथ पकड़कर घुटने के बल बैठते हुए कहा, "बाबा आप हमारे गुरु हो और हम आपके लिए कुछ भी कर सकते हैं।"

मीटिंग रूम में तेलु, गोलीबाज, पलटू व पाउच ने एंट्री मारी। हम तीनों कैदी सीट से खड़े हो गए। पलटू ने बैठते हुए हमें भी बैठने को कहा। पलटू ने बोलना शुरू किया, "सबसे पहले तुम ये बताओ कि तुमने तिवारी को गालियाँ क्यों दी?"

पलटू- "तुम अपने आप को समझते क्या हो? ऐसे तो तुम किसी को भी गाली दोगे, कल को हमारा नंबर भी आ सकता है?"

गोलीबाज- "दास तुमसे तो ऐसी उम्मीद नहीं थी।"

उन दोनों के बारे में मैं बता नहीं सकता लेकिन मैं अंदर-ही-अंदर हँस रहा था क्योंकि गोलीबाज ने दास बाबा के लिए जो कहा वह बिल्कुल सत्य था।

पाउच- "इन तीनों को ऐसे ही छोड़ दिया तो फिर किसी और के साथ ऐसा करेंगे।"

गोलीबाज- "हाँ हाँ, तीनों का गेट बंद कर दो।"

बाबा की आँखों में नमी देखकर मैंने सिंह के पैर पर पैर मारा और बाबा की तरफ इशारा किया। सिंह ने बाबा की तरफ देखकर कहा, "इसमें इनकी कोई गलती नहीं है, मैंने ही गाली दी थी।"

पलटू- "तुमने गाली क्यों दी?"

सिंह- "सर वो पता नहीं, दारू पी रखी थी।"

गोलीबाज- "अच्छा, तो यह सब दारू पीकर किया था।"

"नहीं सर गलती से हो गई, आगे से हम ऐसा नहीं करेंगे।" मैंने कहा।

पाउच- "नहीं, तुम्हारा कुछ तो करना पड़ेगा।"

"सर इसमें इनका कोई कसूर नहीं है, ये सब..." मैंने कहा। तभी सिंह ने मेरे पैर पर पैर मारा और कहा, "सर ये आइडिया मेरा था, इसके लिए मैं तिवारी जी से क्षमा चाहता हूँ।"

गोलीबाज- "नहीं, क्षमा से काम नहीं चलेगा।"

पाउच- "ये अपनी गलती मान रहा है, इसका सात दिन के लिए गेट बंद कर देते हैं।"

पलटू- "हाँ बिल्कुल, तभी पता चलेगा कि सीनियर के साथ बदतमीजी

का क्या परिणाम होता है।"

और सिंह के लिए कंपनी के दरवाजे सात दिन के लिए बंद कर दिए गए।

***

'तेलु तिवारी' पलटू द्वारा योग्य मापदंड डालकर गुगल से सर्च किया गया प्राणी हो। इंसानियत तो वह जैसे महँगे भाव में बेच आया था। उसके चेहरे के भयानक भावों को देखकर मैं और इंजीनियर सिंह बता सकते थे कि उसके दिमाग में क्या चल रहा होगा। वह हमारा बॉस है, यह हम भूल न जाएँ, इसके लिए वह हर तरह का अत्याचारी प्रयास करता था। हमारी खुशी उसके लिए अपोजिट का काम करती थी। इसलिए वह हमें दुखी करने के लिए नए-नए कानून लेकर आता था। वह हमारे मोबाइल फोन से दुखी था। आज जब हम कंपनी आए तो कंपनी के गेट पर सिक्योरिटी गार्ड ने हमारा नाम 'डोंट अलाउ फोन' की लिस्ट में दिखाया और हमारे मोबाइल फोन को गेट पर ही रख लिया गया। हम डिपार्टमेंट में पहुँचे, तो तेलु अपनी कुर्सी पर खुशी से झूल रहा था।

इंजीनियर सिंह ने गुस्सा करते हुए कहा, "बॉस हमारा नाम 'डोंट अलाउ फोन' लिस्ट में किसने डलवाया और क्यों?"

उसने कुर्सी से उछलते हुए कहा, "यह काम मुझे बहुत पहले कर देना चाहिए था।"

"क्यों? हमारे फोन से तुम्हें क्या प्रॉब्लेम है?"

"काम से ज्यादा ध्यान तुम्हारा फोन में लगा रहता है।"

"क्या हम अपना काम पूरा नहीं करते?"

"क्या मुझ पर अहसान करते हो।

यह कहते ही इंजीनियर सिंह का गुस्सा बढ़ गया। उसकी अँगुलिया मुठ्ठी में तबदील हो गईं। वह तेलू की तरफ बढ़ा। मैंने उसका हाथ पकड़ लिया, वह लंबी-लंबी सांस लेते हुए तेलु की तरफ आँखें निकाल कर देखने लगा। मैंने उसके हाथ को दबाया। उसने झटका मारकर मुझसे अपना हाथ छुड़ाया और ऑफिस से बहार आ गया। मैं भी उसके पीछे-पीछे चला आया।

"इस तेलु का तो कुछ करना पड़ेगा।" इंजीनियर सिंह ने कहा।

मैंने उसके गुस्से को देखते हुए कहा, "चल एक काम तो भी कर देते हैं।"

"क्या?"

मैं उसका हाथ पकड़कर टॉयलेट में ले गया और टॉयलेट की उस 'दीवार' की तरफ इशारा किया जिसने कितने लोगों के मन के बोझ को अपने ऊपर ले लिया था। जैसे कुकर की सीटी कुकर के प्रेशर को रिलीज करता है, वैसे इस दीवार ने कितने ऑपरेटिंग इंजीनियरों के मन को हल्का किया था। यहाँ पर गोलीबाज, पाउच, पलटू, डमरू, मंगतू, स्कूटर, ऐसे ही कितने नामो के चरित्र का चित्रण कर रखा था। इन लोगों ने तो कंपनी की 'झाँकी' को भी नहीं बक्सा। कभी-कभी यहाँ लिखी शायरी को पढ़कर ऐसा लगता है कि कुछ शायर तो गुसलखाने से ही पैदा हुए होंगे। जो एक तरफा मोहब्बत करते थे वो अपनी गर्लफ्रेंड को यहाँ पर ही प्रपोज कर जाते थे जैसे इस दीवार के तार सीधे उसके दिल से जुड़े हों और जो अपनी प्रेमिका से जुबान से नहीं बोल पाते थे वो यहाँ पर ही अपने दिल की बात लिख जाते थे, 'आई लव यू मेरी रानी...'

मैंने अपनी जेब से मार्कर निकाला और दीवार पर जहाँ जगह मिली वहीं लिखना शुरू किया, 'तेलु तेरी... बवासीर हो जाए, तेलु तिवारी तेरी...'

फिर मार्कर मैंने सिंह को थमा दिया और कहा, "हो जा स्टार्ट।"

'तेलु तेरी लुगाई को हिजड़े ले जाएँ, तेरी...' उसने लिखा।

"अब कैसा लग रहा है?" मैंने पूछा।

"अब अच्छा लग रहा है, पहले से आराम है।"

"और हम कर भी क्या सकते हैं।"

"वैसे भी तेलु की सरकार है।"

"हां, आदमखोर तेलु की सरकार..."

सिंह ने फिर मार्कर मुझसे लिया और दो चार गालियाँ फिर लिख डाली, "हाँ अब बहुत अच्छा लगा रहा है।" सिंह ने लंबी साँस लेकर कहा।

माँ

मैं सुबह 7 बजे हॉस्टल के सामने जाकर बैठ गया। मैंने देखा कि हॉस्टल से दो-तीन लड़कियों की टोली निकली जिसमें से कुछ लड़कियाँ नंगे पैर थीं, उनके पीछे-पीछे लड़कों की एक टोली थी। मैंने मन-ही-मन सोचा कि ये सब कहाँ जा रहे होंगे तभी 4-5 लड़कों का एक ग्रुप मेरे सामने से गुजरा।

"भैया कहाँ जा रहे हो?" मैंने कहा।

"करणी माता के मेले में।" उनमें से एक लड़के ने कहा।

आज क्या है? मैं सोचने लगा फिर दौड़कर उन लड़कों के पास गया और उनसे पूछा, "क्या आज नवरात्रा स्थापना है?"

"हाँ।" उनमें से एक ने कहा।

मैं एक जगह स्थिर खड़ा रहा। अपने बालों को खींचते हुए सोचने लगा 'पुच्ची भी गई होगी, क्या पता? हो सकता है। वह माता की भक्त है, वह पक्का गई होगी, मुझे भी चलना चाहिए।' मेरे कदम बढ़ने लगे, चलते-चलते मैं कब दौड़ने लगा मुझे पता न चला। बिना रुके, बिना झुके मैं चलता, दौड़ता, भागता रहा। लोग 'जय माता दी' के नारे लगा रहे थे। मैं पुच्ची को याद करते हुए कदम बढ़ाए चला जा रहा था। रास्ते के अंत तक ताकती मेरी आँखें किसी भी जगह पुच्ची के मिलने की राह देख रही थीं। मैं किसी मोड़ पर मुड़कर दूर तक देखता जब वह नहीं मिलती तो दूसरे मोड़ के लिए दौड़ता। तभी मुझे 'लव प्वॉइंट' दिखाई दिया। मेरी आँखें डबडबा गईं। वहाँ पर कुछ लोग दिखाई दिए। मैं पुच्ची को तलाशते हुए वहाँ भी पहुँच गया। लव प्वॉइंट सुनसान पड़ा था। जो लोग थे वो भी जा चुके थे। मैं वहाँ पर बनी दीवार पर घुटने में सर देकर बैठ गया। जो पल मैंने पुच्ची के साथ यहाँ बिताए थे वो मुझे याद आने लगे। उसकी याद मुझे अपना बना लेती, उससे पहले ही मैं वहाँ

से चल पड़ा। अंत में मंदिर आ ही गया। मुझे पक्का विश्वास था कि यहाँ तो मिलेगी ही। मंदिर में हर जगह मैंने पुच्ची को तलाशा लेकिन निराशा ही हाथ लगी। बस अब क्या था तकलीफ का एक पहाड़-सा टूट पड़ा।

मैं वहाँ भी गया जहाँ मैंने व पुच्ची ने डोरी बाँधी थी। मैं पागलों की तरह उन हजारों-लाखों डोरियों में से वह डोरी ढूँढने लगा जो हमने बाँधी थी। सभी डोरियाँ एक-सी लग रही थीं, किसी पर भी 'प्रेम-पुच्ची' का नाम नहीं था। मैं क्या करता? लाइनों के लिए लगी रेलिंग को पकड़कर खड़ा हो गया। मेरे मुँह से एक शब्द निकला 'माँ'। पता नहीं मैंने कौन-सी माँ को याद किया, एक वो जो हमेशा मेरे दर्द में मेरे साथ रहती थी या आज मैं जिसके दर पर आया था। मैंने मंदिर की तरफ देखा और कहा, "माँ!"

रेलिंग को पकड़ते हुए मैं वहीं बैठ गया। वहाँ की पवित्र जमीन पर टपकते मेरे आँसू पुच्ची के कोमल पैरों के स्पर्श का अनुभव करना चाहते थे। न पुच्ची आई न उसका भगवान आया, क्योंकि दोनों ही पत्थर के थे। एक पत्थर की पूजा यहाँ लोग कर रहे थे और एक पत्थर की पूजा प्रेम कर रहा था।

***

चावण्डी वाले

मेरे गाँव चावण्डी वालों ने भरपूर दान और बाहरी योगदान के बलबूते नवनिर्मित मंदिर का निर्माण पूरा किया जोकि मंदिर हनुमान जी का था तो हनुमान जयंती पर एक यज्ञ कार्यक्रम के साथ-साथ हरयाणवी रागनी का आयोजन करवाया गया। इसके लिए पर्चे छपवाए गए जिसमें गाँव के लायक और कुछ नालायक लोगों के नाम थे। उस पर्चे में एक और चीज थी जिसने आयोजन को बहुत खास बना दिया था क्योंकि रागनी कालकारों में लोगों की चहेती, मनमोहक, दिल लुभाने वाली, हरयाणवी गानों पर ठुमके लगाने वाली सपना चौधरी का नाम भी शामिल था।

मैं और इंजीनियर सिंह बी शिफ्ट की डयूटी करके गाँव पहुँच चुके थे। सुबह 6 बजे फोन की घंटी ने मेरी आँख खोली। दास बाबा का फोन आया था।

"हाँ बाबा।"

"लैब की चाबी कहाँ है ?"

"वही गेट पर होगी, सिंह ने जमा कराई थी।"

"गेट पर तो नहीं है, सिंह से पुच्छो ?"

मैंने सिंह को जगाते हुए चाबी के बारे में पूछा, वह थोड़ी देर आँख मलता रहा।

"गेट पर जमा की थी ?" मैंने फिर कहा।

उसने कुछ सोचने के बाद हैंगर पर टँगी पैंट में हाथ डाला और चाबी निकालकर हाथ में लटकाए खड़ा हो गया। मेरा मन किया कि एक जोर का चमाटा सिंह के मुँह पर धर दूँ। अपने गुस्से को काबू में करके फिर फोन पर कहा, "बाबा ये चाबी तो हम साथ ही ले आए।"

"मतलब ?"

"मतलब चाबी हमारे पास है जल्दबाजी में चाबी जमा करवाना भूल गए।"

"तो अब हम यहाँ भजिया तले क्या ?" दास बाबा ने गुस्से में कहा।

"बाबा आप महान हो, अब तो आप ही बचा सकते हो।"

"अरे मास प्रोडक्शन लाइन के सेटिंग गेज भी तो हमारे पास है यदि लेब नहीं खुली तो लाइन बंद हो जाएगी ? अरे तुम तो मरवाकर ही छोड़ोगे।" बाबा ने फोन काट दिया।

मैंने थोड़ी देर बाद फोन किया बाबा ने फोन नहीं उठाया, 10 मिनट बाद मैंने फिर फोन किया, "बाबा क्या हुआ ?"

"लॉक तो टूटा नहीं फिर तेलु और पलटू से बात करने के बाद विंडो का काँच तोड़ना पड़ा।"

"और उसके बाद ?"

"उसके बाद जब तुम कम्पनी आओगे तो तुम्हारी तोड़ी जाएगी।" बाबा ने हँसते हुए कहा।

"मतलब ?"

"मतलब तो पलटू ही बताएगा।" और बाबा ने फोन काट दिया।

जब तक मैं फोन पर बात कर रहा था, सिंह की फटी जा रही थी। फोन कटते ही वह बोला, "क्या हुआ ?"

"लगता है हमने उड़ता तीर ले लिया।" मैंने गुस्से व हँसी दोनों के मिश्रण के साथ कहा।

सिंह ने हँसते हुए कहा, "आज तो सपना के ठुमकों का मजा ले लेते हैं। कल की कल देखेंगे।"

धार्मिक यज्ञ-पूजा में हमारा कोई लेना-देना नहीं था। मेरे पिता बहुत ही धार्मिक थे, इसलिए यज्ञ-पूजा में वो गए। मैं अपने दोस्तों के साथ घर पर ही था। फिर मेरे घर पर सारे दोस्त धीरे-धीरे इकट्ठे होने लगे। दोपहर तक कम्पनी से बिहारी, कुमार, शेखर... और भी सपना के ठुमके देखने के लिए आ चुके थे क्योंकि सभी सपना के फैन थे।

हम सभी आयोजन स्थल पर पहुँच गए। हमारी जेंटल मैन लोगों की टोली

को देखते हुए वालंटियर का टैग हमारे शर्ट पर लगा दिया।

इंजी सिंह ने कहा, "ये तो वोही बात हो गई बिल्ली को ही दूध की रखवाली के लिए बैठा दिया।"

"नही रे सिंगवा, ये तो वो ही बात हो गई बेवड़े को ही दारू का मखाने सौप दिया हो।" बिहारी ने कहा।

"तो उत्पात तो होगा ही।" अमर ने कहा।

इंजी सिंह ने अँगूठे को मुँह पर लगाकर पीने का इशारा करते हुए चुपके से अमर से कहा, "दारू कहाँ है ?"

अमर ने सिंह को मुझसे कहने के लिए इशारा किया। सिंह ने बिहारी को मुझसे कहने के लिए कहा।

"प्रेम भाय, सपना के नाच के साथ–साथ थोड़ा सुरुरवा भी हो जाता तो क्या बात थी।"

"साले ये धार्मिक कार्यक्रम है। कोई बैचलर पार्टी थोड़ी ही चल रही है।" मैंने कहा।

"दो-दो पैग ही तो लेंगे, मजा डबल हो जाएगा।" सिंह ने कहा।

"कम से कम इस वालंटियर टैग की तो इज्जत करो जो तुमने लगा रखा है।" मैंने फिर कहा।

"दो पैग से तो किसी को पता भी नहीं चलेगा।" अमर ने भी हामी भर दी।

"और जो तुम्हारे मुँह से बदबू आएगा उसका क्या ?" मैंने कहा।

सिंह, अमर और बिहारी ने एक स्वर में कहा, "वोदका।"

सिंह को मैंने सख्त निर्देश दिए कि वोदका की सिर्फ एक बोतल ही लेकर आए।

लाउडस्पीकर में माइक टेस्टिंग की आवाज आने लगी थी। हम सब वालंटियर अपने-अपने काम में लग गए। हमें लोगों को व्यवस्थित रूप से बैठाने की जिम्मेदारी दी गई। गुप्त सूत्रों से पता चला कि सपना 2 बजे तक पहुँच पाएगी लेकिन पर्चे में 12.30 बजे का टाइम दे रखा था। लोग 12.00 बजे ही पहुँचने लगे थे।

बिहारी ने मेरे कान में कहा, "अपना माल आ गया है। कब लोगे ?"

"सपना तो 2 बजे तक आएगी तबतक तो उतर जाएगी फिर उसके साथ

ठुमके कैसे लगाओगे... सपना के आने के बाद लेंगे।"

"ठीक है, मैं सबको बताता हूँ।"

गाँव का हर व्यक्ति स्टेज पर बैठना चाहता था क्योंकि सभी सपना को करीब से ठुमके लगाते देखना चाहते थे। इसलिए दो वालंटियर को स्टेज को व्यवस्थित रखने का काम दिया। सभी वालंटियरों ने अपना काम बखूबी निभाया। महिलाओं को बैठाने के लिए अलग से व्यवस्था की गई। सपना के आने तक सपना की रागनी टीम ने छोटी-मोटी रागनियों से लोगों का मनोरंजन किया। बीच-बीच में दानदाताओं की लिस्ट वाले ताऊ ने लोगों को कतई बोर कर दिया। लगभग 2.15 बजे माइक से घोषणा हुई, "आपकी चहेती डांसर सपना चौधरी पहुँच चुकी हैं। कुछ ही पल में स्टेज पर आने वाली हैं।"

बिहारी मेरे पास आया, "प्रेम भाय वो ससुरा सिंगवा और अमर आधी बोतल गटक गए हैं।"

इधर सपना चौधरी स्टेज पर पहुँची। उधर सारे वालंटियर धर्मशाला के पीछे, मेरे वहाँ पहुँचते ही बिहारी ने कहा, "ये तो सारी बोतल ही गटक गए, हम क्या घंटा पिए?"

"इन हरामियों को अब और पैग मत देना, नहीं तो सब गुड़ गोब्बर कर देंगे।" मैंने कहा।

"प्रेम, मैंने सुना है कि वोदका कम चढ़ती है इसलिए हम दो बोतल लेकर आए हैं।" सिंह ने कहा।

"सालो, किसी बारात में आए हो जो इतनी दारू पिओगे।" मैंने कहा।

"हम आधी बोतल पी गए। हमारा एंटीना तो अभी तक भी खड़ा नहीं हुआ।" अमर ने कहा।

फिर सभी के पैग बनाए गए, उधर सपना की आवाज लाउडस्पीकर में गूँजने लगी। हमने जल्दी-जल्दी तीन-चार पैग लिए और सभी स्टेज के पास पहुँच गए। कुछ स्टेज पर चढ़ गए। सपना की पहली परफॉरमेंस इस गाने के साथ हुई, तेरी आख्या का यो काजल, मैंने कर स गौरी घायल! तू सहज-सहज पाव धरले, मेरा दिल धड़काव पायल...

जो डंडा हमें लोगों को व्यवस्थित करने के लिए दिया गया था, उसको लेकर हमारे दोनों बेवड़े स्टेज के सामने ही नाचने लगे और भीड़ से उठकर

आए बूढ़े भी उनके साथ नाचने लगे।

तभी बिहारी ने कहा, "ई ससुरा सिंगवा और अमर तो पगला गया है, लोगों को पता चली कि पी रखी है तो बहुत मारेंगे।"

मैं और बिहारी दौड़कर गए और दोनों को पकड़कर ले आए।

"ओरे सिंगवा तुम क्या चाहते हो कि लोग तुम्हारा पिच्छवाड़ा तोड़ दे का?" बिहारी ने कहा।

"मैंने पहले ही कहा था कि कम पीना लेकिन तुम मेरी मानते कहाँ हो!" मैंने कहा।

"ये साले सारी इंजीनियर कौम को गाली पड़वाएँगे।" बिहारी ने कहा।

तभी वो चाचा आ गए जिन्होंने कार्यक्रम का ठेका सा ले रखा था।

"सिंह, अमर चाचा आ रहे हैं। अपनी हालत सुधारो।" मैंने कहा।

"प्रेम, ये क्या तुम्हें जिम्मेदारी दी थी कि कार्यक्रम को संभालोगे, तुम तो खुद ही स्टेज के सामने नाच रहे हो, जनता क्या खाक संभालोगे!" चाचा ने कहा।

"अरे चाचा ई सिंगवा ने सपना को पहली बार देखा है ना, पगला गया है। अपने-आप पर कंट्रोल नहीं कर पाया" बिहारी ने कहा।

"अभी तो कार्यक्रम शुरू हुआ है। अभी से पगला गया?" चाचा ने कहा।

सभी हँसने लगे।

"चाचा हम सब संभाल लेंगे।" मैंने कहा।

"और थोड़ा-बहुत तो मनोरंजन होना चाहिए। आखिर हमारे गाम में सपना आई है।" अमर ने कहा।

चाचा हँसते हुए यह कहकर चले गए, "देख लेना, कोई गड़बड़ नहीं होनी चाहिए।"

सपना अपनी पहली परफॉरमेंस दे चुकी थी। माइक पर फिर दानदाताओं की लिस्ट लेकर वह ताऊ आ गया।

मैंने सभी को अपने-अपने स्थान का जायजा लेने को कहा। भीड़ बढ़ती जा रही थी। जहाँ तक हमने लोगों के बैठने की व्यवस्था की थी उससे चार गुना भीड़ हो चुकी थी। कोई पेड़ पर चढ़कर देख रहा था तो कोई ट्रैक्टर पर बैठकर, तो कोई अपनी स्कॉर्पियो गाड़ी पर बैठकर देख रहा था। सपना की

अगली परफॉरमेंस के साथ ही लोगों ने तालियाँ और सीटियाँ बजाईं। अब तो आगे बैठे बूढ़े भी सपना के साथ ठुमके लगा रहे थे। एक बूढ़ा बाबा तो सपना के ऊपर रुपए फेंकने के चक्कर में स्टेज के ऊपर ही चढ़ गया, जिसको वालंटियर ने नीचे उतारा। कार्यक्रम के बीच-बीच में दूसरे कलाकारों के द्वारा हरयाणवी रागनी की प्रस्तुति दी जा रही थी। लोगों ने रागनी से बोर होकर सपना-सपना चिल्लाना शुरू कर दिया था। इधर हमारे एक भी वालंटियर नजर नहीं आ रहे थे जो कि लोगों को शांत कराते। मैं उन्हें ढूँढता-ढूँढता धर्मशाला के पीछे पहुँचा, जहाँ पर उन्होंने वोदका की बोतल खोल रखी थी।

"अरे हरामियो, वहाँ लोगों ने सपना-सपना चिल्लाकर माहौल खराब कर दिया है। तुम सालो, यहाँ बोतल खोलकर बैठे हो, लाओ मेरा भी एक पैग बनाओ।"

"प्रेम, अब अपने बस की बात नहीं है लोगों को संभालना।" अमर ने कहा।

"कम से कम खड़े तो रह सकते हो।" मैंने कहा।

"नहीं, अब हम करेंगे मनोरंजन।" अमर ने कहा।

"मतलब ?" मैंने कहा।

"मतलब, सपना के साथ डांस।" अमर ने कहा।

"क्या बकवास कर रहा है! मरवाएगा ? जल्दी खड़े हो। लोगों को संभालना भी है। भीड़ बहुत ज्यादा हो चुकी है। कुछ भी हो सकता है।" मैंने कहा और पैग लिया।

वोदका की बोतल को देखते हुए सिंह ने सभी का एक-एक पैग और बना दिया। उधर लोगों की च्वॉयस के अनुसार सपना फिर परफॉरमेंस के लिए आई। सभी ने फटाफट पैग ख़त्म किया और पहुँच गए। मैं पेड़ों पर चेढ़े उन लड़कों को उतार रहा था, जिनकी वजह से पेड़ टूटने वाला था क्योंकि हादसा हो सकता था। तभी लाउडस्पीकर से आई आवाज ने मुझे अचंभित कर दिया, "प्रेम जी, आप जहाँ कहीं भी हैं, स्टेज पर आ जाइए। मैं आपके साथ डांस करना चाहती हूँ।"

मैंने भीड़ को हटाते हुए आगे निकलकर देखा तो अमर स्टेज पर सपना के साथ खड़ा था। जो दो पैग ने सुरूर बनाया था वह झट से उतर गया।

अमर ने वालंटियर वाला डंडा दिखाते हुए माइक से फिर कहा, "प्रेम मेरे भाई आजा, आज तो लट्ठ गाड़ देंगे।"

"इस हरामखोर ने तो सच में ही लट्ठ गाड़ दिया।"

मैं स्टेज पर पहुँच गया और माइक लेकर कहा, "सपना जी... वाक्य... आप बहुत खूबसूरत हो।"

अमर ने कहा, "तू कहे तो यही रख लें।"

लोग हँसने लगे और हमारे लिए तालियाँ बजाई।

"नहीं-नहीं, मेरा कहना था कि हमने आपकी खूबसूरती आजतक टीवी या मोबाइल पर देखी थी लेकिन आज आप हमारे सामने हैं।"

"हम आपके बहुत बड़े फैन हैं।" अमर ने कहा।

"बताइए मैं अपने फैन के लिए क्या कर सकती हूँ?" सपना ने कहा।

"सभी वालंटियर जहाँ कहीं भी हैं, स्टेज पर आ जाएँ, तुम लोगों ने बहुत मेहनत की है। अब सपना जी के साथ डांस हो जाए।" मैंने चिल्लाकर कहा।

सभी वालंटियर स्टेज पर इक्कठा होने लगे।

सपना ने माइक लेकर कहा, "सभी अपना-अपना डंडा साथ लेकर आएँ।"

सपना ने एक कोरियोग्राफर की तरह सभी वालंटियर को बैकग्राउंड में खड़ा कर दिया और मुझे व अमर को अपने दाएँ-बाएँ खड़ा कर दिया। एक डंडा खुद ले लिया और डंडे को बंदूक की तरह दिखाते हुए सभी को स्टेप बताए और फिर गाना बजने लगा... बंदूक चल गई – बंदूक चल गई......

और सारे लोग हमारे साथ झूमने लगे।

किवदंती

राजा भर्तृहरि मालवा की राजधानी उज्जयिनी (उज्जैन) में न्यायपूर्वक शासन करते थे। उनकी एक रानी थी जिसका नाम पिंगला था। राजा उससे अत्यंत प्रेम करते थे, जबकि वह महाराजा से अत्यंत कपटपूर्ण व्यवहार करती थी। यद्यपि इनके छोटे भाई विक्रमादित्य ने राजा भर्तृहरि को अनेक बार सचेष्ट किया था, तथापि राजा ने उसके प्रेम जाल में फँसे होने के कारण उसके क्रिया-कलापों पर ध्यान नहीं दिया। एक दिन श्री गुरु गोरखनाथ जी अपने शिष्यों के साथ भ्रमण करते हुए राजा श्री भर्तृहरि के दरबार में पहुँचे। राजा भर्तृहरि ने गुरु गोरखनाथ जी क भव्य स्वागत और अपार सेवा की। राजा की अनुपम सेवा से श्री गुरु गोरखनाथ जी प्रसन्न हुए। गोरखनाथ जी ने उनके आदर-सत्कार से खुश होकर, एक पल सोचा कि इसे क्या दूँ, जो अद्‌भुत हो। तभी उन्होंने अपने झोले में से एक फल निकालकर राजा को दिया और कहा यह अमरफल है। जो इसे खा लेगा, वह कभी बूढ़ा नहीं होगा, कभी रोगी नहीं होगा, हमेशा जवान और सुंदर बना रहेगा। राजा ने इस फल को अपनी प्रिय रानी पिंगला को दिया कि पिंगला यह फल खा लेगी तो वह सदैव सुंदर और जवान बनी रहेगी। रानी पिंगला भर्तृहरि पर नहीं बल्कि राज्य के सेनानायक पर मोहित थी। रानी ने सोचा कि यह फल यदि सेनानायक खाएगा तो वह लंबे समय तक उसकी इच्छाओं की पूर्ति कर सकेगा। रानी ने चमत्कारी फल सेनानायक को दे दिया। सेनानायक एक राजनर्तकी से प्रेम करता था और उसने चमत्कारी फल उसे दे दिया, ताकि राजनर्तकी सदैव जवान और सुंदर बनी रहे। राजनर्तकी ने फल पाकर सोचा कि यदि वह जवान और सुंदर बनी रहेगी तो उसे यह गंदा काम हमेशा करना पड़ेगा। इस फल की सबसे ज्यादा जरूरत हमारे राजा को है। राजा हमेशा जवान रहेगा तो लंबे समय तक प्रजा

को सभी सुख-सुविधाएँ देता रहेगा। वह राजदरबार में पहुँची तथा राजा को चमत्कारी फल अर्पित कर दिया। रानी पिंगला को दिया हुआ फल राजनर्तकी से पाकर राजा हतप्रभ रह गए तथा इसे उसके पास पहुँचने का वृत्तांत पूछा। राजनर्तकी ने संक्षेप में राजा को सब कुछ बतला दिया। इस घटना का राजा के ऊपर गहरा प्रभाव पड़ा तथा उन्होंने संसार की नश्वरता को जानकर संन्यास लेने का निश्चय कर लिया और अपने छोटे भाई विक्रम को राज्य का उत्तराधिकारी बनाकर वहाँ से चल दिए। वह वैराग्य धारण करके श्री गुरु गोरखनाथ जी की शरण में चले गए। वैराग्य सतक नामक रचना लिखी। घूमते-फिरते हुए वह राजस्थान के अलवर जिले में सघन जंगल में पहुँचे, घोर तपस्या की और वहीं समाधि ले ली। आज वह जगह 'भर्तृहरि धाम' के नाम से प्रसिद्ध है। राजा भर्तृहरि बिना अमरफल खाए ही अमर हो गए।

जय बाबा भरथरी की जय! जय बाबा भरथरी की जय! जय बाबा भरथरी की जय!

कपट वहाँ भी हुआ था और कपट यहाँ भी हुआ था। मोहब्बत वहाँ भी थी और मोहब्बत यहाँ भी थी। उस मोहब्बत ने राजा को फकीर बना दिया था और ये मोहब्बत प्रेम को क्या बनाती है... इसकी जद्दोजहद जारी थी।

बॉलीवुड के एक राइटर से पता चला कि मुंबई में एक संस्था है जो फिल्मी कहानियों को रजिस्टर करती है। बस फिर बाकी सपने तो मैंने अपने आप देख लिए कि वहाँ रोज बड़े-बड़े फिल्म स्टार आते होंगे, इसलिए मैं भी वहाँ जाकर अपनी 'प्रेम कहानी' को रजिस्टर कराऊँगा, लोग मेरी कहानी को पढ़ेंगे और मैं दुनिया का रियल हीरो बन जाऊँगा। लेकिन सबसे पहले मुझे इस संस्था की सदस्यता पानी थी। लगभग एक महीने के संघर्ष के बाद मैंने उसकी सदस्यता पाई।

अब एक दिन भी मैं अपने आप को मुंबई जाने से नहीं रोक पाया। रेलगाड़ी के जनरल डिब्बे का सफर कठिन था। खासतौर पर बस में सफर करने वालों के लिए। यह सफर मेरे लिए यादगार रहा क्योंकि पूरा सफर मैंने शौचालय के पास कोने में बैठकर गुजारा। वह जगह भी मैंने काफी संघर्ष के बाद प्राप्त की थी। हर कुछ मिनट के अंतराल के बाद खुलता शौचालय का दरवाजा मुझे रिफ्रेश कर जाता था। उस जगह को मैं छोड़ भी नहीं सकता

था क्योंकि उसके बाद शायद मुझे पूरी रात डिब्बे के दरवाजे पर खड़े होकर काटनी पड़ती। जिंदगी के इस खाली समय में न तो मुझे नींद आ रही थी और न ही मैं अच्छा महसूस कर रहा था। अपनी दर्द भरी जिंदगी पर लिखे पन्नों को निकाला और पलटने लगा, पढ़ते-पढ़ते मुझे कब नींद आ गई पता ही नहीं चला। सामने खड़ी ऊँची-ऊँची इमारतों को देखते हुए पास खड़े व्यक्ति से पूछा, "भाई साहब, यह कौन सी जगह है?"

"बोरीवली।"

पूछने पर पता चला कि मेरा स्टेशन अभी आगे है। मैं वहाँ उतरा। वहाँ से मुझे लोकल ट्रेन लेनी थी। मैं लोकल ट्रेन के लिए खड़ा था। जैसे ही लोकल ट्रेन आई लोगों के उतरने के बाद मैं लोकल ट्रेन में काफी मशक्कत के बाद भी नहीं चढ़ पाया। दूसरी ट्रेन के आने से पहले ही मैं सबसे आगे खड़ा हो गया। ट्रेन से उतरने वाले लोगों ने मुझे सबसे आखिर में पहुँचा दिया। ट्रेन चलने लगी, मैं जैसे-तैसे करके मैं दरवाजे पर लटका ही था कि एक व्यक्ति ने मुझे धक्का मारा और मैं निचे गिर पड़ा। गिरते ही एक बार तो मैं ट्रेन से टकराया फिर लुढ़कते हुए एक तरफ चला गया। लोगों ने मुझे उठाकर वहाँ लगी कुर्सी पर बिठाया। मैं बैठते ही हड़बड़ाया हुए कहा, "मेरा बैग कहाँ हैं?" एक व्यक्ति ने मेरा बैग मुझे उठाकर दिया। मैंने बैग को सीने से लगा लिया। एक व्यक्ति ने मुझे पानी पिलाया और पूछा कि कहीं लगी तो नहीं। मैंने अपने हाथ-पैरों को देखा। कोहनी पर से शर्ट घिसकर फट गई थी। कोहनी पर लगी चोट से खून निकल रहा था। नीचे घुटने से पेंट फट गई, घुटने की चोट को देखकर मैंने कहा, कुछ नहीं हुआ, मैं ठीक हूँ। सभी लोग अपने-अपने रस्ते चल दिए। मैंने रेलवे स्टेशन से बाहर आकर कपड़े बदले। और बस से जाने के लिए बस स्टैंड पहुँचा। बस स्टैंड पर आया तो देखा कि बसों में बैठने के लिए लंबी-लंबी कतार लगी हुई थी। जब मैंने अपनी मंजिल की बस के बारे में एक व्यक्ति से पता किया तो उसने जाती हुई बस की तरफ इशारा करके बताया। मेरे लिए जैसे वो पहली और आखिरी बस थी, मैं अपने लगी चोटो को भूल गया भागकर बस के दरवाजे पर फिर लटक गया। ढूँढता-फिरता गलियों में चक्कर काटते-काटते आखिरकार मैं राइटर एसोसिएशन की बिल्डिंग के सामने जा पहुँचा। यह दृश्य मेरी सोच से बिल्कुल विपरीत

था। कई दशकों पुरानी बिल्डिंग, न कोई चहल-पहल, दरवाजे पर बैठा एक सिक्योरिटी गार्ड, जो बैठा-बैठा तंबाकू रगड़ रहा था।

मैंने अपने आप को पक्का करने के लिए गार्ड से पूछा, "राइटर एसोसिएशन का ऑफिस यहाँ पर ही है ?"

"तीसरे माले पर, रूम नंबर 17 है। 11 बजे खुलेगा।"

11 बजने में अभी एक घंटा बाकी था, पेट भी कुछ माँग रहा था, इस पेट की इच्छा पूरी करने के लिए मैं वहाँ से चल दिया। चलते-चलते एक नुक्कड़ पर पहुँचा, वहाँ एक ढकेल पर काफी भीड़ दिखाई दी। वहाँ पर एक वृद्ध व्यक्ति गोल-सी ब्रेड के अंदर पकौड़ियाँ डालकर बेच रहा था। मैं भी लाइन में लग गया और मेरा नंबर आते ही मैंने कहा, "बाबा मुझे भी देना।"

उसने मुझे दो ब्रेड दिए। मैंने 10 का नोट निकालकर उसको दिया तो वो पाँच रुपए मुझे वापस देने लगा।

"क्या पाँच रुपए का ही है ?" मैंने पूछा।

"हाँ।"

"तो फिर दो और दे दीजिए।"

वह खाने के बाद मुझे मालूम पड़ा कि यह 'वड़ा पाव' था। मुंबई की सबसे आम, सबसे खास और सबसे सस्ती डिश।

राइटर एसोसिएशन का दफ्तर, जिसमें दो क्लर्क अपनी-अपनी कुर्सियों पर बैठे हुए थे। अध्यक्ष की सीट अभी खाली थी। पियुन अभी पोछा लगा रहा था। दरवाजे के बाहर लगे नोटिस बोर्ड को पढ़ने के बाद मुझे पता चला कि रजिस्ट्रेशन 2 बजे के बाद होगा। जैसे ही पियुन पोछा लगाकर गया मैं काँच के दरवाजे को धक्का मारकर अंदर चला आया। एक क्लर्क ने मेरी तरफ देखा और मैं उसकी टेबल पर जा धमका। वह कुछ बोलता उससे पहले मैं बोल पड़ा, "सर मैं पहली बार रजिस्ट्रेशन करवाने आया हूँ।"

"रजिस्ट्रेशन का टाइम दो बजे है।"

"वो मैं नोटिस बोर्ड पर देख चुका हूँ, लेकिन क्या मेरी स्क्रिप्ट रजिस्ट्रेशन के लिए तैयार है ?" यह कहकर मैंने अपनी स्क्रिप्ट उसकी टेबल पर रख दी और पहला पन्ना खोला।

"यह क्या ? हमारे लिए जगह नहीं छोड़ोगे ?" उसने कहा।

"आपके लिए जगह?"

"पहला आधा पेज रजिस्ट्रेशन के लिए होता है।"

"अच्छा, ठीक है।"

"और स्क्रिप्ट का टाइटल क्या है?" उसने कहा।

"टाइटल?" मैंने जोर देकर कहा।

"स्क्रिप्ट को किसी नाम से रजिस्ट्रेशन कराओगे न।"

"हाँ।"

उसने टेबल से स्क्रिप्ट उठा के मेरे हाथ में थमा दी। मैं अपनी जिंदगी की कहानी को एक नाम देने के लिए सोच में पड़ गया, यह मेरे लिए एक कठिन प्रश्न था। रजिस्ट्रेशन शुरू होने से पहले ही मैंने एक नाम चुन लिया, 'प्रेम और पुच्ची की मोहब्बत की दास्तान।'

प्रति पेज एक रुपए के हिसाब से बिल काट दिया गया। सभी पेज पर मोहर लग चुकी थी। अब अध्यक्ष के हस्ताक्षर की बारी थी।

"प्रेम और पुच्ची की मोहब्बत की दास्तान।" अध्यक्ष ने उजले स्वर में पढ़ा।

"प्रेम, मोहब्बत, एक ही शब्द दो बार?" उसने यह कहते हुए मेरी तरफ देखा।

"प्रेम स्क्रिप्ट के नायक का नाम है।" मैंने कहा।

उसने लाल पेन से टाइटल को लिखा व मोहर लगाई। मैं एक-एक करके पन्ने पलट रहा था और वह हस्ताक्षर किए जा रहा था। पलटते-पलटते जिंदगी के पन्ने खत्म हो गए।

"क्या पहली स्क्रिप्ट है?" अध्यक्ष ने कहा।

"हाँ।"

"बेस्ट ऑफ लक!" उसने मुस्कुराते हुए कहा।

"सर, अब मुझे क्या करना चाहिए?"

"प्रोडक्शन हाउस जाइए, प्रोड्यूसर से मिलिए, अगर उनको आपकी स्क्रिप्ट पसंद आई तो आपकी बात बन जाएगी।" उसने फिर से मुझे 'बेस्ट ऑफ लक!' कहा।

फिल्म प्रोडक्शन हाउस और प्रोड्यूसर के पते प्राप्त करने के लिए मैंने

इंटरनेट का सहारा लेने के लिए आस-पास साइबर कैफे को तलाशा। 2-3 घंटे कैफ़े पर बिताने के बाद मैंने सभी जाने-माने प्रोडक्शन हाउस, प्रोड्यूसर और अभिनेताओं के पते प्राप्त किए। दिन समाप्ति की ओर था, आज की रात मैंने 'गेटवे ऑफ इंडिया' पर बिताने का फैसला किया। चर्च गेट स्टेशन से मैं गेटवे ऑफ इंडिया की तरफ पैदल चल रहा था, मुझे एक अजीब कौतूहल पैदा करने वाली आवाज सुनाई दे रही थी और वह मेरे कदमों के साथ बढ़ती जा रही थी। अब मेरे सामने 'गेटवे ऑफ इंडिया' था जिसे मैंने अब तक सिर्फ फोटो या फिल्मों में ही देखा था।

'गेटवे ऑफ इंडिया' समुद्र के किनारे पर बना था और वह अजीब-सी लगने वाली आवाज समुद्र के पानी में उठने वाली लहरों की थी। मैं अपनी आँखों से पहली बार समुद्र में उठती लहरों को देख रहा था। समुद्र के अंदर दूर तक लाइट जगमगा रही थी, उसमें उठती लहरों से मुझे डर लग रहा था। मैं डरते-डरते समुद्र के किनारे बनी दीवार पर बैठ गया। मेरे सामने एक बहुत खूबसूरत कलात्मक बिल्डिंग थी, उसे देख मेरे मुँह से निकला 'ताज होटल'! ताज होटल का नाम आते ही मेरे दिमाग में 26 नवंबर का आतंकी हमला भी याद आ गया, उस हमले का असर आज भी दिखाई दे रहा था। कड़ी सुरक्षा के इंतजाम थे। आर्मी और पुलिस के जवान चारों तरफ चौकसी में तैनात थे इस वजह से कुछ गिने-चुने पर्यटक ही वहाँ घूम रहे थे। मैं टहलते हुए ताज होटल के मेन गेट तक आया, वहाँ से हमले में क्षतिग्रस्त हुई होटल की बिल्डिंग साफ दिखाई दे रही थी। मैं होटल को निहारने के लिए वहीं सामने दीवार पर बैठ गया, मेरा शरीर जवाब दे गया मैं वही लेट गया। कुछ देर बाद आँख खुली तो रात के 11 बज रहे थे। 'गेटवे ऑफ इंडिया' पर पुलिस के सख्त पहरे के कारण मैंने रात स्टेशन पर बिताने का फैसला किया। मैं मुंबई सेंट्रल पहुँचा। स्टेशन के अंदर जब बात नहीं बनी तो मैंने स्टेशन के मुख्य द्वार पर दरवाजे के सामने यात्रियों को कतार में सोते देखा तो मैं भी वहीं एक खाली जगह देखकर अपने बैग को सिरहाने लगा के लेट गया। मेरी आँखों के सामने नीला आसमान था जिसमें तारे चमक रहे थे। उन तारों को निहारते हुए मुझे पुच्ची की याद आई और आसमान में उसकी तस्वीर बन गई। वह तारों के बीच से मुस्कुरा रही थी। मैं भी उसे देख मुस्कुराया और मेरी आँखें भर आईं।

'पुच्ची, कोई इतना भी तड़पाता है अपने प्यार को।' मैंने खुद से कहा और वह मुस्कुराती रही।

मैंने अपनी आँखें बंद की तो वह भी गायब हो गई, मैंने फिर आँखे खोली तो उसे फिर आसमान में मुस्कुराता पाया।

'चल-हट।' मैंने कहा और आँखे बंद कर ली।

सुबह पानी की बूँदे मेरे ऊपर गिरी, आँख खोल के देखा तो एक लड़का पानी का बरतन लिए 'धंधे का टाइम हो गया' बोलते हुए सभी सोते हुए व्यक्तियों पर पानी के छींटे मार रहा था और एक व्यक्ति चाय-चाय चिल्ला रहा था। सोए हुए सभी लोग उठ चुके थे। कोई अपनी आँखें मल रहा था तो कोई उस लड़के को गुस्से से देख रहा था। रोड पर टैक्सियों की लाइन लग गई थी, मैंने टाइम देखा तो 4:38 हो रहे थे, मैं उस लड़के को गुस्से से देखता हुआ चल दिया। अब मैं सोने के लिए दूसरी जगह तलाशने लगा, मैं थोड़ी दूर पर फुटपाथ पर जाकर सो गया। उस भयंकर नींद से मेरी आँख तब खुली जब मुझे किसी वस्तु के लगने का एहसास हुआ। मैंने आँख मिचमिचाते हुए देखा तो एक पुलिसकर्मी मेरे पैरों के पास खड़ा था। उसने फिर से मेरी जाँघ पर लात मारी, मैं उठकर बैठ गया, उसने मराठी भाषा में कुछ कहा।

"क्या?" मैंने कहा।

"आई कार्ड।"

मैंने बटुए में से राइटर एसोसिएशन का कार्ड निकालकर उसको दिखाते हुए कहा, "मैं एक राइटर हूँ।"

"लेकिन फुटपाथ पर।" यह कहकर वो मुस्कुराया।

"पता नहीं पुच्ची क्या-क्या करवाएगी?"

"मतलब?"

"नहीं, कुछ नहीं, आपकी समझ में नहीं आएगा।" मैंने यह कहकर उसके हाथ से कार्ड लिया और सुविधा भवन की तरफ चल पड़ा।

आज मैंने सबसे पहले 'आमिर खान प्रोडक्शन' जाने का फैसला किया, जो सांता क्रूज में था। दो घंटे लगातार पैदल चलने के बाद मैं अपने गंतव्य तक पहुँचा। इमारत पर लिखे पते को अपने पेज पर लिखे पते से मिला ही रहा था कि तभी दरवाजे पर खड़े वॉचमैन ने पूछा, "अरे, क्या हुआ भाई?"

"आमिर खान का ऑफिस यहीं पर है ?"

"यहाँ से बहुत पहले खाली हो गया।"

"ओह्ह ! अब कहाँ है ?"

"हमें नहीं मालूम।"

मैं थोड़ा दुखी होता हुआ सड़क किनारे जाकर बैठ गया। हताश मन से पेज पर लिखे दूसरे पते को देखा 'भट्ट प्रोडक्शन' जुहू चर्च, मुंबई। जुहू चर्च बस स्टैंड से फिर मैं पैदल ही इस पते को ढूँढ़ने निकला। डेढ़ घंटे बाद मैं जिस पते पर पहुँचा तो हैरान रह गया। मेरी उम्मीदों के बिल्कुल विपरीत कई दशक पुरानी एक कबाड़-सी बिल्डिंग। बिल्डिंग के अंदर से आते व्यक्ति को रोककर मैंने उससे पूछा, "महेश भट्ट का ऑफिस यहीं है ?"

"हाँ, यहीं पर है, लेकिन वह 10.00 बजे खुलेगा।"

मैंने घड़ी में देखा 9:30 बज रहे थे। 'वड़ा पाव' ने बचे समय और भूख को कवर कर लिया और ठीक 11 बजे मैं बिल्डिंग के दरवाजे पर था। जैसे ही मैं अंदर जाने लगा तो गार्ड ने रोककर कहा, "कहाँ जा रहे हो ?"

"अंदर, भट्ट साहब के ऑफिस में।"

"अभी वहाँ कोई नहीं है।"

थोड़ी देर बाद अंदर से एक चाय वाला आया तो मैंने उससे पूछा, "भाई साहब, भट्ट जी का ऑफिस खुला है क्या ?"

"हाँ, खुला है, वहीं चाय देकर आया हूँ।"

मुझे वॉचमैन पर बहुत गुस्सा आया, मन ही मन उसे गालियाँ दीं और जब उसका ध्यान दूसरी तरफ था तो मैं चुपके से अंदर घुस गया। धूल से भरी जर्जर सीढ़ियों पर मैं फुर्ती से चले जा रहा था। फिल्म के पोस्टर को देखकर रुका, पोस्टर के साथ लगते हुए दरवाजे पर नेम प्लेट पर 'भट्ट प्रोडक्शन' लिखा था। मैंने बेल बजाई, अंदर एक छोटा-सा रिसेप्शन था, जिसमें एक मैडम बैठी हुई थी, दूसरी तरफ 3 और व्यक्ति बैठे हुए थे।

मैं मैडम के पास गया और कहा, "मैं एक राइटर हूँ और मैंने एक स्क्रिप्ट लिखी है, जिसे मैं आप लोगों को देना चाहता हूँ।"

"हम स्क्रिप्ट नहीं लेते।" उसके इस नकारात्मक जवाब से मुझे बहुत निराशा हुई।

मैंने नर्वस होते हुए कहा, "क्या मैं भट्ट सर से मिल सकता हूँ?"

"नहीं, उनसे नहीं मिल सकते।"

मैंने एक बार फिर कहा, "मैडम स्क्रिप्ट बहुत अच्छी है, एक बार पढ़िए तो सही।"

उसके माथे पर सलवटें पड़ गईं, "नहीं, हमें नहीं चाहिए।"

मैं स्क्रिप्ट के पन्ने पलटकर उसे दिखाने लगा और उसे गुस्सा आ गया। उसने स्क्रिप्ट को टेबल से उठाकर फेंक दिया। मैंने आँखें बंद करके लंबी साँस ली और भीगी आँखों के साथ पन्नों को उठाते हुए मुस्कुराकर कहा, "मैडम जी, ये तो पक्का है कि हमारे दिन खराब चल रहे हैं लेकिन किस्मत तुम्हारी भी खराब है।"

वह मराठी भाषा में कुछ बोली और मैंने फिर मुस्कुराते हुए उसकी तरफ देखा और कहा, "धन्यवाद!"

जब मैं गेट से निकला तो गार्ड आश्चर्यचकित हो उठा और बोला, "अरे, अंदर कैसे?"

मैंने मुस्कुराकर आँख मारते हुए कहा, "तुम ड्यूटी सही नहीं कर रहे हो, तुम्हें भट्ट साहब ने अंदर बुलाया है।"

वह आँख चौड़ाकर मुझे देखते हुए अंदर चला गया।

मुंबई की इस भागदौड़ भरी दुनिया से कुछ राहत पाने के लिए मैं 'चर्चगेट' चर्च में चला आया और वहाँ कुर्सी पर बैठ गया। अंदर मेरे और 'भगवान ईसा मसीह' के अलावा कोई नहीं था। मैं लगातार 'भगवान ईसा मसीह' की मूर्ति को देखता रहा। मन ही मन मैंने कहा, 'पुच्ची, लोगों ने तो भगवान को ही सूली पर चढ़ा दिया था फिर मैं तो एक मामूली इंसान हूँ, मेरा तो तड़प-तड़प के मरना बनता है।'

सुबह से लगातार यहाँ-वहाँ घूमते हुए मुझे बहुत थकान महसूस हो रही थी, मैंने अपना सर टेबल पर रखा तो नींद आ गई। लगभग एक घंटे बाद कुछ शोर के साथ मेरी आँखें खुली। पूरा चर्च लोगों से भरा हुआ था, मैं झट से खड़ा हुआ। मैंने देखा सामने स्टेज पर पादरी खड़ा था, जो किताब में से प्रार्थना पढ़ रहा था और लोग उसके पीछे-पीछे पढ़ रहे थे। मैंने भी अपने सामने टेबल पर रखी किताब को उठाया और उस पन्ने को ढूँढ़ने लगा जो

पादरी पढ़ रहा था। वह पन्ना मुझे नहीं मिला। मैं चुपचाप किताब हाथ में लिए खड़ा रहा। लगभग आधे घंटे बाद प्रार्थना पूरी हुई। वे सभी लोग पादरी के साथ चर्च से बाहर चले गए। मैं भी उनके पीछे-पीछे बाहर चला गया। वे सभी लोग घेरा बनाकर खड़े हो गए, बीच में पादरी खड़ा था। पादरी बार-बार नीचे की तरफ इशारा करके कुछ कह रहा था। मैं भी उन लोगों के बीच में घुस गया। मैंने देखा कि पादरी के सामने एक ताबूत रखा था, जिसके अंदर एक डेड बॉडी थी। मुझे अब पता चला कि मैं किसी की मैयत में शामिल हूँ। मैं चर्च के अंदर गया और ईसा भगवान से प्रार्थना की कि वह उसकी आत्मा को शांति दे।

मैं अपनी मोहब्बत को लिए मुंबई की गलियों के चक्कर काट रहा था। एक प्रोडक्शन हाउस से दूसरे, दूसरे से तीसरे। 'आशुतोष गोवारिकर', 'धर्मा प्रोडक्शन हाउस' और भी न जाने ऐसे कितने छोटे-बड़े प्रोडक्शन हाउसों के यहाँ मैं अपनी मोहब्बत की कहानी को लेकर गया। हर जगह मुझे दुत्कार, निराशा और ना-उम्मीदी ही मिली। आखिर में 'प्रकाश मेहरा प्रोडक्शन हाउस' गया, ऑफिस से मुझे पता चला मेहराजी दो दिन पहले ही दुनिया छोड़ के चले गए। यहाँ भी मुझे निराशा ही मिली। सीढ़ियों से उतरते समय मेरे पैर मेरा साथ नहीं दे रहे थे। मैं बाहर आकर फुटपाथ पर बैठ गया। पते की लिस्ट में आखिरी बचे पते को मैंने देखा। हर जगह से मिलती निराशा के कारण मैं उस पते से कोई उम्मीद नहीं लगा रहा था, लेकिन फिर भी मेरे मन ने मुझे नीचे लिखे फोन नंबर के बारे में सोचने पर मजबूर कर दिया।

"सर, मैं एक राईटर हूँ।"

"हाँ, तो।"

"मैंने एक स्क्रिप्ट लिखी है।"

"तो फिर।"

"मैं चाहता हूँ कि आप इस पर फिल्म बनाएँ।"

"नहीं, हमें नहीं चाहिए।"

"सर, स्क्रिप्ट बहुत अच्छी है।"

"हम बाहर की स्क्रिप्ट पर फिल्म नहीं बनाते।"

"सर, मेरी स्क्रिप्ट आपको ऑस्कर दिलाएगी।"

"अपना ऑस्कर अपने पास ही रख लो, हमें नहीं चाहिए।" और फोन कट गया।

इस फिल्मी दुनिया में मेरी भावनाओं की कद्र करने वाला कोई नहीं था। मेरे आत्मविश्वास का तिलिस्म टूटने लगा था। मुझे समय के हर क्षण एक धीमा-धीमा दर्द सता रहा था और वह दर्द अपनी गति पकड़ने लगा था। मुंबई की सड़क पर बहके-बहके कदमों से, बिना लक्ष्य के मैं चला जा रहा था। पते का पेपर जिसे मेरे हाथ ने मसलकर फेंक दिया था। मैं चलते-चलते चौराहे पर पहुँचा, इन बढ़ते रास्तों ने मुझे सोचने पर मजबूर किया कि कहा जाना है। मेरे अंदर उठते दर्द के कारण मैं कुछ तय नहीं कर पा रहा था। मैं एक पागल की तरह चौराहे के बीच में खड़ा हो गया। तभी मीडिया की तीन-चार गाड़ियाँ मेरे सामने से गुजरीं और मैं लगातार उन्हें देखता रहा, जबतक वह मेरी आँखों से ओझल नहीं हो गईं। मेरे दिमाग में आइडिया आया, क्यों न मीडिया की सहायता ली जाए। बस फिर क्या था, इंटरनेट से 'आजतक' के हेड ऑफिस का पता प्राप्त किया और वहाँ पहुँच गया। सीधे रिसेप्शन पर जाकर वहाँ बैठे व्यक्ति से कहाँ, "सर, मैं राजस्थान से आया हूँ, किसी सीनियर व्यक्ति से मिलना चाहता हूँ।"

"क्यों?" उसने कहा।

"मुझे न्यूज देनी है।"

"क्या न्यूज है?"

"वो मैं तुम्हें नहीं बता सकता, किसी सीनियर को ही बताऊँगा।"

उसने किसी को फोन मिलाया, "सर कोई बंदा आपसे मिलना चाहता है।" फिर उसने मुझे फोन थमाते हुए कहा, लो बात कर लो।

"हाँ, बोलिए क्या बात है?"

"सर मैं राजस्थान से आया हूँ और आप से मिलना चाहता हूँ।"

"क्यों, क्या काम है?"

"सर मैं आपको फोन पर नहीं बता सकता।"

"ठीक है, आप बैठिए, मैं आपसे मिलने आता हूँ।"

मैं वहीं बैठकर उसका इंतजार करने लगा। इंतजार करते-करते एक घंटा हो गया। अब मेरी बैचेनी बढ़ने लगी। मैंने रिसेप्शन पर बैठे व्यक्ति से उन्हें

फिर फोन करने को कहा। उसने और पाँच मिनट इंतजार करने को कहा। पाँच के पंद्रह मिनट हो गए। अब मैं नर्वस होने लगा। शाम के 7 बज चुके थे कि तभी रिसेप्शन पर एक व्यक्ति आया और बोला, "कौन मिलना चाहता है?"

उसने मेरी तरफ इशारा किया। वह व्यक्ति मेरे पास आकर बैठ गया।

"बोलिए, क्या कहना है?"

"सर, मैं राजस्थान से आया हूँ।"

"राजस्थान में कहाँ से? जयपुर से?"

"नहीं, अलवर से।"

"बोलो, क्या बात है?"

"मैंने अपनी जिंदगी पर एक स्क्रिप्ट लिखी है जिस पर मैं फिल्म बनवाना चाहता हूँ। लेकिन कोई प्रोड्यूसर मेरी स्क्रिप्ट लेना ही नहीं चाहता। इसलिए मैं चाहता हूँ कि मीडिया मेरी मदद करे।"

वह थोड़ी देर चुप रहा फिर बोला, "इसमें हम आपकी क्या और कैसे सहायता कर सकते हैं?"

"मैं चाहता हूँ कि मीडिया मेरी स्क्रिप्ट की पब्लिसिटी करे।"

इस पर वह थोड़ी देर सोच में पड़ गया। मैंने उसके पैर छूते हुए कहा, "सर प्लीज।"

उसने मेरे हाथ पकड़ते हुए कहा, "मेरे भाई यदि हम तुम्हारा इंटरव्यू भी लें तो किस बेस पर लें। न तो तुम कोई बड़ी हस्ती हो न ही तुम्हारी कोई पहचान है। यहाँ तो हर रोज लाखों लोग मुंबई आते हैं, स्ट्रगल करते हैं। हम ऐसे किसी को अपने चैनल पर नहीं दिखा सकते।"

मैं हताश हो गया। मुझे मेरी सारी मेहनत का परिणाम मिल चुका था। मैं फर्श पर नजरें गड़ाए बैठा रहा। मेरे अंदर उठने वाला दर्द अब तूफान का रूप ले रहा था।

"वैसे करते क्या हो?" उस व्यक्ति ने कहा।

जब दो-तीन बार बोलने के बाद भी मैंने जवाब नहीं दिया तो उसने सांत्वना स्वरूप मेरे कंधे पर हाथ रखकर कहा, "क्या करते हो तुम?"

"मैं एक कंपनी में इंजीनियर हूँ।"

वह यह सुनकर बोला, "यहाँ पर अपनी काबिलियत के हिसाब से कोई

जॉब तलाश करो और साथ में अपनी स्क्रिप्ट के लिए भी स्ट्रगल करो। अगर स्क्रिप्ट अच्छी होगी तो एक दिन जरूर सफलता मिलेगी।"

"स्ट्रगल... स्ट्रगल... इसके लिए तो टाइम नहीं है, भाई साहब।" यह कहकर मैं वहाँ से चल पड़ा।

मैं मुंबई की गलियों में ऐसे सपने लेकर घूम रहा था जो कभी पूरे नहीं होंगे। मैं बाहर फुटपाथ पर बैठकर अपने अंदर उठ रहे तूफान को समेटने की कोशिश कर रहा था। एक असहनीय पीड़ा मुझे अंदर-ही-अंदर खा रही थी। ऐसा लग रहा था कि जैसे मेरा जिस्म अपनी आत्मा त्याग देगा और मुझे मुक्ति मिल जाएगी।

'मेरे पिता'

पिता-बेटे का रिश्ता भी अनमोल होता है। यह बच्चे के पैदा होते ही प्यार, वात्सल्य से शुरू होकर डाँट और मार-कुटाई से होता हुआ बेटे की जवानी और पिता के बुढ़ापे तक चलता जाता है। ये रिश्ता तब और मजबूत हो जाता है जब पिता बोले कि बेटा एक छोटा सा पैग बना दूँ? और यदि चार चाँद लगाने हों तो बेटा बोले कि पापा कम पड़ गई हो तो और लेकर आऊँ?

मेरे पिता आर्मी से रिटायर्ड एक साधारण इंसान हैं जिनमें लोभ, लालच, स्वार्थ, कपट, बेईमानी जैसे गुणों की कमी थी। एक बुरी आदत थी, एल्कोहल लेने की। वह मंगलवार छोड़कर हर दिन एल्कोहल लेते थे। एक दिन शाम को पापा रम पी रहे थे, मैंने बोतल देखकर कहा, "पापा, मुझे भी एक घूँट मिलेगी? सर्दी-सी लग रही है।"

"एक घूँट से क्या होगा?" पापा ने गिलास उठाकर एक बड़ा पैग बनाते हुए कहा, "ले गटक जा।"

वह पैग मेरी क्षमता से कहीं ज्यादा था।

"पापा, इतनी ज्यादा तो मैं नहीं पी पाऊँगा, थोड़ी कम करो।"

"इतनी से ही तो सर्दी निकलेगी।" पापा ने गिलास उठाकर मेरे हाथ में थमा दिया और नमकीन की प्लेट मेरे सामने कर दी। उस बड़े पैग का मुझ पर जल्द ही असर होने लगा।

पापा ने कहा, "बेटा, तेरे फूफाजी का फोन आया था। वो तेरे रिश्ते की बात कह रहे थे। उन्होंने लड़की भी देख रखी है। तुम कहो तो मैं हाँ कह दूँ।"

मैंने पापा की तरफ देखा, वह गंभीर मुद्रा में थे।

"पापा अभी जल्दी क्या है।"

पापा ने दूसरा पैग बनाते हुए कहा, "बेटा, शादी तो करनी ही है। आज

नहीं तो कल, तेरी भी शादी हो जाएगी तो हमारे भी सिर से भार उतर जाएगा।"

जब मैंने कुछ नहीं कहा तो उन्होंने लगातार कहना शुरू किया, "इस दुनिया में कोई किसी का नहीं, सब अपने लिए जीते हैं, तू भी अपने लिए जी, जल्दी से अब शादी कर ले। यदि तुझे कोई लड़की पसंद है तो हमें बता, तुझे जिससे शादी करनी है कर, तेरी उम्र अब निकलती जा रही है।"

पापा ने सामने रखे हुए आधे पैग को गटका, "इस दुनिया में कोई किसी का सगा नहीं होता। मेरा भाई जिसे मैंने पढ़ाया-लिखाया, जिंदगी में हर संभव सहायता की, उसी भाई से जब मैंने अपने बेटे के लिए दो बिस्वा जमीन का टुकड़ा माँगा तो उसने हमें पुलिस थाने में बैठा दिया।" पापा की आँखों से आँसू बह रहे थे। एक बूढ़े पिता का अपने बेटे के लिए प्यार था, जो दारू के कारण बाहर आ रहा था।

मैंने दूसरा पैग पीकर कहा, "पापा, समय आने पर सब ठीक हो जाएगा।"

"हाँ, ये बात तो है, समय बड़ी चीज है।"

"बेटा, एक पैग और बनाऊँ?" पापा ने कहा।

"नहीं नहीं।" मैंने कहा और खाली गिलास उठाकर बाहर आ गया।

***

मंगतू ने हमें कई बार पार्टी के लिए टोका। मैं और इंजीनियर सिंह हमेशा उसे गोलियाँ देते रहे। आखिर में सिंह को बाइक खरीदने के लिए पैसों की जरूरत पड़ी। मैं और सिंह लोन एप्लिकेशन फॉर्म लेकर मंगतू के पास पहुँच गए।

टेबल पर थपकी मारते हुए उसने कहा, "पहले, पहली वाली पार्टी दो।"

"साहब दोनों पार्टी साथ ही दे देंगे।"

"नहीं, पहले पार्टी बाद में काम।"

मैं और सिंह एक-दूसरे की तरफ देखने लगे। सिंह ने मुझे आँख मारकर कहा, "काम तो होता रहेगा, पहले साहब को पार्टी दे देते हैं।"

मुझे सिंह की मुस्कुराहट देख के अंदाजा हो गया था कि इसके दिमाग में जरूर कोई खुराफात चल रही है।

"तो सर कब लोगे पार्टी?" सिंह ने कहा।

"आज ही चलते हैं।" मंगतू बोला।

"ठीक है, ड्यूटी खत्म होते ही चलते हैं।" सिंह ने कहा।

"लेकिन पार्टी बढ़िया होनी चाहिए।" मंगतू ने फिर कहा।

"साहब जैसा आप चाहोगे वैसा ही होगा।"

"ठीक है, तो फिर शाम को मिलते हैं।"

ऑफिस से निकलते ही मैंने सिंह से कहा, "पार्टी कौन देगा?"

"मैं तो नहीं देने वाला और तुम्हारे आँख मारने का क्या मतलब था?"

"पार्टी हरामखोर मंगतू देगा।"

"तुम्हारा मतलब, मंगतू हमें पार्टी देगा?" मैंने चौंककर कहा।

"हाँ, बस जैसे-जैसे मैं कहता जाऊँ तुम उसमें हाँ में हाँ मिलाते रहना।"

"तुम्हें उससे लोन नहीं लेना क्या?"

"नहीं, मैं कुछ महीने बचत करके बाइक ले लूँगा, अभी जरूरी नहीं है।"

शाम को हम तीनों बाइक से रेवाड़ी के 'नवरतन' रेस्त्राँ पहुँचे, जो रेवाड़ी का एकमात्र 'दारू विथ चिकन' रेस्त्राँ था। मंगतू रेस्त्राँ में घुसते ही खुश हो गया। मंगतू ने कोने की टेबल चुनी। हमारे बैठते ही वेटर मेन्यू और पानी ले आया।

सिंह ने वेटर को एक रॉयल स्टैग व्हिस्की, सोडा व स्नैक्स का ऑर्डर दिया तो मंगतू ने टोककर मुँह चिढ़ाते हुए कहा, "बढ़िया पार्टी और रॉयल स्टेग व्हिस्की?"

"तेरे पैसे जो चाहे पी।" मैंने सिंह के कान में फुसफुसाते हुए कहा।

"तो कौन सी पियोगे साहब?" सिंह ने कहा।

"सिग्नेचर।"

सिंह ने वेटर को सिग्नेचर, सलाद और फिंगर चिप्स का ऑर्डर दे दिया।

"और आधे घंटे बाद एक फुल प्लेट तंदूरी चिकन।" मंगतू ने कहा।

"एक पैकेट गोल्ड फ्लैक भी लेते आना।" मैंने कहा।

आधी बोतल खत्म होने के बाद चिकन आ गया, मंगतू ने मुर्गे की टाँग उठाते हुए कहा, "पार्टी मंन एक कमी रह गई।"

"साहब आपके ही पैसे आपकी ही पार्टी।" मैंने तेज हँसते हुए कहा।

मंगतू मुर्गे की टाँग को चबाते हुए एकदम से रुक गया और चौंकते हुए बोला, "मेरे पैसे?"

सिंह ने मुझे कोहनी मारी, "साहब ये पार्टी आपके लिए ही तो है।"

"हाँ, हाँ।"

"साहब किस चीज की कमी रह गई?"

मंगतू ने चिकन का टुकड़ा चबाते हुए हाथ से अश्लील इशारा किया।

"ये तो साला अय्याश भी है।" मैंने सिंह के कान में कहा।

"साहब इसकी भी व्यवस्था हो जाएगी, पहले पार्टी तो खत्म हो।"

"सच में?" वह उछल पड़ा।

"साहब, यह बढ़िया पार्टी है।" सिंह ने कहा।

"वाह, कबाब विद शबाब, मजा आ जाएगा।" मंगतू ने कहा।

"लेकिन उसके लिए थोड़ा दूर जाना होगा।" सिंह बोला।

"हाँ, हाँ, कोई दिक्कत नहीं है, पार्टी जल्दी खत्म करो।" मंगतू बोला।

बोतल में बची दारु मंगतू के गिलास में डालते हुए हमने कहा, "सरकार, ये आखिरी पैग हमारे नाम का।"

"हाँ, क्यों नहीं, प्यार से तो हम जहर भी पी लें।" मंगतू ने झुककर कहा। तभी वेटर सौंफ-चीनी के साथ बिल ले आया। सिंह ने झुकते हुए पैंट की जेब में हाथ डाला, "अरे, मेरा बटुआ?"

"बटुआ?" मैंने कहा।

"बटुआ?" मंगतू ने कहा।

"साले की उतर गई लगता।" मैंने सिंह के कान में कहा।

"शायद, मैं बटुआ कंपनी के लॉकर में भूल आया।" सिंह ने कहा।

"प्रेम तुम बिल चुका दो।" सिंह ने मुझसे कहा।

"मेरे पास तो सिर्फ 120 रुपए हैं।" मैंने अपना बटुआ दिखाते हुए कहा, "तुम कहो तो दे सकता हूँ।"

"साहब, अभी आप चुका दो, मैं आपको कल लौटा दूँगा।" सिंह ने कहा। मंगतू हम दोनों को एकटक देखने लगा।

"साहब, कल सुबह ही, आपको कहने की जरूरत नहीं होगी।" मैंने कहा।

"पक्का?"

मैं और सिंह एक साथ बोले, "हाँ साहब एकदम पक्का।"

मंगतू ने बिल चुका दिया। सारा काम प्लान के मुताबिक हो रहा था लेकिन आगे जो होने जा रहा वो हमारे प्लान में नहीं था।

"चलो साहब जल्दी चलो हमें वापस भी आना है।" सिंह ने कहा।

“नहीं, अब नहीं, रहने दो।” मंगतू बोला।

“साहब आप चलते तो हमें भी अनुभव हो जाता।” मैंने कहा।

“जेब में 120 रुपए हैं और अनुभव पूरा चाहिए।” मंगतू ने खीझते हुए कहा। सिंह ने ठहाका मारा।

“साहब, आप पैसे की फिक्र मत करो, कल सुबह होते ही आपकी पाई-पाई लौटा देंगे।” सिंह ने कहा।

बाइक पर बैठते हुए मंगतू बोला, “तुम दोनों सच बोल रहे हो न?”

“साहब, पानी में रहकर मगरमच्छ से कैसे बैर करना?” मैंने कहा।

“हाँ, यह बात तो सही है।” मंगतू खुश होकर बोला।

हम रेवाड़ी की उस बस्ती में आ गए जिसका हमने सिर्फ नाम ही सुना था। घरों के बाहर लड़कियाँ खड़ी थी। एक लड़की ने इशारा करके बुलाया।

“यहाँ आदमी तो कोई नजर नहीं आ रहा।” मंगतू ने कहा।

सिंह ने चुटकी लेकर हँसते हुए कहा, “क्या साहब मेल चाहिए क्या?”

तभी एक लड़की आगे आई और कहा, “आओ, दूर क्यों खड़े रह गए?

मंगतू बोला, “मैं होकर आता हूँ, तुम यहीं रुकना।”

मंगतू जब अंदर जा रहा था तो सिंह ने कहा, “साहब, सुना है कि अंदर सारे रुपए छीन लेती हैं।”

मंगतू ने झट से बटुआ निकाला और कुछ पैसे अपने पास रख, बटुआ हमें दे दिया और अंदर कमरे में चला गया।

“मंगतू तो अय्याश निकला साला, हमें नहीं पता था कि हमारे प्लान में उसकी अय्याशी भी शामिल हो जाएगी। जैसा हमने सोचा था वैसा ही हुआ। उसी के पैसों से पार्टी ली और उसी के पैसों से उसको अय्याशी भी करवा दी, इससे अच्छा क्या हो सकता है?” मैंने कहा।

सिंह ने सोचते हुए कहा, “क्या इससे भी अच्छा कुछ हो सकता है?”

“वो क्या?”

“साले को यहीं छोड़ चलते हैं।”

हम दोनों ने एक-दूसरे को देखा, मुस्कुराते हुए एक-दूसरे के हाथ पर ताली मारी और मंगतू को वहीं छोड़कर आ गए और फोन स्विच ऑफ कर लिया।

मोहब्बत का प्रचार

मैंने एक बार फिर मुंबई की तरफ रुख किया। इस बार मैं अपने 'प्यार की कहानी' का प्रचार उस फिल्मी नगरी की हवाओं में घोल देना चाहता था।

मैं मुंबई के लिए दिल्ली से ट्रेन में बैठने के लिए तीन घंटे पहले ही नई दिल्ली स्टेशन पहुँच गया क्योंकि मैं पिछली बार की तरह टॉयलेट के पास नहीं सोना चाहता था। मुझे लगा कि मैं मुंबई जाने वाले लोगों में सबसे पहले स्टेशन पहुँचा हूँ। जैसे ही ट्रेन प्लेटफॉर्म पर आई तो मेरी यह बात गलत साबित हुई। मैंने बहुत संघर्ष के बाद आखिर जरनल डिब्बे की खिड़की वाली सीट प्राप्त की। इस संघर्ष में मैं दूसरे स्थान पर रहा था। पहले नंबर वाला मेरे सामने वाली सीट पर बैठा था। वह बैठे-बैठे हाँफ रहा था।

हाँफते हुए उसने मेरी तरफ देखकर कहा, "अचानक घर जाने का प्लान सबसे बड़ी यही मुसीबत लेकर आता है कि कैसे सीट प्राप्त करोगे और उस सीट की रक्षा के लिए 22 घंटे तक अपने दिमाग व बल का उपयोग करके कैसे बचाए रखोगे।"

मैं उसकी ये बात सुनकर मुस्कुराया। वह फिर बोला, "जरनल डिब्बे की यात्रा के लिए हमें बहुत सारे प्रिपरेशन करने होते हैं। 22 घंटे का पेशाब पहले ही करके आए और पानी उतना ही पिए जितना पसीने के द्वारा शरीर से बाहर निकल जाए। खाना ना ही खाए तो अच्छा है नहीं तो शौच के चक्कर में पूरी रात सोच में ही निकल जाएगी।"

अब मेरे साथ वो यात्री भी मुस्कुराए जिन्होंने मुझे एक सीमित जगह में सीमित कर रखा था।

"मुंबई जा रहे हो?" उसने मुझसे पूछा।

"हाँ।"

"क्या, मुंबई से ही हो?"

"नहीं, ऐसे ही घूमने जा रहा हूँ।"

उसने सिर को हिलाते हुए मेरी तरफ देखा। वह मुझसे पाँच साल बड़ा रहा होगा। इस यात्रा के हमसफर के रूप में मुझे देख रहा था क्योंकि अगल-बगल बैठे सभी यात्री बुजर्ग टाइप थे।

मैं इस ट्रेन के बकवास समय को उपयोग करने के लिए अपनी डायरी निकाली व लिखने में व्यस्त हो गया। इस दौरान उसने मुझे दो-तीन बार टोका, मैंने उसे अनसुना करते हुए कोई जवाब नहीं दिया तो वह भी अपनी भारी-भरकम किताब निकाल कर पढ़ने लगा। लिखते-लिखते मेरी आँखें नम हो गईं क्योंकि मेरी कलम दर्द भरी मेरी भावनाओं को कागज पर उतार रही थी। उसने मोटे-मोटे गिलास वाले चश्मे से मेरी आँखों में देखा और कहा, "क्या हुआ? किसी की यादों को डायरी में उतार रहे हो?"

"नहीं-नहीं ऐसा कुछ नहीं है।"

शायद दो-तीन घंटे से वह मुझे ही देख रहा था।

"मैं मनोविज्ञान से PhD कर रहा हूँ।"

मैंने मन ही मन कहा, 'ये तो तेरे चश्मे से ही पता चल रहा है।'

"और इतना तो मुझे भी समझ में आ रहा है कि तुम किसी परेशानी से जूझ रहे हो।"

यह सही भी था कि मैं एक बहुत बड़ी परेशानी से गुजर रहा था।

"क्या मैं तुम्हारी कुछ मदद कर सकता हूँ?"

मैं सिर्फ उसकी तरफ देखता ही रहा कि वह मेरी कैसे मदद कर सकता है।

"क्या, मैं तुम्हारी डायरी देख सकता हूँ?"

"नहीं।"

वह थोड़ी देर चुप रहा।

"तुम्हारा ब्रेक-अप कैसे हुआ?"

मैं चोककर उसकी तरफ देखने लगा।

"नहीं-नहीं मेरा ब्रेक-अप नहीं हुआ है, मैं किसी से प्यार नहीं करता।"

उसने मेरे हाथ पर हाथ रखते हुए कहा, "कहते हैं कि दर्द बाँटने से कम हो जाता है?"

मैं भावुक हो गया और अपने चहरे को छिपाने के लिए खिड़की से बाहर देखने लगा। उसने मुझे भावुक होता देख बातचीत को बदलने के लिए कहा, "क्या करते हो?"

"मैं एक लेखक हूँ।"

"अच्छा।" मैंने फिर कहा, "लेकिन अपनी जिंदगी का।"

"मैं समझा नहीं।"

"मैं अपनी जिंदगी के बारे में लिख रहा हूँ।"

"इसका मतलब मैं जो तुम्हारे बारे में सोच रहा था, वह गलत था।"

"वो मुझसे बहुत प्यार करती थी।"

"उसका नाम क्या था? वह तुम्हें कैसे मिली?"

"मैं उसे प्यार से पुच्ची बुलाता था। वह मेरी जिंदगी का रॉन्ग नंबर थी..."

मैं अपनी प्रेम कहानी उसको, जिसके नाम के आगे अभी डॉक्टर की उपाधि लगी भी नहीं थी, ऐसे सुना रहा था जैसे आज वह मेरा पक्का इलाज करके जाएगा। मेरी प्रेम कहानी खत्म होते-होते ट्रेन वड़ोदरा पहुँच चुकी थी। इस दौरान मैंने कई बार उस भावी डॉक्टर को भावुक कर दिया। वह एक ही रुमाल से दोनों के आँसू पोछने में इस्तेमाल कर रहा था।

"क्या इतना प्यार करने वाले भी जुदा हो सकते हैं?" उसने अंगड़ाई तोड़ते हुए कहा।

"इस दुनिया में सब कुछ मुमकिन है।"

"तो तुम चाहते हो कि दुनिया प्रेम की बेपनाह मोहब्बत को देखे?"

"मुझे भी नहीं पता मैं क्या चाहता हूँ।"

"लेकिन तूमने ये तो बताया ही नहीं कि तुम्हारा ब्रेक-अप क्यों हुआ?"

"शायद इसके बारे में मुझे नहीं पता।"

वह अचंभित होकर मुझे देखने लगा।

"तुम कितने अजीब इंसान हो, तुम्हे ब्रेक-अप की वजह ही नहीं पता।"

"मुझे नहीं पता।"

"दुनिया को क्या बताओगे कि तुम्हारी पुच्ची तुम्हे क्यों छोड़कर चली गई? या कि जब उसका मन किया तो तुम्हारी जिंदगी में आ गई और उसका जब मन किया तो तुम्हारी जिंदगी से चली गई।"

मैं सोच रहा था कि पुच्ची मुझे क्यों छोड़कर चली गई। मैं काफी देर तक सोचता रहा। वह मेरे जवाब के इंतजार में एक टक देखे जा रहा था।

"जिस वजह से भारत-पाकिस्तान अलग हुए।" मैंने कहा।

वह पैरों को समेटकर सीट पर बैठते हुए मुझे ऐसे देख रहा था जैसे मैंने उसे एलओसी पार फेंक दिया हो।

"भारत-पाकिस्तान!"

"हाँ।"

अब भावी डॉक्टर साहब का सिर चकरा गया।

कुछ सोचते हुए बोला, "धर्म।"

"हाँ धर्म, धर्म इस दुनिया का सबसे बड़ा दुश्मन है।"

"वो कैसे?"

"इंसान इंसानियत को छोड़कर धर्म को बचाने में लगा हुआ है। एक धर्म के प्रति धार्मिक कट्टरता दूसरे धर्म और इंसानियत के लिए बहुत बड़ा खतरा है और पूरी दुनिया इसी रणनीति पर आगे बढ़ रही है।"

"तुम्हारा कहने का मतलब है अगला विश्वयुद्ध धर्म के लिए होगा।"

"हो सकता है।"

"हम भी कहाँ से कहाँ पहुँच गए। चलो छोड़ो। लेकिन तुम्हारे बीच में धर्म कहाँ से आया जब वो भी हिंदू ही थी?"

"ये मेरे देश का दुर्भाग्य है कि एक धर्म में भी सत्तर लफड़े हैं।"

"तुम कास्टिज्म के बारे में बोल रहे हो।"

"जी।"

"एक इतनी छोटी-सी बात के लिए एक महान प्यार कुर्बान हो गया।"

"उसका 'महान' शब्द मेरे दिल को छू गया।"

"प्यार... प्यार किसी के लिए कोई मायने नहीं रखता। यहाँ प्यार करना आत्महत्या करने से भी बड़ा गुनाह है।" मैंने भावुक होते हुए कहा।

"क्या सच में तुम्हारे प्यार का अंत कास्टिज्म की वजह से हुआ?" वह अभी तक शॉक था।

"इसके अलावा मुझे कोई ओर वजह नजर नहीं आती।"

"यदि सच में ऐसा है तो यह बहुत ही दुर्भाग्यपूर्ण है।"

"यह एक लाइलाज बीमारी की तरह है क्योंकि मेरे देश का एक पढ़ा-लिखा वर्ग इस बीमारी से ग्रस्त है, खासकर वो जिसको हम मिडिल क्लास कहते हैं।"

"मिडिल क्लास ही क्यों?"

"क्योंकि मिडिल क्लास की ही इज्जत सबसे ज्यादा लुटती है, बाकि न तो गरीब के पास कोई इज्जत होती है और न किसी अमीर के पास कोई इज्जत होती है।"

"प्रेम भाई, लेकिन इंसान की योग्यता की भी तो कोई अहमियत होती है?"

"योग्यता... योग्यता के मायने अलग होते हैं। डिपेंड करता है कि आप कितने योग्य हैं। यदि आपने UPSC का एग्जाम तोड़ा है तो आप समाज के सारे रूल तोड़ सकते हैं और यदि आप क्लर्क ही बने हैं तो आपको वैसा ही जीना पड़ेगा जैसे आप जीते आए हैं।"

"लेकिन आपने बताया कि आप की पुच्ची... क्या मैं भी उसे इसी नाम से बोल सकता हूँ?"

"अरे! भाई क्या फर्क पड़ता है, अब आप क्या बोलें और क्या नहीं।"

"लेकिन आपने बताया कि वह बहुत इंटेलिजेंट थी, जो UPSC भी तोड़ सकती थी और रूल भी?"

"हाँ, तोड़ सकती थी। लेकिन उसे UPSC से ज्यादा दिल तोड़ना आसान लगा।" मैंने इस बुझे से चेहरे पर हल्की मुस्कुराहट के साथ कहा।

घंटे भर बाद उसके चेहरे पर हल्की सी मुस्कान ने दस्तक दी।

"अब बस ये समझ लीजिए कि उसकी बुजदिली की कहानी हमारे आँसुओं से लिखी जा रही है।"

"बहुत अच्छा है जो तुम लिख रहे हो और यह डिप्रेशन से निकलने का एक रास्ता भी है।"

"क्या मैं डिप्रेशन में हूँ?"

"तुम डिप्रेशन में ही नहीं, उस रोग से ग्रस्त हो, जिसे लोग प्रेमरोग कहते हैं।"

मैं कुछ सोचते हुए बोला, "डॉक्टर साहब, इस बीमारी का कोई इलाज हो सकता है क्या?"

"तुम राइटिंग छोड़ सकते हो?"

“नहीं।”

“फिर कुछ नहीं हो सकता।”

“मतलब ?”

“मतलब, किसी को भूलने के लिए उससे जुड़ी हर चीज को अपनी जिंदगी से डिलीट करना होता हैं लेकिन तुम हो कि जख्म को कुरेदने में लगे रहते हो तो वो जख्म कैसे ठीक होगा।”

मैं उसको ऐसे सुने जा रहा था जैसे सच में ही किसी साइकोलॉजिस्ट से सलाह ले रहा हूँ।

“तुम उससे दूर भी जाना चाहते हो और तुम्हारी राइटिंग तुम्हें उसके फिर पास ले आती है। तुम भूलना भी चाहते हो और तुम्हारी राइटिंग फिर उसकी याद ताजा कर जाती है। आखिर में मैं यही कहना चाहूँगा कि भगवान तुम्हें तुम्हारी मंजिल तक जरूर पहुँचाए।”

सुबह के चार बज चुके थे और हम बातें करते-करते सो गए।

मुंबई पहुँचते ही सबसे पहले मैंने साधारण सफेद पेपर पर एक विज्ञापन छपवाया, जिसमें मेरी मोहब्बत की कहानी का संदेश लिखा था। उसकी 400 कॉपियाँ तैयार करवाई और साथ में फेविकोल का एक डब्बा लिया। मैं पूरी मुंबई में अपनी मोहब्बत के विज्ञापन को चिपका देना चाहता था ताकि लोगों को मेरी मोहब्बत के बारे में पता चले। शाम के पाँच बज चुके थे। मैंने सबसे पहले अपने इस सफर की शुरुआत जुहू बीच से करने का फैसला किया। जुहू पहुँचते ही मेरी नजर एक होर्डिंग पर गई। वहाँ बहुत से विज्ञापन पहले ही लगे थे। जब मैं फेविकोल लगा रहा था तो मेरे हाथ काँपने लगे। मैंने काँपते हाथों को रोका तो मेरी आँखें बरसने लगीं। आँसुओं से भीगती आँखों और पुच्ची की यादों के साथ मैंने अपनी मोहब्बत का पहला विज्ञापन लगाया।

जुहू बीच पर लोगों का काफी जमावड़ा था। बच्चे, बड़े, युगल व नवयुवक सब वहाँ मस्ती और अठखेलियाँ कर रहे थे। उनके शोर के साथ समुद्र की लहरों का शोर मिलकर मेरे कानों में एक अजीब दस्तक दे रहा था। बूँदाबाँदी भी शुरू हो गई थी जिससे मौसम बहुत खुशनुमा हो गया था। मैं बीच की तरफ बढ़ा। मेरे सामने अब अथाह सागर था जिसका दूर आसमान में मिलन हो रहा था। बड़ी-बड़ी, ऊँची लहरें दौड़ती हुई किनारे तक आतीं

और रेत को छूकर वापस लौट जातीं। यह दृश्य बहुत रोमांचित करने वाला था परंतु मेरे लिए बड़ा डरावना था। उसे देखकर मेरे रोंगटे खड़े हो गए।

बच्चों से लेकर बड़े तक सब पानी में अठखेलियाँ कर रहे थे। कुछ नवयुगल जोड़े पानी के अंदर घूम रहे थे। मैं भी पैंट को घुटने तक चढ़ाकर पानी में चला आया। डर तो लग रहा था मगर आनंद भी आ रहा था। धीरे-धीरे मैं पानी में काफी अंदर तक चला आया। मुझसे कुछ दूरी पर एक जोड़ा एक-दूसरे का हाथ थामे खड़ा था। अचानक एक बड़ी लहर आई और वो लड़की डर के मारे उस लड़के की बाँहों में समा गई। उन्हें देखकर मुझे पुच्ची के साथ अपनी पहली मुलाकात याद आ गई। मैं एक ही पल में यादों के भँवर में डूब गया। सागर का पानी अब मेरे गम के आगे छोटा लग रहा था।

मन-ही-मन मैं सागर की लहरों को अपनी तरफ आमंत्रित कर रहा था कि आओ मुझे अपनी आगोश में ले लो, मुझे अपने अंदर समा लो। मेरी आँखों से निकले आँसुओं की बूँदे मेरे हाथ पर गिरीं, मैं उन्हें कुछ देर तक देखता रहा, फिर आसमान की तरफ देखते हुए कहा, "भगवान मैंने कहा था कि मैं अपना गम सारी दुनिया को दूँगा, क्यों मैंने नहीं दिया। इस धरती माँ को भी दिया और इस अथाह सागर को भी।"

यह कहकर मैंने अपने हाथ पर गिरी उन बूँदों को सागर में बहा दिया और मेरा गम पूरे सागर में घुल गया। यही मेरा लक्ष्य था और मेरी जिंदगी भी।

बरसाती मौसम में खुले आसमान के नीचे रात गुजारना नामुमकिन था। मैं मुंबई सेंट्रल रेलवे स्टेशन पहुँचा, वहाँ बहुत से यात्री प्लेटफॉर्म पर सो रहे थे। मैं भी उनके बीच चादर बिछाकर सो गया। सुबह करीब 4:30 बजे रेलवे पुलिस का सिपाही हाथ में डंडा लिए उसको जमीन पर फटकार सोए हुए यात्रियों को चिल्लाकर जगा रहा था। मैं नींद में इस कदर डूबा हुआ था कि उसके चिल्लाने का मुझ पर कोई असर नहीं हुआ। वह मेरे पास आया और डंडे से मुझे 2-3 बार जोर से मारा। अचानक दर्द का एहसास होने पर मेरी आँख खुली तो वह जोर से चिल्लाया, "एक बार बोलने से सुनता नहीं क्या?"

मैं जागकर बैठ गया और अपनी चादर उठाकर स्टेशन से बाहर आ गया। फुटपाथ और सड़कें बारिश में भीगी हुई थीं। मुझे ठंड महसूस होने लगी तो अपनी चादर को अपने शरीर पर लपेट लिया और सोने की जगह तलाशने

लगा। चलते-चलते एक बस स्टैंड पर पहुँचा और वहीं बैग को सिरहाने लगाकर सो गया। जब आँख खुली तो महाराष्ट्र की राजधानी अपनी रफ्तार से दौड़ रही थी। बस स्टॉप पर काफी लोग खड़े थे। कुछ मुझे घूर-घूरकर देख रहे थे जो मेरी वजह से सीट पर बैठ नहीं पाए। मैंने फोन में टाइम देखा, 8:13 बज रहा था। मैंने अपना बैग उठाया और अपने रास्ते चल पड़ा।

अब अपनी संदेश यात्रा कहाँ से शुरू करूँ यह सोचने लगा, दिमाग में आया 'राइटर एसोसिएशन।' लक्ष्मी इंडस्ट्री बस स्टॉप पर उतरते ही मुझे 'अधिकारी ब्रदर्स' नाम की बिल्डिंग दिखी। मैं रिसेप्शन पर बैठे व्यक्ति को विज्ञापन देकर चलता बना। राइटर एसोसिएशन के नोटिस बोर्ड पर अपना विज्ञापन लगाया। और भट्ट के ऑफिस पर भी। वहाँ से आते हुए पता चला कि अमिताभ बच्चन का बंगला 'प्रतीक्षा' भी पास ही है। मैं जल्द से जल्द वहाँ पहुँचना चाहता था। क्योंकि मेरा मन सोच रहा था जैसे मैं मंजिल से दो कदम ही दूर हूँ। और मन को ऐसा सोचने की आजादी थी लेकिन वास्तविकता से अभी टकराना था। मैं लोगों से पूछता हुआ वहाँ पहुँचा। 'प्रतीक्षा' के बाहर खड़े वॉचमैन ब्लैक कमांडो की तरह काली वर्दी में खड़े थे। मैंने एक वॉचमैन से कहा, "मैं अमिताभ बच्चन से मिलना चाहता हूँ।"

"क्यों मिलना चाहता है?"

"तुम्हें बताना जरूरी नहीं है।"

"और कोई नजर आ रहा है जिसे तुम बता सको?" वॉचमैन ने कहा। मैंने चारों तरफ देखा और सोचा बात तो सही कह रहा है। मैंने अपना विज्ञापन उसे दे दिया। वह उसे पढ़ने लगा। उसने पढ़ने के बाद कहा, "इसके लिए आप यहाँ गलत आए हैं। जाकर किसी डायरेक्टर या प्रोडूसर से मिलिए।"

"वो लोग मिलना नहीं चाहते तभी तो यहाँ आया हूँ।"

उनमें से एक वॉचमैन ने कहा, "हम आपको मिलने देते लेकिन साहब तो यहाँ हैं ही नहीं।"

"शाम को तो आएँगे न, तब तक मैं बाहर ही बैठ जाता हूँ।"

"वो तो अगले वीक तक आएँगे।"

"मेरे लिए एक काम कर सकते हो।"

"क्या?"

"ये विज्ञापन उन तक पहुँचा देना और उनसे कहना मेरी हेल्प जरूर करें।"

वॉचमैन ने मेरा विज्ञापन जेब में रख लिया और मैं अपनी मंजिल के लिए आगे बढ़ गया। इस प्रकार मैंने बॉलीवुड के सभी जाने-माने लोगों और ऑफिसों तक अपना संदेश पहुँचाया।

'नरीमन प्वॉइंट' का नजारा देखकर मैं स्तब्ध रह गया। इस तरह का मेरी जिंदगी में पहला अनुभव था। एक छोर से दूसरे छोर तक कपल्स-ही-कपल्स नजर आ रहे थे। बहुत से कपल्स तो ऐसी स्थिति में थे जिनके बारे में मैं कोई प्रतिक्रिया नहीं दे सकता था। मुंबई का यह हिस्सा क्या सरकार ने इसी काम के लिए बनाया है? ऐसा मैंने सोचा। वहाँ लगे सुंदर पत्थरों पर बैठे आशिक जोड़े इसकी गवाही दे रहे थे।

एक बार के लिए मुझे ऐसा लगा कि मैं किसी पश्चिमी देश में आ गया हूँ। यहाँ कई जोड़े तो हॉलीवुड फिल्म के सीन की तरह हरकतें कर रहे थे जिन्हें मैं पहली नजर में देख भी नहीं पाया। मेरे घूर-घूरकर देखने की वजह से कई जोड़े को अपना किसिंग सीन रोकना पड़ा। मैं एक जगह आकर बैठ गया और सोचने लगा कि काश 'पुच्ची' मेरे साथ होती।

'है न, साथ ही तो है।' यह कहकर मैंने बैग से उसकी फोटो निकाली और उसे देखने लगा। फिर कुछ देर देखकर, फोटो को अपने सीने से लगा लिया। अब उसकी याद मुझे सताने लगी, आँखों में आँसू आने लगे। मैं उसकी फोटो लिए हुए बैठा रहा।

"पुच्ची, मुझे तुम्हारा प्यार चाहिए, तुम्हारा साथ।" मैं रोते-रोते कहने लगा।

मेरे आस-पास बैठे जोड़े मेरा रोना-धोना देखकर वहाँ से उठकर चल दिए। मुझे ऐसा लग रहा था कि शायद आज यह तस्वीर बोलेगी। मैं उसकी तस्वीर से बात किए जा रहा था।

'तुम मुझे ऐसे ही तड़पाती रहोगी? तकलीफ देती रहोगी पुच्ची? तुम बहुत बुरी हो। तुमने मुझे प्यार करने की यह सजा दी, यह जुदाई दी। मैं कब तक तुम्हें लिए ऐसे बैठा रहूँगा? कब तक तुम्हारे लौट आने का इंतजार करूँगा? क्या जिंदगी भर तुम मुझे ऐसे ही दर्द देती रहोगी? नहीं। बहुत हो गया, बहुत हो गया पुच्ची, अब और नहीं। नहीं चाहिए मुझे ऐसा प्यार जो मुझे सिर्फ तकलीफ देता रहे और खुद चुपचाप मुस्कुराता रहे।'

मैंने उसकी तस्वीर को पत्थर पर रख दिया और उसकी तरफ देखता हुआ चलने लगा। वह अब भी मुझे देख मुस्कुरा रही थी। मैं पलट-पलटकर उसको देखता हुआ चला जा रहा था तभी एक हवा का झोंका आया जो पुच्ची की फोटो को उड़ा ले गया।

मैं जोर से चिल्लाते हुए दौड़ा, "पुच्ची..."

पत्थरों के टेढ़े-मेढ़े होने के कारण मैं गिर पड़ा और मेरे पैर में चोट लग गई। मैंने फोटो को उठाकर अपने सीने से चिपका लिया और जोर-जोर से रोने लगा। पैर से खून बह रहा था मगर दर्द ज्यादा दिल में हो रहा था।

***

अपनी जेब का बजट देखते हुए शाम के खाने में वड़ा पाव लेने का निर्णय लिया और रात सांता क्रूज रेलवे स्टेशन पर गुजारी। ठंड इतनी थी कि मैं बिछाने के बजाय चादर को ओढ़ के सो गया। सुबह यात्रियों के शोर के कारण मेरी आँख खुली। मैंने चादर हटाकर देखा कि मैं लोगों के पैरो में पड़ा था। टिकट के लिए मेरे दोनों तरफ लंबी-लंबी लाइन लगी हुई थी। मैं खड़ा हुआ, अपनी चादर को समेटा और आज के सफर के लिए निकल पड़ा।

मुंबई में एक खास जगह स्पेशल फिल्मों के लिए जानी जाती है-'फिल्मसिटी।' आज फिल्मसिटी जाने का निश्चय कर मैं लोकल ट्रेन में सवार हुआ लेकिन दूसरे दर्जे का टिकट लेकर पहले दर्जे में बैठने के कारण टीटी ने मुझे पकड़ लिया। तब मुझे समझ आया कि पहले और दूसरे दर्जे के डिब्बे में क्या फर्क था। टीटी ने चालान थमा दिया। बहुत क्षमा-याचना के बाद भी जब वो नहीं माना तो उसे रुपए देने के बाद अब मेरे पास मात्र दो अंकों में रुपए बचे थे, इसलिए मैंने सोचा कि अब घर लौटने तक उपवास पर रहूँगा।

फिल्मसिटी खोजता-खोजता मैं थोड़ा आगे निकल गया। लोगों से पूछने पर पता चला कि फिल्मसिटी का दूसरा दरवाजा पास में ही है। भैंसो के तबेले से होता हुआ मैं दरवाजे पर पहुँचा, वहाँ काफी भीड़ थी। जरूर कोई शूटिंग चल रही है, यह सोच मैं रोमांचित हो उठा। वहाँ जाकर देखा, न तो वहाँ कैमरा था, न ही हीरो-हिरोइन। एक तरफ पुलिस खड़ी थी दूसरे तरफ तबेले वाले। पूछने पर पता चला कि तबेले वालों ने कोई धरना प्रदर्शन कर रखा है। मैं एक पुलिस वाले के पीछे जाकर खड़ा हो गया और चुपके से दरवाजे के अंदर

देखा। अंदर कोई नहीं था। मैं दबे पाँव चुपके से अंदर चला गया और इस तरह में हर छोटे-बड़े स्टूडियो पर अपना विज्ञापन लगाता हुआ आगे बढ़ रहा था।

आखिरकार मैं मुख्य दरवाजे तक पहुँचा। दरवाजे के बाईं तरफ एक बिल्डिंग के पास काफी भीड़ थी। वहाँ क्या है, जानने के लिए मैं अंदर जाने लगा तो वॉचमैन ने मुझे रोकते हुए कहा, "कहाँ जाना है?"

"यहाँ क्या होता है?"

"तुम्हें नहीं पता?"

"नहीं।"

"फिर किसलिए अंदर जा रहे हो?"

मैंने उसे विज्ञापन दिखाया। उसने कहा, "तुम अंदर नहीं जा सकते।"

"वैसे अंदर होता क्या है?"

"यहाँ एडिटिंग होती है।"

बाकी बचे पेपर को मैं वहाँ आने-जाने वाले लोगों को बाँटने लगा। जब मैंने एक व्यक्ति को विज्ञापन दिया तो उसने खीझते हुए कहा, "क्या है?"

मैंने विज्ञापन उसके हाथ में पकड़ा दिया, उसने कुछ सेकेंड पढ़ने के बाद मुझे मराठी भाषा में कुछ कहा। उसके हाव-भाव से मैं जान पाया कि वह मुझे गाली दे रहा था और विज्ञापन को अपने पैरों में डालकर रगड़ता हुआ मेरी तरफ घूरते हुए चला गया।

मैंने नीचे बैठकर उस कटे-फटे विज्ञापन को उठाया और बस स्टॉप पर आकर बैठ गया और सोचने लगा, 'क्या मेरी मोहब्बत इस लायक है कि लोगों के पैरों तले कुचली जाए? मैं कितना बेवकूफ हूँ जो इन लोगों से उम्मीद रखता हूँ। क्या यह लोग मेरी मोहब्बत को पसंद करेंगे? मुझे प्यार देंगे? नहीं, कभी नहीं। इन लोगों में मेरी मोहब्बत को समझने की संवेदना ही नहीं है। मैं गलत हूँ जो यहाँ आया, अपनी मोहब्बत का प्रचार किया और बदले में अपने प्यार को लोगों के कदमों में कुचलते देखा। जो पर्दे पर दिखता है सिर्फ वही बिकता है। असल जिंदगी में उसके कोई मायने नहीं। मुझे यहाँ से चले जाना चाहिए, इन कठोर, बे-दिल लोगों से दूर। इस शहर से दूर अपनी दुनिया में।'

***

एक हमारा भाई था 'मगनी', वह ट्रक चलाता था। एक दुर्घटना में बुरी तरह से घायल हो गया। उसका एक पैर कई जगह से फ्रैक्चर हो गया। गुड़गाँव के एक निजी अस्पताल ने इलाज शुरू करने से पहले सात लाख रुपए की माँग की। उसकी पाँच लाख की बीमा पॉलिसी भी काम नहीं आ सकती थी, क्योंकि उसके क्लेम के लिए मरना ही पड़ेगा। इलाज बहुत ही महँगा था इसलिए उसे सरकारी अस्पताल में एडमिट करवाया गया। डॉक्टरों के ढाई महीने के अत्याचार के बाद 'मगनी' चल बसा। उसके अंतिम संस्कार के बाद मैं शोकसभा में बैठा हुआ था। वहाँ दो बुजुर्ग बातें कर रहे थे।

पहला- "मगनी के कितने बच्चे हैं?"

दूसरा- "दो लड़कियाँ हैं।"

पहला- "हाँए, छोरा ना है?"

पहला- "जवान बहू है, इतनी लंबी जिंदगी कैसे निकालेगी?"

दूसरा- "सब भगवान की मर्जी है।"

पहला- "भगवान जो करता है, अच्छा करता है।"

मैं भाभी की जिंदगी की तुलना खुद से कर सकता था। फर्क बस इतना था कि भाई अब दुनिया में नहीं था लेकिन मेरी पुच्ची इस दुनिया में थी। मैंने उन बुजुर्गों से पूछा, "भगवान जो करता है, सच में अच्छा करता है?"

पहला- "हाँ, सब उसकी माया है।"

"वो कैसे?" मैंने पूछा।

दूसरा- "यह भी वही बताएगा।"

मैं सोच में पड़ गया कि इसका मतलब मेरे साथ जो हुआ वो सब भगवान ने किया। उसकी मर्जी से हुआ। इसका जवाब भी भगवान ही देगा। पुच्ची भी भगवान की भक्त थी। उस दिन डोरी बाँधकर उसने भगवान से क्या माँगा था? काफी विचार करने के बाद मैं अपने आप को संतुष्ट करने में नाकामयाब हुआ और मैंने भगवान से मिलने का निश्चय किया।

मैंने धर्मशाला के पास स्थित मंदिर में रात 12 बजे जाने का निर्णय लिया क्योंकि मैं चाहता था कि जब मैं भगवान से मिलूँ तो आस-पास कोई न हो।

मंदिर में बिजली की व्यवस्था नहीं होने के कारण वहाँ बहुत अँधेरा था। मैं मंदिर की छत पर जाकर बैठ गया। मैं एक साधारण इंसान जिसे भगवान से

संपर्क करने के बारे में कुछ नहीं पता था, न ही किसी तंत्र-मंत्र का ज्ञान था। मैं भगवान से बोलने लगा, "भगवान आप तो अंतर्यामी हो। आपको तो सब पता है कि मैं कितना दुखी हूँ। पुच्ची मुझे छोड़कर चली गई, लाख कोशिशों के बाद भी वह लौटकर नहीं आई। मैं कैसे जिऊँ उसके बगैर? किसके सहारे जियूँ? मैं क्या करूँ कि वो लौट आए? कैसे समझाऊँ खुद को कि वो अब नहीं आएगी मेरे पास? क्या डोरी बाँधते वक्त उसने प्रेम से जुदाई माँगी थी?"

सुबह के 4 बजे तक ऐसे न जाने कितने सवाल मैं भगवान से करता रहा। चलते हुए मैंने कहा, "भगवान मैं तब तक आऊँगा जब तक आप मुझे मेरे सवालों का जवाब नहीं दोगे।"

मैं रोज ऐसे ही 12 बजे छुप-छुपकर मंदिर जाता, भगवान से ढेरों सवाल करता और ऐसा करते हुए मुझे डेढ़ महीने से ऊपर हो गया लेकिन एक भी सवाल का जवाब भगवान की तरफ से नहीं मिला। मैं निराश और भावुक हो गया, आँखों से अश्रुधारा बहने लगी। मेरे मुँह से सिर्फ एक ही शब्द निकला 'पुच्ची'। सुनसान रात में मेरे दिल से निकली यह आह बहुत दूर तक सुनी जा सकती थी। मैं आँख बंद करके रोने लगा। जब आँख खोली तो सामने पुच्ची को पाया, मैं उसके जितना पास जाने की कोशिश करता वह उतनी ही दूर चली जाती। मैं उसके पीछे-पीछे दौड़ता रहा और वह मुझसे दूर भागती रही।

***

कैंटीन की टेबल नंबर 24 पर जमघट लगा हुआ था। सभी अपनी बातों में मस्त चाय की चुस्की ले रहे थे। तभी कुमार टेबल पर कैप मारते हुए बैठा।

"कुमार क्या हुआ? कुछ परेशान लग रहे हो?" दास बाबा ने पूछा।

"क्या करें, इन तेलुओं ने तो जीना ही हराम कर दिया है।"

"किसने? क्या कर दिया?"

"डमरू हरामी गोलीबाज का चट्टू।"

"डमरू... डमरू ने क्या कर दिया?" बाबा ने फिर पूछा।

"क्या बताऊँ, इनके जैसे लोग नैकरी नहीं करने देंगे।"

"तेरीकुकरपाटरीहै, लागह जमा कसूता डरा दिया डमरू न।" चौधरी ने कहा।

"अरे यार तेल लगाने की भी हद होती है। कल पार्ट में माइनर बर आ रही थी तो मैंने पार्ट होल्ड कर दिया था।

"फिर ?" बाबा ने पूछा।

"फिर साले डमरू के गिड़गिड़ाने पर मैंने उसे आगे चलाने के लिए बोल दिया। बात यहीं पर खत्म हो चुकी थी लेकिन साले चट्टू ने अपने बाप गोलीबाज को ये बात बता दी ओर उसने पलटू को। अब पलटू मेरी पलट-पलट कर मार रहा है कि तुमने मुझे क्यों नहीं बताया।"

"इस डमरू को कोई बात हजम नहीं होती है क्या ?" बिहारी ने कहा।

"जब तक अपने बाप को नहीं बताएगा तो खाना कैसे हजम होगा।" कुमार ने कहा।

"ये जितने भी तेलु हैं जो उठाने का काम करते हैं, इनका भी कुछ करना पड़ेगा।" सिंह ने कहा।

"सिंह तुम तो अपना दिमाग ना ही लगाओ तो अच्छा है।" दास बाबा ने कहा।

"क्यों बाबा ?"

"साला जो तुम्हारे चक्कर में आएगा उसका या तो गेट बंद करवाओगे या किसी की छुट्टी ही करवा दोगे।"

"नहीं बाबा थोड़ा इस बार ठंडे दिमाग से सोचना पड़ेगा।"

"हाँ, बेटा तुम सोचते तो हो ठंडे दिमाग से ही, लेकिन बाद में माहौल गरम हो जाता है।"

सभी हँसने लगे, कुमार की टेंशन अब गायब हो चुकी थी।

"सिंहवा, का सोचे हो ?" बिहारी ने पूछा।

"अब इस बिहारी को भी कुछ ज्यादा ही इनकी भाषा समझ में आने लगी है, जब ये पिछवाड़े पर लात पड़वाएगा तो सब समझ में आ जाएगा।" बाबा ने कहा।

"बाबा, हम किसी से लड़ाई-झगड़े या गाली देने के लिए नहीं कह रहे, हम चाहते हैं कि इनको सबक सिखाया जाए।" सिंह ने कहा।

"कैसे ?"

"ऐसा कुछ किया जाए जिससे इनको अपने किए पर शर्म आए।"

"इनको शर्म आती तो ऐसा काम ही नहीं करते। वो हमारा तेलु तिवारी, शर्म नाम की चीज को जैसे भाड़े पर दे आया हो।" बाबा ने गुस्से में कहा।

"तो बाबा चंद टुच्चे लोगों के कारण हम इस तरह दुखी होते रहें?"

"बिलकुल।"

तभी डमरू भी कैंटीन में आ गया।

"अरे! बराबर लगा रहे हो?" बंगालीजी ने डमरू से कहा।

"कौन-सा तेल लगाए बे जिसकी चिकनाई दूसरे डिपार्टमेंट तक पहुँच गई?" बिहारी ने डमरू से पूछा।

"कुमार, जो आप हमें बोल रहे थे, अब इनको बोलिए।" दास बाबा ने कहा।

"इनको तेल लगाने से फुर्सत मिले तब ना।" कुमार ने गुस्से से डमरू की तरफ देखकर कहा।

"थोड़ा कम लगाया करो भई, लोगों को परेशानी हो रहा है।" बिहारी ने कहा।

"तुम्हें कहाँ जरूरत थी उस बर वाले पार्ट के बारे में गोलीबाज को बताने की?" कुमार ने कहा।

"बस मैं तो उनकी नॉलेज के लिए बताया था।"

"तुम्हारी नॉलेज तो अब हमारे पिछवाड़े में आ घुसी है। पलटू सुबह से पेले जा रहा है। और हमसे जवाब देते नहीं बन रहा है।"

"पलटू को कैसे पता चला?" डमरू ने कहा।

"तेरे साहब से पूछ ले कि कहाँ की बात कहाँ पहुँचा देते हैं। यदि अगली बार प्रॉब्लेम आई तो कॉम्प्रोमाइज नहीं करूँगा चाहे कुछ भी हो जाए।"

"कोई बात नहीं ये तो ऐसे ही करते रहेंगे। तुम बराबर लगाते रहो उठाते रहो।" बंगाली ने कहा।

"ये तो एक 'इंकलाब जिंदाबाद' की तरह नारा हो गया।" सिंह ने कहा।

"क्या मतलब?" मैंने कहा।

"लगाते रहो उठाते रहो।" फिर पूरी टेबल ने जोर से नारा लगाया, "लगाते रहो उठाते रहो।"

बिहारी ने अचंभित होते हुए कहा, "लगाते रहो' का मतलब तो समझ में आया लेकिन 'उठाते रहो' का क्या मतलब है बे?"

"लो, अब इसको ये भी बताना पड़ेगा।" सिंह ने कहा। तो सभी जोर-जोर से हँसने लगे।

आखिरी इच्छा

माँ दुनिया का सबसे अनमोल शब्द है। माँ तेरी छाँव में मुझे ममता, प्यार, स्नेह, वात्सल्य, प्रेरणा, करुणा, दया, निस्वार्थ, त्याग, बलिदान, कर्तव्य, शक्ति, समर्पण, ज्ञान, सीख... और मैं क्या लिखूँ जो भी लिखूँगा वो कम होगा। आज वो ही माँ तकलीफ में थी। मैं कंपनी में 'बी' शिफ्ट में था। रात 9 बजे घर से फोन आया। माँ ने रोते हुए कहा, "प्रेम, तू घर आ जा, तेरी माँ अब मरने वाली है, मुझे सीने में बहुत दर्द हो रहा है, बेटा तू आ जा।"

मैंने पापा से कहा, "आप, डॉक्टर को बुलाओ मैं अभी आ रहा हूँ।"

मेरे घर आने तक डॉक्टर भी आ चुका था। डॉक्टर ने माँ को इंजेक्शन लगाया और एंटीबायटिक दवा भी दे दी। डॉक्टर ने माँ को पेट में गैस की शिकायत बताई। यह बात मुझे हजम नहीं हुई क्योंकि माँ को यह दर्द पहली बार नहीं हो रहा था। डॉक्टर की बात मानने के अलावा कोई विकल्प भी नहीं था। मेरी उपस्थिति ने माँ की आधी तकलीफ तो वैसे ही दूर कर दी थी।

मैं माँ के पास बैठ गया। वह लगातार बोले जा रही थी, "बेटा मेरा दर्द बढ़ता जा रहा है, अब सहन नहीं होता, पता नहीं कब मैं दुनिया से चली जाऊँ? अब तू शादी कर ले, तुझे जिससे करनी हो उससे शादी कर ले ताकि मैं अपनी बहू को देखकर जाऊँ।"

मेरी माँ की आवाज में दर्द था लेकिन मुझे आज इस बात की खुशी भी हुई कि यदि में पुच्ची को अपनाता तो मुझे कम से कम अपने लोगों से नहीं लड़ना पड़ता। मेरे चुपचाप बैठे रहने के कारण माँ ने फिर कहा, "एक तू ही है, जिसका मैं कुछ नहीं कर पाई।" और यह कहकर माँ रोने लगी।

"माँ, अब रहने भी दो।"

"लेकिन तू शादी क्यों नहीं करना चाहता? क्या अपनी माँ को बहू नहीं

दिखाएगा?" माँ, यह कहकर और तेज रो पड़ी।

यह एक माँ की आखिरी इच्छा थी जिसे पूरी करने के लिए वो अपने बेटे के आगे गुहार लगा रही थी। माँ के आँसू मुझ पर असर करते इससे बचने के लिए मैंने झूठ-मूठ हँसते हुए कहा, "माँ, अगर मैंने शादी कर ली तो तू सच में मर जाओगी?"

"वो तो वैसे भी यह बीमारी मुझे मारकर ही छोड़ेगी।"

"नहीं माँ, ऐसे थोड़ी मरने दूँगा, अपनी माँ को।"

माँ अब चुप हो गई, दवा के असर से दर्द भी कम हो गया था। मैंने माँ को सहारा देकर लेटा दिया और माँ मुझसे बात करते-करते सो गई। मैं माँ की बहू को याद करके तड़पता रहा।

***

जब मोहब्बत सच्ची हो तो पूरी कायनात दो प्रेमियों को मिलाने की कोशिश करती है। और आज कुछ ऐसा ही हुआ। पुच्ची मेरे घर आई और माँ की गोद में सर रखकर मेरी शिकायत करने लगी। माँ ने कहा "वो कौन होता है तुझे मना करने वाला, यह तेरा ही घर है, आज से तुम हमारे ही साथ रहोगी।"

मैं धर्मशाला की खिड़की में बैठा हुआ था। अमर ने मुझे आकर बताया कि पुच्ची अपने घर पर आई हुई है। मुझे ऐसे लगा जैसे खुद भगवान ही मुझसे मिलने आ गए हैं। मैं घर की तरफ दौड़ा, मेरी आँखों में आँसू बहने लगे, जैसे-जैसे मैं घर की तरफ बढ़ रहा था तेज हवाएँ चलने लगीं। घर के नजदीक आते-आते उन हवाओं ने तूफान का रूप ले लिया। मैं तूफान को चीरते हुए घर के दरवाजे तक आ गया। मैं दरवाजा खोल पाता इससे पहले तूफान और तेज हो गया। मैं पुच्ची से मिलने के लिए तूफान से संघर्ष कर रहा था। मेरे पैर जमीन से उखड़ने लगे। मैं दरवाजे से लटका हुआ हवा में उड़ने लगा। थोड़ी देर बाद मेरे हाथ भी छूट गए और तूफान मुझे उड़ा ले गया। हड़बड़ाकर मेरी नींद खुली, मैं उठकर बैठ गया। मैं आँखों से आँसू पोंछते हुए कहने लगा, "सपनों में भी जुदाई, कम-से-कम सपनों में तो मिल के जाती, प्यार करती, पुच्ची देती, चाहे झूठ ही सही।"

"वैसे भी अब यह सिर्फ सपना ही रह गया है जिसको मैं सिर्फ सपने में ही पूरा कर सकता हूँ।" तकिए में चेहरे को रगड़ते हुऐ कहा।

"क्या सच में मैं पुच्ची को पाना चाहता हूँ, जो मुझसे नफरत करती है, मुझे गालियाँ देती है?"

"नहीं... नहीं चाहिए मुझे ऐसा प्यार, सचमुच नहीं चाहिए।"

"हाँ, नहीं चाहिए, मैं नहीं करता उससे प्यार, साली धोखेबाज।"

"तो फिर तुम क्या चाहते हो?"

'तुम्हें पुच्ची नहीं चाहिए, उसका प्यार भी नहीं चाहिए, तो फिर क्या चाहिए? क्यों पागलों की तरह भटकता फिरता है? उसको लिखता है, उसके प्यार को लिखता है, उसकी नफरत को लिखता है, अपने दर्द को लिखता है, क्यों?' 'क्यों करता है ऐसा?' 'क्या यह तुम्हें उससे दूर करता है?' 'इससे तो उसकी याद और भी बढ़ जाती है, इससे तो उसको खोने का गम ताजा हो जाता होगा।'

मुझे अपने प्रश्नों का जवाब तलाशते हुए सुबह हो गई लेकिन कोई जवाब नहीं मिला।

***

तेलु तिवारी का आतंक बढ़ता ही जा रहा था। पलटू की छत्रछाया में वह ठाठ-बाट से राज कर रहा था। उसने अपना सारा कामकाज हम लोगों पर थोप दिया था। हममें से सबसे अधिक नुकसान दास बाबा को हुआ। उनकी बहुत सी जिम्मेदारी हस्तांतरित कर ली गई थी। जैसे गेटपास पर हस्ताक्षर नहीं कर सकते, शिफ्ट शेड्यूल नहीं बना सकते, किसी को छुट्टी नहीं दे सकते और तेलु की सलाह के बिना कोई कार्य नहीं कर सकते। हमें भी डिपार्टमेंट चेंज करने की धमकी मिलती ही रहती थी लेकिन आज जो हुआ उसका पछतावा मुझे जिंदगी भर रहेगा।

'कस्टमर इवेंट' का काम चल रहा था और दास बाबा एक सप्ताह से इसमें लगे हुए थे। काम लगभग पूरा हो चुका था। प्रोडक्ट पर कुछ मार्किंग व टैग लगाने का काम बाकी था। दास बाबा के पास अचानक एक फोन आया, बात करने के बाद बाबा ने गेटपास भरा और तेलु से बोले, "तिवारीजी, बस मार्किंग व टैग लगाने का काम बचा है, जो आप कर लीजिएगा। मुझे एक बहुत जरूरी काम आ गया है, मुझे जाना होगा।"

दास बाबा ने गेटपास तेलु के सामने रख दिया। तेलु घूमने वाली चेयर

पर झूल रहा था। काम करने का नाम सुनते ही वह झल्ला उठा और गेट पास को उठाकर उसके टुकड़े-टुकड़े कर दिए। "काम कौन करेगा? मैं, मैं काम करूँगा? तो तुम क्या करोगे? काम करना नहीं चाहते तो कंपनी छोड़ दो। रोज तुम्हें छुट्टी चाहिए, गेटपास चाहिए, कुछ नहीं मिलेगा। जाओ, जाकर काम करो।"

तिवारी के इस संकीर्णता भरे व्यवहार को देखकर पूरा डिपार्टमेंट स्तब्ध था। दास बाबा वापस काम में लग गए। वे गहन वैचारिक मुद्रा में काम कर रहे थे। तिवारी के डिपार्टमेंट से बाहर जाते ही सिंह जोर से चिल्लाया, "भगवान इस तेलु को उठा ले।"

दूसरे ही पल मैं और सिंह दास बाबा के पास थे। दास बाबा के काम में सहायता करते हुए सिंह ने कहा, "बाबा तुम कहो तो इस तेलु का बैंड बजा दें।"

"इस साले के पीछे तो पागल कुत्ता दौड़ा दो।" मैंने कहा।

"दो घंटे के मेहमान के लिए तुम क्यों अपनी नौकरी दाँव पर लगा रहे हो।" दास बाबा बोले।

मैंने और सिंह ने चौंककर कहा, "दो घंटे का मेहमान?"

"हाँ, छुट्टी होने में दो घंटे ही तो बाकी हैं।" दास बाबा ने कहा।

'कस्टमर इवेंट' पूरा हो चुका था। दास बाबा ने हम लोगों को काम में सहायता के लिए धन्यवाद दिया। दूसरे दिन बाबा कंपनी नहीं आए, हमने फोन मिलाया तो फोन बंद था। फिर कई दिन बीत गए, न तो दास बाबा कंपनी आए न ही उनका फोन मिला। मुझे फिर समझ आया कि उनके द्वारा कहे दो घंटे का क्या मतलब था।

***

हमारी कंपनी में एक इंजीनियर और था, जो हर साप्ताह दिल्ली जाया करता था। उसका दिल्ली जाना हम सभी के लिए एक राज था। वह मेरी हालात को देखकर अक्सर मुझे कहता था कि "तेरे दर्द की दवा मेरे पास है, लेनी हो तो बता देना।"

एक रात मैं पुच्ची की याद में असहनीय पीड़ा से गुजर रहा था तो मुझे उसकी बात याद आई और मैंने उससे दर्द की दवा लेने का निश्चय किया।

सुबह कंपनी पहुँचते ही मैं सबसे पहले उससे मिला और कहा, "दर्द की दवा मिलेगी?"

वह मेरी बात सुनकर आश्चर्य में पड़ गया। थोड़ी देर तक मुझे ताकने के बाद उसने कहा, "उसके लिए तुम्हें दिल्ली चलना होगा।"

"क्यों?"

"क्योंकि वह दवा वहीं मिलती है, लेकिन तुम्हें पहले मुझसे वादा करना होगा कि इसके बारे में तुम किसी को कुछ नहीं बताओगे।"

मेरे द्वारा वादा करने पर हमने रविवार को दिल्ली जाने का प्लान बनाया। रास्ते भर मैं उस दवा के बारे में सोचता रहा कि वो दवा कैसी होगी? क्या उसको लेकर मैं सच में पुच्ची को भूल जाऊँगा? क्या वही पुराना हँसता-खेलता प्रेम लौट आएगा? क्या मैं फिर से प्यार कर पाऊँगा?

ऐसे ही सोचते-सोचते हम दिल्ली पहुँच गए। वहाँ से हम पैदल ही आगे चलने लगे। कुछ दूर चलते ही रेडियम के चमकते बोर्ड पर बड़े-बड़े अक्षरों में लिखा था "जी.बी. रोड।" जैसे ही हम उस रोड पर चलने लगे मुझे वहाँ बहुत चहल-पहल नजर आई। रोड पर बहुत भीड़ थी। दिल्ली पुलिस का एक जवान भीड़ नियंत्रित करते हुए अपना डंडा घुमाते हुए चिल्ला रहा था, "चलते रहो, चलते रहो।"

जैसे ही हम कुछ आगे बढ़े मुझे छत पर बहुत सी लड़कियाँ नजर आईं। जिन्होंने बहुत मेकअप कर रखा था। वे इशारे कर हमको बुला रही थीं। मैं यह माहौल देख अचंभित रह गया। मैंने रुककर कहा, "अरे, ये किसको बुला रही हैं?"

"तुम्हें ही बुला रही हैं।" वो मेरा हाथ पकड़कर मुझे ले जा रहा था। मैं उन लड़कियों को पलट-पलटकर देख रहा था। सामने इमारत की दीवारों पर कुछ नंबर लिखे हुए थे। वह उन्हें देखकर चल रहा था।

"कितने नंबर में चलें?" उसने कहा।

"मतलब।" मैंने कहा।

"64 नंबर में चलते हैं।" उसने कहा।

वह मुझे थोड़ी दूर खींचकर ले गया। दीवार पर 64 नंबर लिखा हुआ था और वहाँ से सीढ़ियाँ ऊपर चढ़ रही थीं। वह मेरा हाथ पकड़े उन संकरी-सी

सीढ़ियों पर चढ़ने लगा और हमारे पीछे कई लोग चढ़ रहे थे। वहाँ का नजारा मेरे लिए अकल्पनीय था। अलग-अलग कमरों के दरवाजों पर दर्जनों-दर्जनों लड़कियाँ खड़ी हुई थीं। कुछ लड़कियाँ हमें इशारा करके बुला रही थीं और कुछ हमें आवाज दे रही थीं। हम थोड़ी और सीढ़ियाँ चढ़े। अब हम एक बड़े हॉल में पहुँचे, जहाँ पर लड़कियों का मेला लगा हुआ था।

यहाँ पर कोई लड़की लड़के की गोद में बैठी थी, कोई गले में हाथ डालकर खड़ी थी, कोई अश्लील इशारे कर रही थी। कुछ सुंदर लड़कियाँ अपने सुंदर चहेरे को मेकअप से और सुंदर बना रही थीं तो कुछ अपने कम सुंदर चहेरे को चमका रही थीं।

वह मुझे बगल में रखी बेंच पर बैठाकर चला गया और एक अधेड़ महिला से बात करने लगा। मैं मेरे सामने वाली बेंच पर बैठी उस लड़की को एक टक देख रहा था जो अपने सुंदर चेहरे को और सुंदर बना रही थी। मेरी नजर उससे तब हटी जब एक लड़की ने मेरी ठोडी को पकड़कर कहा, "बाबू क्या चाहिए?"

मैं डर गया। मैंने उसका हाथ हटाते हुए अपने साथ आए इंजीनियर और उस अधेड़ महिला की तरफ इशारा किया। वह लड़की अब चली गई। मैं फिर उसे देखने लगा। थोड़ी देर में वो इंजीनियर और वह महिला एक लड़की को लेकर मेरे पास आए और उसका हाथ मेरे हाथ में थमाते हुए बोले, "जा ले जा ऐश कर।"

मैंने लड़की कि तरफ देखा और फिर इंजीनियर कि तरफ देखकर उसे मना कर दिया।

"क्यों?" उसने कहा।

उस मेकअप करती लड़की की तरफ इशारा करते हुए मैंने कहा, "वो।"

उस महिला ने मेरे गाल खींचते हुए कहा, "इस चिकने को तो हमारी लवली पसंद आ गई।"

अधेड़ महिला उस लड़की को मेरे पास ले आई। इंजीनियर ने कहा, "अब तो खुश हो जा।"

मैं मुस्कुराया और वह लड़की मुझे पास के कमरे में ले गई। मैं उसके सुंदर चेहरे को निहार रहा था। उसने मुझे दरवाजा बंद करने को कहा। मैं जैसे

ही दरवाजा बंद कर पलटा वह पूर्ण-नग्न हो चुकी थी। मैं उसे देखकर झेंप गया और उससे नजरें हटाकर कहा, "यह क्या है? मुझे यह सब नहीं चाहिए।"

"तो तुम्हें क्या चाहिए?"

"आई वांट लव। मुझे प्यार चाहिए।"

वह मेरे करीब आकर बोली, "यह प्यार ही तो है बाबू।"

मैंने वहाँ पड़े कपड़ों से उसके स्तन को ढक दिया। वह मेरे गले में हाथ डालकर बैठ गई। मैं भी उसे बाँहों में लेकर बैठ गया और उसमें अपनी पुच्ची को ढूँढ़ने लगा। मेरी आत्मा पुच्ची के एहसास से मिलन करना चाहती थी। मैं कल्पनाओं में खो गया, मुझे उसके अंदर पुच्ची की छवि नजर आने लगी।

"तुम मुझसे पुच्ची जितना प्यार करोगी?"

उसने मेरी आँखों में देखते हुए कहा, "यह पुच्ची कौन है?" फिर उसने पूछा, "तुम्हारी गर्लफ्रेंड है या बीवी?"

मैं कोई जवाब नहीं दे पाया। मैंने उसके हाथों को चूमते हुए फिर कहा, "क्या तुम मुझे पुच्ची जितना प्यार करोगी?" यह कहते हुए मैं भावुक हो गया, मेरी आँखें छलक उठीं। वह अपने स्तन से कपड़ा हटाकर मुझे चूमने लगी। मैंने उसे अपने से झटककर दूर किया और कहा, "नहीं, मुझे यह नहीं चाहिए।"

वह मुझे आश्चर्य से देख रही थी। मेरी आँखों से आँसू बहने लगे।

"मुझे सिर्फ पुच्ची चाहिए, पुच्ची का प्यार चाहिए।" यह कहते हुए मैंने दरवाजा खोला और अपने आँसुओं को पोंछते हुए सीढ़ियाँ उतरता चला गया।

फिल्म राइटर फेस्टिवल, जयपुर

मेरी संदेश यात्रा विफल हो चुकी थी। इतनी कोशिशों के बाद भी किसी प्रोड्यूसर या डायरेक्टर का न कोई फोन आया न ही मेल।

मैं अपनी जिंदगी से निराश होने लगा था। मेरी जिंदगी आगे बढ़ने का नाम ही नहीं ले रही थी। आँखों का पानी सूख चुका था। खुली आँखों से सपने देखने बंद हो चुके थे। जिंदगी जीना दूभर हो गया था क्योंकि जो पल, जो लम्हे मैंने पुच्ची के साथ गुजारे थे उनकी तारीखें दोहराने लगी थीं। मैं उन सभी जगहों पर भटकने लगा था जहाँ-जहाँ हमने दिन गुजारे थे।

ऐसे ही 2-3 महीने बीत गए। एक दिन मैंने अखबार में एक विज्ञापन पढ़ा- 'फिल्म राइटर फेस्टिवल, जयपुर' कार्यक्रम। तीन दिन चलने वाले इस फेस्टिवल के दो दिन बीत चुके थे, कल आखिरी दिन था। दिल में कुछ थोड़ी बहुत उम्मीद लिए मैं जयपुर के लिए निकला। मैं जवाहर कला केंद्र के उस हॉल में आ पहुँचा जहाँ ये कार्यक्रम चल रहा था। सामने स्टेज पर बैठा व्यक्ति बॉलीवुड में राइटरों के साथ होने वाली धोखाधड़ी के बारे में बता रहा था। मैं भी कुर्सी पर जाकर बैठ गया।

"कभी-कभी ऐसा भी होता है कि कहानी किसी और की होती है और श्रेय कोई और ले जाता है।" उसने कहा।

"सर वो कैसे?" बीच में से आवाज आई।

"बड़े-बड़े राइटर, छोटे राइटरों से उनकी कहानी को थोड़े बहुत रुपयों में खरीद लेते हैं या उनको झूठा विश्वास दिलाकर कि उनको बड़ा राइटर बनवाएँगे, कहकर उनकी कहानी उनसे ठग ली जाती है। कहानी पर्दे पर आने के बाद आप कुछ नहीं कर सकते।"

"हाँ, यदि आपके पास अच्छी स्टोरी है और आप एक अच्छे राइटर हो

तो किताब लिख सकते हो, नॉवेल लिख सकते हो। यदि तुम्हारी स्टोरी में दम होगा तो लोग खुद तुम्हारी तरफ आएँगे। और आप सभी भविष्य में अच्छे राइटर बनो ऐसा मैं चाहता हूँ। धन्यवाद!"

इसके बाद जो लोग यहाँ पिछले तीन दिनों से जुड़े हुए थे उनको प्रमाणपत्र बाँटे जाने लगे और वैसे भी मुझे उसकी आवश्यकता नहीं थी। मैं बाहर आ गया। जो युवक भाषण दे रहा था वह बॉलीवुड का कोई राइटर था। वह हॉल से बाहर आया तो लोग उसके ऑटोग्राफ ले रहे थे, उसके साथ फोटो खिंचवा रहे थे। मैं दीवार के सहारे बैठे हुए यह सब चुपचाप देख रहा था।

मैं बैठे-बैठे अपने आप में खो गया। अपने आप से सवाल-जवाब करने लगा कि अपनी मोहब्बत का प्रचार करने की 'बॉलीवुड' एक गलत जगह थी। क्या मुझे इसे छोड़ देना चाहिए? क्या यही मेरी प्रेम कहानी का अंत है? यदि यही इसका अंत है तो पुच्ची की याद मुझे कभी नहीं सताएगी। नहीं, उसकी याद तो आएगी, मेरे सपने, सिर्फ सपने बनकर रह जाएँगे।

मेरी कलम खामोश हो जाएगी। मेरी जिंदगी का सत्य कोई नहीं देख पाएगा। मेरा जीवन व्यर्थ चला जाएगा। मैं आँखों को बंद करके शांति से बैठ गया। बिना लक्ष्य के जिंदगी मृत्यु के समान नजर आ रही थी। मैं घंटों वहाँ चुपचाप बैठा रहा। मेरे पैर बिना लक्ष्य के एक कदम भी चलने में सक्षम नहीं थे। बाहर धीमा-धीमा अँधेरा छा चुका था। सब लोग वहाँ से जा चुके थे। मैं ऊपर आसमान की तरफ देख रहा था और फिर मैंने अपने आप से वादा किया कि 'मैं लिखूँगा, अपनी जिंदगी का सत्य लिखूँगा, अपने प्यार को लिखूँगा।'

दिल और दिमाग

मैंने अपने दाएँ हाथ को अपने सीने के बाईं तरफ रखकर दिल की धड़कनों को महसूस किया, 'हाँ, अभी तो जिंदा है।'

एक इंसान जो आत्महत्या करना चाहता था लेकिन सवाल ये था कि वह आत्महत्या करने वाला कौन था? और क्यों आत्महत्या करना चाहता था?

यह वही इंसान था जो मेरे अंदर बैठा था। जिसने एक रॉन्ग नंबर पर बार-बार फोन किया। मेरे मना करने के बावजूद भी फोन किया और उस रॉन्ग नंबर को परेशान किया। धीरे-धीरे उस रॉन्ग नंबर ने उसमें दिलचस्पी दिखाई और रॉन्ग नंबर, राइट नंबर हो गया। दोनों दोस्त बन गए, एक-दूसरे से मिले, एक-दूसरे को चाहा, फिर प्यार किया।

वह आत्महत्या क्यों करना चाहता था?

उसका आरोप था कि मैंने उसको बेवकूफ बनाया, बहलाया-फुसलाया और झूठ बोला। छल-कपट से यकीन दिलाया गया कि हम पुच्ची को मना लेंगे, वह लौटकर आएगी, प्यार करेगी। वह अभी हम पर गुस्सा है क्योंकि हमने उसका दिल दुखाया। उसका खयाल नहीं रखा। हमारे प्यार में कोई कमी रही जिसकी वजह से वह हमसे नाराज हो गई। लेकिन हम उसको मनाने के लिए हर-संभव प्रयास करेंगे। वह एक दिन जरूर लौटकर आएगी। उसे आना ही होगा क्योंकि वह भी हमारे बिना ज्यादा समय तक दूर नहीं रह पाएगी क्योंकि वह हमसे बहुत ज्यादा प्यार करती है, हमसे लाखों-करोड़ों गुणा अधिक। जब हमारी यह हालत है तो उसकी क्या होगी? अबकी बार हम उसका अच्छे से खयाल रखेंगे, बहुत सारा प्यार करेंगे, उसकी हर बात को मानेंगे, उसको कभी रूठने का मौका नहीं देंगे और उसके साथ फिर हमारे भी सपने पूरे हो जाएँगे।

लेकिन मेरे काफी मशक्कत के बाद भी वह कुछ समझने को तैयार नहीं

था। उसे सिर्फ पुच्ची चाहिए थी जो कि मेरी दुनिया में कहीं दूर-दूर तक भी नजर नहीं आ रही थी। एक असंभव चीज मैं उसे कहाँ से लाकर देता। लेकिन वह मानने को ही तैयार नहीं था। वह बार-बार आत्महत्या की धमकी देता और मैं उसे किसी-न-किसी प्रकार बहलाने की कोशिश करता।

मैंने सीने पर हाथ रख कई बार सहलाकर उसे संभालने की कोशिश करता लेकिन सब व्यर्थ था। अब तक कहीं-न-कहीं हम दोनों ने एक-दूसरे का साथ दिया था लेकिन आज हम दोनों के रास्ते अलग-अलग थे। वह चाहता था कि मैं उसके साथ आत्महत्या करूँ और मैं चाहता था कि वह मेरे साथ मिलकर एक-दूसरे के दुख दर्द को बाँटकर जिंदगी जिए।

वह आखिर आत्महत्या करने चला गया। मैंने अपनी कलम उठाई और लिखना शुरू किया...

‘इनसाइड स्टोरी’

सूत्रों के हवाले से मुझे एक साल बाद पता चला- ये वही सूत्र थे जो न्यूज चैनल वालों के पास होते हैं, सुरक्षा एजेंसियों के पास होते हैं, हमारे गाँव में कांति माई के पास थे। 8 दिसंबर, 2008 ये वही दिन था जिस दिन पुच्ची ने मुझे पहली बार कहा था कि मैं तुमसे प्यार नहीं करती, जिस दिन फोन पर ट्रैफिक शोर के साथ अलवर-अलवर की आवाज आ रही थी।

पुच्ची के घर ऐसा मातम छाया जैसे भारत की पाकिस्तान पर सर्जिकल स्ट्राइक के बाद पाकिस्तान में मातम छाया था। ये सर्जिकल स्ट्राइक करवाने वाली मनी थी। जैसे सभी लव स्टोरी में एक विलेन होता है। मेरी जिंदगी में भी उसने विलेन का रोल बखूबी निभाया। मनी ने मेरी और पुच्ची की प्रेम कहानी के सारे चैप्टर भाभी को विस्तार से बताया। पुच्ची के घर पर आपातकाल बैठक बुलाई गई। परिवार के लोगों की गुप्त बैठक में एक बाहरी व्यक्ति भी था ‘गुरुजी’। गुरुजी परिवार के करीबियों में से एक था। वही गुरुजी जिनका दिया हुआ रूद्राक्ष पुच्ची गले में पहनती थी। गुरुजी एक धार्मिक पथप्रदर्शक थे। पुच्ची के पिता ने गुरुजी को अपने घर पर आए ‘प्रेम नाम’ के संकट के बारे में बताया। गुरुजी ने भी उस बात को इतनी गंभीरता से लिया जैसे उसकी भी इज्जत का सवाल हो। जो व्यक्ति लोगों को प्यार करने की सीख देता था, वही एक प्यार को खत्म करने की सलाह दे रहा था। उस धार्मिक व्यक्ति ने प्यार को प्यार से मारने का ज्ञान दिया। पुच्ची के पिता को अभी तक समझ नहीं आ रहा था कि वो क्या करें। उन्हें भी गुरुजी की बात जँच गई। पुच्ची को अलवर से बुलाया गया। फिर चालू हुआ इमोशनल ड्रामा। ड्रामा ऐसा कि आलोकनाथ भी फेल। एक पिता अपनी बेटी के सामने हाथ जोड़कर बैठा हुआ था। उसने हाथ जोड़कर बैठे-बैठे पुरखों तक की इज्जत से लेकर

आने वाली पीढ़ियों तक, धर्म से लेकर कर्म तक, जाति से लेकर गोत्र तक, सभी का ब्यौरा आँसुओं के साथ दिया। मेरी पुच्ची तो ये भी नहीं बता पाई कि वह मुझे कितना प्यार करती है क्योंकि हमारे यहाँ तो किसी को प्यार करने की इजाजत ही नहीं है। वह अपने पिता के हाथों को पकड़े उनकी हर बात को अपने अंदर उतारती जा रही थी और उसकी आँखों से गिरते आँसू मेरे प्यार के रूप में बाहर निकलते जा रहे थे। बेचारी! परिवार के बीच में फँसी अबला नारी क्या करती, उसने सरेंडर कर दिया। आखिर में उसे भी लगा कि मैं वास्तव में इंसान हूँ ही नहीं। मैं एक वहम था जो वो पाल रही थी, मैं एक कलंक था जो वो लगा रही थी, मैं एक झूठ था जिसे वो सजा रही थी।

पुच्ची ने मेरे प्यार को घनघोर बदलों की तरह बरसती आँखों से जैसे साँप केंचुली उतारता है, उसी तरह उतार फेंका। अपने पिता से हर वो वादा किया जो एक बेटी निभा सकती थी। मेरे प्रेमजाल से निकालने और अपनी इज्जत बचाने के लिए पूरे परिवार ने पूरी कोशिश की। उनकी इज्जत बची या नहीं बची, ये मुझे नहीं पता। लेकिन इस बच्चे की इज्जत जरूर लूटी, जिसका बलात्कार तब तक होता रहेगा, जब तक ये दुनिया रहेगी, जब-तक इंसानों की प्रजाति रहेगी, जब-तक कृष्ण-राधा की जोड़ी रहेगी...

पाँच साल बाद

मेरी माँ स्ट्रेचर पर लेटी हुई थी। मेरे बड़े भाई स्ट्रेचर को धक्का लगा रहे थे और मैं माँ का हाथ थामे उनके साथ चल रहा था।

"बेटा, मैं चाहती थी कि तेरी शादी करके इस दुनिया से जाऊँ लेकिन ऐसा नहीं हो पाया। अब मेरा जाने का समय आ गया है।" यह कहते-कहते माँ का गला भर आया और आँखों से आँसू निकल पड़े। "एक तू ही है, जिसका मैं कुछ नहीं कर पाई।" यह कहकर माँ रोने लगी।

मैंने बड़ी मुश्किल से खुद को रोने से रोका। मैंने अपने आप को संभालते हुए झूठी मुस्कान के साथ कहा, "पहले मेरी माँ ठीक तो हो जाए।"

"बेटा, अब मैं ज्यादा दिन नहीं रहूँगी।"

"नहीं माँ, मैं अपनी माँ को जल्द ही ठीक करके ले जाऊँगा।"

यदि यहाँ पर कोई नर्स शादी के लिए तैयार होती तो मैं अभी उससे शादी कर माँ का आशीर्वाद ले लेता।

माँ ऑपरेशन थिएटर में जा चुकी थी। माँ को ब्रेन ट्यूमर था, जिसके कारण उनका आधा शरीर निष्क्रिय हो गया था। मैं हॉस्पिटल के बाहर आकर अकेले में बैठ गया और सोचने लगा, जिससे मेरा खून का रिश्ता है वो मेरी वजह से तड़प रही थी और मैं किसी और के लिए तड़पता हूँ। मेरी माँ मेरे लिए रोती है और मैं किसी और के लिए।

मेरी आँखों से आँसू बरसने लगे। मैंने इन चार-पाँच सालों में अपना सब कुछ खो दिया। वो हँसता-खेलता मस्तमौला प्रेम जो जब चाहे, जहाँ चाहे अपना मनोरंजन ढूँढ़ लेता था। प्यार जैसी चीज जो इतनी बड़ी नहीं थी कि मैं उसके लिए इधर-उधर भटकता। मेरा सब कुछ बरबाद हो गया उस एक रॉन्ग नंबर की वजह से। उसने मुझमें दिलचस्पी दिखाई, मुझे जाना, पहचाना,

मेरे लिए रोज फोन किए। आधी रात को रोते हुए मुझसे 'आई लव यू' बोला। मुझे निडर, निष्पक्ष, निस्वार्थ प्रेम किया। शादी के बिना ही पति-पत्नी की तरह रहे। बच्चों तक के नाम सोच लिए। कितनी रातें हमने साथ गुजारीं, कितने वादे किए, कितने सपने देखे। हर बार प्यार करने के बाद पुच्ची अपने वादों को दोहराती क्योंकि उसे डर लगता था कि कहीं मैं उसे छोड़ न दूँ।

करवा चौथ से लेकर दशहरा, दीवाली तक सारे त्योहार उसने मेरे साथ मनाए, चाहे फोन पर या मेरे पास रहकर। उसने अपना खाना तक मुझे खिलाया। बच्चों की तरह मेरा खयाल रखा। मैं हँसा तो हँसी, मैं रोया तो रोई।

और एक दिन अचानक उसने मुझसे कहा 'मैं तुमसे प्यार नहीं करती।' मुझे कई दिनों तक ये बात मजाक लगी पर उसने मुझसे सारे संबंध तोड़ लिए। उसका फोन भी हमेशा के लिए बंद हो गया। मैं उसके बिना तड़पता रहा। कितनी ही रातें जागकर गुजारी और अंत में जब जिंदगी जीना ही मुश्किल हो गया तो उसने मरने भी नहीं दिया और हाथ में कलम थमा दी।

मैंने अपनी जेब से पेन निकाला और कुछ देर देखने के बाद पूरी ताकत लगाकर उसे बाहर फेंक दिया। मैंने कितने ही गलत काम किए जिससे मैं और मेरी जिंदगी बरबाद हो गई। जिंदगी ने मुझे कोई विकल्प ही नहीं दिया। मैं अपने प्यार की भीख माँगता हुआ दर-दर भटकता रहा। पुच्ची के दरवाजे से लेकर भगवान के दरवाजे तक। जमीन से लेकर सागर तक गया पर किसी ने मुझे नहीं अपनाया। मैं फूट-फूटकर रोने लगा घंटों वहाँ बैठा रहा।

अब मेरी जेब में कलम नहीं थी। मतलब, मैंने अपनी जिंदगी के मकसद को त्याग दिया था। अब मैं क्या करूँगा? कोई रास्ता नहीं सूझा। मर जाना ही एक रास्ता है, मेरे अंदर से आवाज आई।

मैंने फिर अपनी जेब की तरफ देखा, "अरे, मेरी कलम कहाँ है?"

"ओह्ह! तो क्या मैं जिंदा रहने के लिए लिखता हूँ?"

मेरे अंदर से आवाज आई, "हाँ। ये कलम ही तो मेरी ताकत है। ये कलम ही अब मेरी जिंदगी है।"

और मैं अपनी कलम को ढूँढ़ने निकल पड़ा।

***